1970년대

개발 레짐과

여성주의적 각성

1970년대
개발 레짐과
여성주의적 각성

5

한국 여성문학 선집

여성문학사연구모임 엮음

민음사

책머리에

『한국 여성문학 선집』을 구상하고 모임을 꾸린 2012년 이후 12년 만에 책이 출간되었다. 연구 모임 구성원 중 김양선, 김은하, 이선옥, 이명호는 1990년대 한국여성연구소 문학분과에서 페미니즘 문학을 함께 공부하던 인연이 있었고, 이희원은 한국영미문학페미니즘학회와 협업을 모색하면서 인연을 맺었다. 마지막으로 현대시 전공자 이경수가 객원 에디터로 참여하면서 다양한 장르와 비교문학적 검토를 할 수 있게 되었다.

사실 우리 연구 모임은 더 오래전에 시작되었다. 지금으로부터 30년 전, 옹색하지만 활기만은 넘쳤던 사당동 남성시장 골목에서 큰 가방을 메고 '한국여성연구소'라는 현판이 걸린 2층 연구소로 향하던 한 무리의 여학생들이 있었다. 한국여성연구소는 1980년대 여성운동과 여성 연구의 발전을 토대로 탄생한 진보적인 여성 학술 운동 단체였고, 그 여학생들은 연구소 문학분과의 구성원이었다. 여학생들은 국문학의 문서고를 뒤져 오랫동안 '규수'라는 멸칭으로 '퉁'쳐지고 '여류문학'이라는 이름으로 게토화된 여성문학사를 함께 찾고 읽었다. 이들 중에 우리도 있었다. 이러한 회고는 우리 중 몇몇을 페미니즘 문학 연구의 기원으로 내세우며 역사를 사유화하려는 것이 아니다. 1980년대 후반부터 1990년대 초반까지 제도권 바깥에 일었던 진보적 학술 운동의 바람 속에서 자신을 페미니스트로 정체화하고 한국문학의 남성중심성과 불화하며 이를 의심하고 깨고자 하는 여성들은 어디에나 있었기 때문이다. 이 선집은 그 역사의 일부이자 불온한 여성 독자이기를 자처한 여성 연구자들의 보이지 않는 협업의 산물이라고 해도 좋을 것이다.

페미니즘 문학을 공부해 온 연구자라면 누구나 여성 글쓰기의 역사를 계보적으로 정리하겠다는 꿈을 품었을 것이다. 왜 우리에게는 『다락방의 미친 여자』 같은 전복적인 여성문학사, 『노튼 여성문학 앤솔러지』 같은 여성문학 선집이 없는가? 왜 한국의 여성 연구자는 이 작업을 수행하지 못하고 있는가? 이런 아쉬움과 부채 의식이 우리가 여성의 시선으로 여성문학의 유산을 정리해 보자는 무모한 길로 이끌었다. 『한국 여성문학 선집』 출판 모임을 결성한 후 우리는 2주에 한 번 정도 작품과 관련 비평문을 읽고 연구사를 검토했다. 근대 초기부터 1990년대까지 한국문학장에서 정당한 평가를 받지 못했던 여성 작가들을 찾아내고 이들의 작품 중에서 선집에 수록할 작품을 선별했다. 사실상 근현대 100년을 아우르는 방대한 시대를 포괄하는 터라 작품을 읽는 것도 고르는 것도 만만치 않았다. 작품 선정을 둘러싼 의견 차이로 합의를 보지 못하고 수차례 논쟁만 이어 간 날도 많았다. 생각보다 기간이 길어지면서 모임을 오랫동안 중단한 때도 있었다. 그러나 우리가 그 세월을 버티며 작업을 계속해 올 수 있었던 것은 여성 연구자의 손으로 여성문학 선집을 출판해야 한다는 책무감 때문이었다.

지금까지 한국문학(사)은 남성 중심의 문학사와 정전을 굳건하게 구축해 왔기에 여성문학은 전통을 이어 왔으면서도 그 역사적 계보와 독자적인 문학적 가치를 온전히 인정받지 못했다. 여성 작가의 '저자성'과 여성문학의 '문학성'은 언제나 의심받으며 주류 문학사에서 배제되거나 주변화되어 왔다. 여성문학을 문학사에 온전히 기입하기 위해서는 여성의 관점으로 독자적인 여성문학사가 서술되어야 하는 이유다. 그리고 독자적인 여성문학사 서술 이전에 선행되어야 하는 것이 바로 여성문학 선집이다. 여성의 시선으로 선별된 일차 텍스트들이 만들어진 이후에야 여성문학사 서술 작업을 시작할 수 있기 때문이다. 지금까지 간헐적으로 여성문학 선집이 출판되었으나 시기적으로는 일제강점기나 1960년대까지로 국한되고, 장르는 주로 소설에 한정되었다. 우리 선집은 특정 시기와 장르에 국한되지 않고 근현대 한국 여성문학의 성취 전체를 포괄하고, 여성의 지식 생산과 글쓰기 실천을 집대성하고 아카이빙한 최초의 작업이다.

우리가 작품을 선별한 기준은 남성 중심 담론과 각축하는 독자적인 여성 주체의 부상과 쇠퇴, 그리고 여성주의적 글쓰기의 새로운 내용적·형식적 전환을 보여 주는 작품의 등장이다. 여성 작가들은 남성 중심적 질서에 한편으로는 포섭되고 다른 한편으로는 저항하면서 나름의 전통을 형성해 왔다. 여성 작가들은 포섭과 저항, 편입과 위반의 이중성 가운데서 흔들리면서도 주체적인 여성의 목소리를 발화하고 그것을 드러낼 수 있는 새로운 미적 형식을 창조해 왔다. 우리는 여성 작가들이 수행해 온 주체화와 미적 형식의 창조를 작품 선정의 일차 기준으로 삼았다. 식민지 근대와 탈식민화의 과정을 겪어 온 근현대 한국의 역사에서 여성은 단일한 존재가 아니라 민족, 계급, 섹슈얼리티 등 다양한 사회적 범주가 교차하는 복합적 존재이다. 우리는 여성들의 이런 다면적 경험을 표현하는 글쓰기에 주목해 작품을 선정했다. 기존의 제도화된 문학 형식만이 아니라 잡지 창간사, 선언문, 편지, 일기, 독자투고, 노동 수기 등등 여성문학의 발전에 토대를 이루는 다양한 글쓰기들도 포괄했다.

여성문학 선집이 지닌 '최초'의 의미와 자료적·교육적 가치를 고려해 모든 작품은 초간본 원문을 우선해 수록했다. 근대 초기 작품은 가

독성을 고려해 현대어 표기를 함께 실었다. 각 권의 총론과 작품 해설을 겸한 시대 개관에서는 작품이 생성된 문학(사) 바깥의 맥락을 고려하고자 사회·정치·문화적 배경을 함께 서술했다.

『한국 여성문학 선집』은 시대별로 구분한 7권의 책으로 구성되었다.

1권은 근대화 시기인 1898년~1920년대 중반을 '한국 여성문학의 탄생'으로 조명한다. 시대적으로 한국 근대문학의 출발기인 이때, 신문과 여성잡지 등 공론장에 글을 읽고 쓰는 '조선의 배운 여자들'이 등장했다. 기존 근대문학사 서술에서 축출되었거나 폄하되었던 이 시기 여성 작가들은 계몽적·정론적 글쓰기와 문학적·미적 글쓰기를 횡단하며 '여성도 작가'임을 입증하고자 했다.

2권은 해방 전 일제강점기인 1920년대 후반~1945년 여성문학의 특징을 '계급·민족·여성의 교차'로 제시한다. 식민 통치가 공고해진 이 시기는 여성문학이 계급·민족·성의 교차성을 고민하고 이를 형상화하며 여성 작가로서의 정체성을 확보하려 한 근대 여성문학의 형성기이다. 사회주의와 민족해방, 여성해방에서 변혁의 가능성을 모색하고, 여성주의적 리얼리즘을 실험하는 방향으로 글쓰기의 성격이 뚜렷하게 변화한다.

3권은 해방과 한국전쟁을 거친 1945년~1950년대 여성문학을 '전쟁과 생존'이라는 주제로 바라본다. 해방과 한국전쟁, 포스트 한국전쟁기를 여성문학의 침체기라고들 하지만, 개인 혹은 작가로서 생존을 모색하던 여성작가들은 급진적 글쓰기 활동을 했다. 좌우익이 갈등하던 해방기에는 정치 현안에 적극 반응하면서 문학적 시민권을 획득하고자 했으며, 한국전쟁 후에는 가부장적 국가 재건의 흐름 속에서 실질적이고도 상징적인 폭력 가운데 놓인 여성들을 대변했다.

4권은 1960년대 여성문학을 4·19혁명의 자장 아래에서 일어난 '세대교체와 저자성 투쟁'으로 다룬다. 한국 여성문학이 여성문학장과 제도를 독자적으로 형성한 시기이다. 본격적으로 '여류'라는 용어가 심판대에 오르고 이전 세대의 불온한 여성들이 물러나면서, 지성을 갖춘 여성 주체들이 대거 등장하는 여성주의 문학으로의 갱신이 이루어졌다.

5권은 1970년대 개발독재기 여성문학에 나타난 '개발 레짐과 여성주의적 각성'을 다룬다. 개발독재기의 젠더 통치가 가시화된 1970년대에 여성의 신체와 섹슈얼리티는 혐오와 처벌의 대상이었다. 이런 통치에 대한 부정과 저항은 '중산층 여성의 히스테리적 글쓰기'와 '여성 노동자의 체험적 글쓰기'로 나타났다. 또한 페미니즘 이론이 번역 출판되고, 1975년 세계여성대회를 계기로 여성운동이 본격화되었다.

6권은 1980년대의 '운동으로서의 글쓰기'를 다룬다. 노동운동을 비롯한 조직적인 사회운동과 민족·민중문학론 논쟁이 활발하게 진행되었던 1980년대에는 민족·민중문학과 페미니즘의 교차성 그리고 민족·민중·젠더의 교차성이 여성문학의 핵심 의제로 부각되었다. 민중 여성의 삶을 반영한 시와 소설이 발표되었고, 마당놀이와 노래극 등 민중적 장르가 재현되었다. 또한 페미니즘 잡지의 발간과 함께 여성해방 문학 비평이 본격화되었다.

7권은 민주화가 이루어진 87년 체제 이후 1990년대 여성문학을 '성차화된 개인과 여성적 글쓰기'로 조명한다. 민족·민중문학이라는 거대 서사가 사라지고, 그로 인해 억압되었던 것들의 회귀가 여성문학에서 본격적으로 이루어진 시기이다. 성, 사랑, 욕망 등 사적인 일상의 영역이 새롭게 발견되며 '여성적 글쓰기'가 본격적으로 성장했다. 여성 작가와 여성문학은 더 이상 게토화된 영역에 머무르지 않고 한국문학의 중심에서 한국문학을 견인했다. 여성 작가의 증가와 함께 성차화된 개인 주체의 다양한 여성적 글쓰기가 이루어졌다.

이 선집이 국문학 연구자뿐 아니라 일반 독자들도 한국의 근현대 여성문학의 계보를 이해하고 여성주의 작품을 감상하는 데 길잡이 역할을 할 수 있기를 기대한다. 마지막으로『한국 여성문학 선집』은 여성문학의 종착점이 아님을 밝힌다. 여성문학 선집은 앞으로도 시대마다 문학 공동체마다 다시, 그리고 새롭게 쓰일 것이다. 본격문학과 국민문학을 넘어 대중문학과 퀴어문학, 디아스포라문학을 포괄하는 다양한 선집을 후속 과제로 남겨 두고자 한다. 선집 이후의 선집을 위한 도전이 계속되기를 바란다.

마지막으로 이 선집의 발간을 기대하고 지원해 준 많은 사람들이 있었다. 여기저기 흩어진 원본 자료들을 찾고 정리하는 수고를 한 정고은 선생님, 작가 소개 원고를 집필한 한국 여성문학 연구자들, 그리고 까다로운 저작권 작업과 더딘 작업 속도에도 교정과 출간 작업을 꼼꼼하게 진행해 준 민음사 편집부를 비롯해 모든 관계자분들께 감사드린다. 무엇보다 우리가 다채롭고 풍부한 여성문학의 전통을 담을 수 있었던 것은 이 역사를 만들어 온 작가분들 덕분이다. 고개 숙여 감사드린다.

여성문학사연구모임 일동

일러두기

1. 수록 작품은 초간본을 중심으로 삼았고, 초간본을 구득하지 못한 경우 최초 발표 지면 글을 수록했다. 저작권자나 저작권 대리인의 요청이 있는 경우 개정판 작품을 실었다. 출처는 각 작품 말미에 최초 발표 지면, 초간본, 개정판 순으로 밝혀 적었다.

2. 작품 수록 순서는 작가 출생 연도를 따랐고, 출생 연도가 같은 경우 이름의 가나다순을 따랐다. 작품의 최초 발표 연도 확인이 어려운 경우가 있어 한 작가의 여러 작품을 수록한 경우 시, 소설, 희곡, 산문 등 장르 순으로 정리했다.

3. 저작자, 저작권 대리인의 요청으로 작품을 수록하지 못한 경우, 분량상의 문제로 장편소설의 일부만 수록한 경우, 해당 작품과 부분을 선정한 이유를 '작품 소개'로 밝혀 적었다.

4. 어문학적 시대상을 고려해 맞춤법 및 외래어, 기호 표기는 원문을 그대로 살렸다. 띄어쓰기와 마침표는 현행 맞춤법 규정을 따랐다. 단, 현대어본을 별도 수록한 작품은 띄어쓰기를 원문대로 수록했고, 시의 경우에도 시인이 의도한 리듬감과 운율을 위해 띄어쓰기를 원문대로 수록했다.

5. 작품에서 오식·오타·탈락 글자가 있는 경우 원문대로 적고 주석에 이를 밝혀 적었다. 원문의 글자를 판독하기 어려울 때는 □ 기호로 입력했다.

6. 작품에서 뜻풀이나 부연 설명이 필요한 낱말과 문장에는 각주를 달았다. 한자는 원문대로 표기 후 한글을 병기했다.

차례

개발독재기의 젠더 통치와
대안적 여성 주체의 등장

페미니즘 이론의 번역과 여성 글쓰기 주체의 성장

오정희, 서영은, 박완서로 시작되는 1970년대 여성문학의 특징은 전업 작가로서 중산층 여성 작가의 등장이다. 1950년대, 1960년대 전후에 활동한 강신재, 박경리, 한말숙, 손장순 등 여성 작가들에게도 글쓰기는 몇 안 되는 직업이기는 했으나 엘리트 지식인의 자기실현으로서의 글쓰기 성격이 강했다. 반면 1970년대 여성 작가들은 중산층이라는 계층적 인식을 드러내면서 등장했고, 직업인으로서의 작가 의식도 뚜렷했다. 직업으로서 여성의 글쓰기가 정착되었고, 여성 잡지 등 다양한 매체들은 여성 작가들이 활동할 수 있는 장이 되었다. 또한 여성들에게도 고등학교, 대학교 교육이 대중화되어 읽기를 통해 교양을 쌓는 독자가 많아졌다. 여성의 글쓰기와 읽기가 하나의 문학장을 이룬 것이다. 이를 기반으로 문학적 실력과 역량을 갖춘 여성 작가들이 신춘문예와 잡지를 통해 등단하기 시작했다. 남성 작가의 전유물이었던 신춘문예 제도를 통해 여성 작가가 다수 등장했다는 사실은 여성 작가들이 '여류'로 범주화되지 않은 문학 제도에서 자신들의 영토를 가지게 되었다는 것을 의미한다.

또한 이 시기에는 페미니즘 서적과 이론의 번역이 활발하게 이루어지면서 젠더 의식이 급속하게 성장한다. 1975년 세계 여성의 해에 발맞추어 우리나라에서도 페미니즘 이론서들이 번역 소개되었다. '여류문학' 대신 '여성문학'이라는 용어가 더 많이 사용된 것도 이 시기부터이다. '여류'는 1930년대부터 여성 작가의 문학을 부르는 명칭이었으나 여류 문인이 문학 제도 내에서 뚜렷한 지위를 갖게 된 것은 해방 후 분단된 남한의 우익적 분위기 속에서였다. 1965년 창립된 한국여류문학인회 역시 그 흐름의 일환으로 구성된 단체였다. 그러나 1970년대 페미니즘 이론이 확산되며 여류문학은 전통적인 여성성의 규범을 내면화한 문학이라는 비판이 일었고, 이후 여성문학 혹은 여성주의문학이라는 용어가 일반화되었다. 이처럼 주체, 매체, 지식장 이 세 측면을 살펴보면 문화 주체로서 여성 글쓰기가 어떻게 변화되었는가를 알 수 있다.

1970년대는 정치권력의 독재화와 경제성장, 중산층적 속물성과 소외된 노동자에 대한 각성이 동시에 확산되었던 시대이다. 박정희 통치의 개발독재기는 개발 레짐하에서 압축적 근대화를 이루며 억압과 응전이 공존한 시기였다. 새마을운동 등의 경제 총동원 체제로 국가 발전에 몰두했던 이 시기에 가정은 생산 영역을 뒷받침하는 후방 영역으로 재편되었다. 주부들 역시 '알뜰주부'로서 국가 발전의 책무를 수행해야만 시민권을 부여받을 수 있었다. 새마을부녀회는 주부로서 공적 시민권을 얻을 수 있는 상징적 단체였다. 여성은 사회의 통제적 분위기 속에서 국가 시책에 적극 참여해

시민권을 획득하는 여성들과 민중운동에 합류해 저항적 목소리를 내는 여성들로 나뉘었다. 이러한 사회적 분위기 속에서 여성문학을 보는 시각 역시 엇갈렸다. 당시 민중문학사를 중심에 둔 관점에서는 여류 지식인들의 글쓰기가 젠더적 정의에서 일정 성과를 거두었지만 계급적 한계를 넘지 못했다는 이유로 비판했다. 여성문학의 주류를 이루었던 서정시 문학이 그 예다. 반면 미학에 중심을 두는 문학주의의 관점에서 볼 때 1970년대 여성 노동자의 수기는 자기 몫을 가지지 못한 자들의 미숙한 도전일 뿐이었다.

1970년대 여성문학을 온전히 이해하기 위해서는 그간의 이분법적 사유를 벗어나 보수와 진보라는 외부적 프레임을 일단 거두고, 여성문학이 다양성을 만들어 가는 면면을 살펴볼 필요가 있다. 여성 글쓰기 주체의 성장이라는 측면에서 바라보면 글쓰기의 스펙트럼이 어떻게 형성되고 그것이 어떻게 문학의 위계로 재편되어 가는가를 살펴볼 수 있기 때문이다. 특히 페미니즘 이론의 영향과 여성운동의 등장을 배경으로 여성 글쓰기 주체가 본격적으로 성장하는 시기여서 여성 글쓰기의 작가적 특성과 장르적 특성이 구체적으로 형성되는 과정을 볼 수 있다.

이 시기 여성문학의 특성을 두 가지로 구분해 보면 히스테리적 글쓰기 전략을 보여 주는 소설과 중산층 여성의 고립과 소외를 다루는 소설로 나뉜다. 시와 희곡에서 여성 작가들의 작품도 여성의 경험과 목소리를 적극적으로 드러내는 방향으로 전개된다. 특히 시 장르는 서정성에서 벗어나 여성 육체의 경험을 언어화하는 획기적인 변화가 나타난다. 그리고 여성 노동자가 자기 목소리를 공적 영역에서 발화하는 새로운 글쓰기 주체로 등장한 점도 눈에 띈다. 이는 개발독재기에 등장한 대안적 여성 주체와 글쓰기를 대표적으로 보여 주는 것이다. 이러한 1970년대 여성 글쓰기 주체의 성장과 특징을 먼저 분석하고, 여성 글쓰기 주체가 1980년대 민족·민중문학이라는 단일성 담론으로 흡수될 때 글쓰기는 어떤 다양한 양상을 보여 주는가를 살펴보기로 하겠다.

히스테리적 글쓰기

서영은, 오정희, 박완서는 모두 1970년을 전후해서 등단한 작가들이다. 서영은은 1968년 《사상계》에 「교」로, 오정희는 1968년 《중앙일보》 신춘문예에 「완구점 여인」으로 등단했다. 박완서는 잘 알려진 것처럼 여성 잡지를 통해 등단한 독특한 이력을 지니고 있다. 박완서는 1970년 《여성동아》 장편소설 응모에 『나목』으로 당선되어 작품 활동을 시작한다. 1950년대, 1960년대 등단 작가들과는 확연히 다른 이들의 특징은 중산층 여성의 삶에 주목한다는 점이다. 대학 교육을 받았지만 전문직으로 진출할 기회가 너무 적었던 중산층 여성들에게 작가는 매력적인 직업이었다. "가정이란 현대적인 현모양처를 기르기 위한 곳이다."(박완서, 『도시의 흉년』)라는 인식이 팽배하던 시기에 소설 쓰기는 주부의 역할과 병행할 수 있는 드문 직업이었다. 잡지의 현상 문예에 투고하는 여성 작가 지망생들이 실제 잡지 판매 부수를 유지시키는 독자이기도 해서 각 잡지들은 거의 모두 현상 문예 공모나 독자 문예란을 두고 있을 정도였다. 《주부생활》, 《여성동아》, 《여성중앙》, 《여원》(《신여원》으로 개명) 등 1970년대 여성 잡지는 여성들의 읽기-쓰기가 결합하는 장이었다.

이런 토대에서 여성 작가들의 전략이 히스테리적 글쓰기라는 점은 매우 흥미롭다. 여성 작가가 가부장제에서 억압된 자신의 이야기를 하기 위해 히스테리적 글쓰기를 택하는 경향은 오랫동안 이어져 왔다. 그중에서도 이 시기 작가들은 페미니즘 이론의 영향을 받아 의식적 저항 전략으로 히스테리적 글쓰기를 선택한다는 점이 특징적이다. 원인을 찾을 수 없는 질병인 히스테리는 가부장적 사회에서 여성이 경험하는 분열과 무의식적 욕망이 몸으로 표현되는 것이다. 이들은 가부장적 현실 속에서 아버지가 정해 준 법을 따르면서도 법이 완전히 삭제할 수 없는 자신의 욕망과 그로 인한 분열을 병리적 증상으로 드러내는 여성들[1]로 가부장제와 불화하고 아버지의 법을 거부[2]하는 무의식적 주체다. 즉 히스테리적 주체의 글쓰기는 가부장제 문화 속에서 여성들이 말로 할 수 없는 자신의 경험을 신체로 드러내는 문학적 전략이다. 대표적인 소설로는 서영은의 「타인」(1973), 「살과 뼈의 축제」(1977),「먼 그대」(1983), 오정희의 「직녀」(1970), 「목련초」(1975), 「중국인 거리」(1979), 「유년의 뜰」(1980), 박완서의 「지렁이 울음소리」(1973), 「부처님 근처」(1973) 등이 있다. 이 작품들이 다루는 소재는 조금씩 다르지만 중산층 여성의 감각이 드러난다는 점에서는 동일한 특징을 드러낸다.

서영은 작품의 여성 인물들은 신체를 거부하거나(「살과 뼈의 축제」) 스스로 불임의 자궁으로 만들거나(「타인」) 매 맞고 찢어진 신체를 침묵시키고 초극하는(「먼 그대」) '수치심 신체'의 특징을 보

1   이명호, 「히스테리적 육체, 몸으로 글쓰기」,《여성과 사회》15호, 2004, 12쪽.
2   크리스티나 폰 브라운, 엄양선·윤명숙 옮김, 『히스테리』(여이연, 2003), 30~31쪽. 히스테리는 정상과 비정상을 구분하는 규범적 가치에 순응하지 못하는 억압된 기억의 신체적 반응이며 근본적으로 거부기제라고 볼 수 있다.

인다. 당시로서는 파격적인 소재인 섹스, 불임, 낙태를 겪는 피학성의 여성 인물들은 남성에게 짓밟히고 버려진 몸이거나 불임의 몸이 된 신체를 지우고, 그 자리에 '낙타', '뿔' 등의 상징물을 내세우는 것으로 극복한다.(「타인」, 「먼 그대」 등) 수치심 신체를 초월하는 방법으로 상상의 견고함을 택하는 것이다. 여성의 신체적 취약성을 부정하는 태도로 인해 서영은의 작품은 여성 섹슈얼리티의 문제를 과감하게 드러냈음에도 남성 모방으로 느껴지기도 한다. 강철 신체에 대한 남성적 욕망과 닮아 있기 때문이다.

그에 비해 오정희 작품의 여성들은 비체가 되어 버려지는 여성성 자체를 끌어안는다. 육체적 취약성과 동물적 부패성 그 자체로 존재하기 때문에 오정희 작품의 여성 인물들은 더 비극적으로 느껴진다. 비체와 타자는 구분해서 보아야 한다. 비체가 부정되고 버려지는 주체의 일부분이라면, 타자는 주체가 정립되기 위한 젠더 이분법의 대립쌍을 구성한다.[3] 예를 들어 1970년대 여성성 구성에서 취약한 여성 신체는 처벌되는 여성 섹슈얼리티로 재현되어 사라지지만 현모양처형 여성성은 헤게모니 여성성으로 구성된다. 「유년의 뜰」, 「중국인 거리」의 소녀 주인공 '노랑눈이'는 부정적인 비체로서의 여성 신체를 인지하고 여성적 성장을 거부하는 반성장을 보여 준다. 다른 여성 주인공들 역시 불임, 낙태 등 불구적 신체성을 드러낸다. 오정희의 작품은 여성의 취약한 신체를 끌어안음으로써 가부장제에 저항한다.

박완서의 초기 작품은 여성 인물들의 딸꾹질, 구토, 끓어오름, 답답증, 알코올중독(「지렁이 울음소리」, 「부처님 근처」) 등 알 수 없는

---

3   줄리아 크리스테바, 서민원 옮김, 『공포의 권력』(동문선, 2001), 21쪽.

육체적 증상으로 병리적 증상을 강하게 드러낸다. 이러한 인물 설정은 중산층 주부의 고립감을 신체의 무의식적 증상으로 드러내는 히스테리적 글쓰기의 한 전략이다. 그러나 박완서의 주체는 중산층 주부의 고립감을 부정하거나 초월하지 않는 상태에서 증상을 겪는 병리적 경계에 서 있다. 이렇듯 경계에 선 주체는 1980년대 박완서의 작품이 역사적 사건과 여성의 신체적 기억을 결합해 낸 여성적 글쓰기로 나아가는 데 결정적 역할을 한다.

세 작가는 조금씩 다른 결을 지니지만 이 시기 작품들의 공통된 특징은 여성의 경험을 병리적 신체로 문학화한다는 점이다. 이 작품들은 자기 언어를 가지지 못한 여성 경험을 히스테리적 신체로 드러내 가부장적 사회를 거부한다. 리타 펠스키는 "광기는 여성이 된다는 것이 불가능한 상황에 대한 논리적인 대응이며 가부장제 법이 지닌 비합리성에 대한 논리적인 반응"이라고 말한다. 그리하여 "여성의 질병은 남성이 주인이 된 문화가 초래한 병리학을 폭로하는 것이 된다."[4]고 설명한다.

아파트의 등장, 중산층 여성의 고립과 소외

1961년 대한주택공사가 서울 마포 지구에 도화아파트를 건설, 근대식 아파트를 처음으로 도입했다. 이후 2차 경제개발 5개년 계획(1967~1971)으로 본격적인 아파트 건설이 촉진되며 중산층의 주거 형식에 새로운 변화를 가져왔다. 도시화와 도시집중, 중산층 형

---

4   리타 펠스키, 이은경 옮김, 『페미니즘 이후의 문학』(여이연, 2010), 110쪽.

성이라는 1970년대 사회적 변화를 반영하면서 여성 소설에서도 중산층 주부의 삶을 다룬 작품들이 등장한다. 소설에 아파트라는 상징적 공간이 등장하고, 급속한 개발 프로젝트에서 주부의 삶은 변화되었다. 가정은 여전히 노동력 재생산과 생명 재생산의 역할을 맡지만 비가시화된 부불노동의 영역이었다.

가사 노동은 실제 자본의 이윤을 창출하는 재생산 노동의 영역이지만 '가정의 천사', '스위트 홈'이라는 감정의 영역으로만 취급받는다. 이러한 여성의 가부장적 지배 구조에 대해 케이트 밀레트는 『성의 정치학』(1970)에서 여성을 '근대 가부장적 자본주의의 내부 식민지'라고 명명한다. 1970년대 한국 여성 소설은 중산층 여성의 가사 노동이 가부장제와 자본주의에 의해 어떻게 비가시화되고 고립되는가를 포착한 작품들이 한 특징을 이룬다. 박완서의 「닮은 방들」(1974), 「포말의 집」(1976), 「어떤 야만」(1976), 『휘청거리는 오후』(1976), 오정희의 「어둠의 집」(1980), 희곡 「화돈」(1970) 등이 그러한 작품들이다.

박완서는 1970년대 중산층의 형성과 속물성을 다룬 작가로 꼽힌다. 특히 아파트 공간을 포착하여 도시화와 산업화에 따른 소외 현상을 보여 준다는 점도 특징적이다. "11평의 파수꾼"(「어떤 나들이」)이 된 아파트 주부는 선망의 대상인 중산층을 추구하면 할수록 구별 짓기에 실패하며 열패감을 느끼는 소외된 존재다. "이 아파트 단지의 주민들은 거의 개인 주택을 원하지 않는다. 개인 주택에 살던 시절을 지긋지긋해하지 않는 사람은 하나도 없다."(「포말의 집」)라고 말할 정도다. 좀 더 나은 생활에 대한 꿈이 아파트에 대한 사랑으로 상징되는 것이다. 그러나 이 작품들에서 아파트는 폐쇄적이고 획일적인 공간이자 인간관계를 단절시키고 무너뜨리는 공간이다.

시대 개관

「닮은 방들」의 주인공 '나'는 오랜 친정살이를 청산하고 열망하던 아파트에 입성했지만 똑같은 방, 똑같은 식사, 하다못해 남편과 아이들까지 똑같아진 삶에 아뜩해진다. 이 모방된 공간에서 탈출하고 싶은 욕망을 옆집 남편과의 간음 행위로 표출한다. 중산층의 정서는 모방을 통한 향상심이라 할 수 있다. 앞집 여자처럼 살고 싶다는 욕망으로 '철이 엄마'를 모방했던 '나'처럼 말이다. 「어떤 야만」(1976)은 재래식 화장실에 대한 풍자적인 묘사와 수세식 화장실을 갖게 된 옆집 여자에 대한 질투로 '집'의 변화를 그린다. 화장실이라는 공간에 주목해서 사람들 사이의 위계와 선망, 경쟁이 전파되는 과정을 펼쳐 낸다. 1970년대는 가사 실습과 여성 잡지, 가정학과의 제도화를 통해 중산층의 생활 표준화가 전파된 시기다. 소비 주체로서 표준화된 생활을 이루어 내는 것이 중산층의 과업이었지만 실상은 소비 경쟁과 결핍된 욕망, 속물성으로 얼룩진 경쟁이었다.

오정희의 「어둠의 집」은 앞의 소설들과는 달리 중산층 가정이 보이는 일상의 평온함이 얼마나 위장된 평화인가 드러내기 위해 스위트 홈이라는 환상 뒷면의 음험한 현실을 불러온다. 서술 시간은 등화관제의 어둠 속에서 주인공 '그 여자'가 전쟁의 공포를 다시 기억해 내는 환각을 보는 내용으로 집약된다. 쉰의 나이에 도둑보다 강간이 무서운 그 여자는 중산층 가정의 아내이자 두 아이의 엄마로 안전한 일상을 보내고 있다. 그러나 벽에 금이 가고 무너져 가는 소리가 들리는 집의 평온은 언제든 무너질 수 있는 위장된 평화일 뿐이다. 태평양전쟁 말기 등화관제의 기억과 현재를 교차시켜 일상을 지탱하는 거짓 평화의 허약함을 보여 준다. "그날 어둠 속에 난입했던 것은 일곱 명의 사내였던가, 여덟 명의 사내였던가. 킬킬대는 웃음 끝에 독한 술내를 풍기며 그들은 알지 못할 말들을 주고받았다. 그때도 그 여자는 눈을 크게 뜨고 이를 악물었다. 모든 건 어차피 끝나게 마련이다."(215쪽)라는 서술은 강간을 암시하지만 여자는 결코 말하지 않는다. 모든 악몽은 침묵 속에 봉인되어야 하기 때문이다. 급조한 중산층의 스위트 홈 환상이 어떤 침묵을 강요하고 있는가를 보여 주는 작품이다.

김자림의 「화돈」은 중산층 여성의 고립과 성 의식을 다룬 희곡이다. 김자림은 「이민선」(1966)으로 여성 희곡 작가로는 최초로 국립극단에 공연을 올릴 뿐 아니라 흥행에 성공하고 각종 상을 수상하며 제도권 내에서도 인정받은 작가다. 여성주의 주제를 다룬 작품인 「화돈」은 독특하게 모놀로그 방식으로 중산층 여성의 성 의식을 드러낸다. 이 작품의 주인공은 안락한 집 안에서 남편 뒷바라지를 하며 사는 중산층 고학력 여성이다. 그녀는 남편이 사법 고시 위원으로 출제에 들어가 며칠째 집에 들어오지 않는 동안 언니와 전화로 긴 수다를 떨며 내면의 말을 전한다. 전업주부가 된 여인의 독백은 현모양처 교육을 받고 결혼 후 집 안에 갇힌 채 권태와 절망의 병을 앓고 있는 상태를 고스란히 보여 준다. 감금된 삶에서 탈출하려는 그녀에게는 혼외정사의 환상만이 유일한 위안이다. 성적 일탈을 꿈꾸는 그녀의 환상이 절정에 이르는 순간 갑자기 초인종이 울리며 남편의 이혼 소장이 배달된다. 남편이 이 전화를 엿듣고 있었던 것이다. 이 장면은 그녀의 환상조차 현실에 의해 위협당하고 있다는 것을 보여 준다.[5]

이처럼 1970년대 여성문학은 중산층 여성을 통해 여성의 성

---

5   김옥란, 『한국 여성 극작가론』(월인, 2004), 114~116쪽 참조.

적 정체성에 대한 탐구뿐만 아니라 대량 소비 시대의 소비 중심 문화를 비판적으로 바라보고, 또 생산과 재생산의 가부장적 분리에 대한 새로운 인식을 제기한다는 관점에서 적극적으로 읽을 필요가 있다.

육체의 언어로 하강하는 시 쓰기

1970년대 여성 시의 대표작으로는 강은교, 문정희, 김승희의 시를 꼽을 수 있다. 시에서는 여성의 신체성에 대한 감각과 시적 표현으로 가부장제의 견고함에 대한 글쓰기 주체의 저항성이 보다 적극적으로 드러나기 시작했다. 모윤숙, 노천명, 김남조, 홍윤숙, 허영자, 이영도 등 기존의 여성 시인들이 대체로 여성의 서정성을 기반으로 시 세계를 확장해 왔다면 이 시기에 등장한 시인들은 여성의 육체에서 출발하는 새로운 글쓰기 주체의 면모를 보여 준다. 여성 시인의 양적 확대와 여성 시 동인지 《청미》와 《여류시》 등의 활발한 활동도 변화의 바탕이 되었다. 소설이 히스테리적 글쓰기로 냉전적 개발의 초남성주의 국가와의 불화를 신체의 병리적 증후로 드러냈다면 시는 서정성의 세계에서 육체와 경험의 세계로 전환되고 있었다.

강은교는 1968년 《사상계》에 「순례의 잠」이 당선되며 등단하고 동인지 《70년대》의 동인으로 활동하면서 '1970년대 시인'으로서 자기 정체성을 드러냈다. 강은교의 시를 버림받음과 유기 모티프로 분석하기도 하는데, 존재적 허무를 탐구하는 출발을 버림받은 딸의 이야기로 읽어 낼 수 있다는 해석이다. 『허무집』(1971)에 수록

된 「자전 1」은 "날이 저문다/ 날마다 우리나라에/ 아름다운 여자들이 떨어져 쌓인다."라는 부스러짐의 이미지로 여자들을 그려 낸다. "일평생이 낙과처럼 흔들"리는 "아름다운 모래의 여자들"처럼 버려지고 소멸하는 여성 이미지에서 시적 방향성을 찾아 나간다. 이처럼 강은교의 시는 가부장제에 대한 저항을 전면에 드러내지 않는 대신 버려진 여자에 대한 존재적 탐색으로 나아간다. 그러한 여정을 상징적으로 보여 주는 시가 「비리데기의 여행노래」다. 이 시는 전통 무가 「바리데기」의 모티프를 빌려와 부모에게 버림받고 갖은 고통과 수난을 겪으면서 마침내 주어진 운명을 극복하는 강한 생명력의 여성을 그린다. 시의 도입부는 황천무가 중 「바리데기」의 1절로 시작한다. "베리데기", "던지데기"로 호명되는 여성이 누군가 날 찾는 소리를 듣고 여행을 출발한다. "게 누가 날 찾는가 날 찾으리 없건마는/ 어느 누가 날 찾는가/ 베려라 베리데기 던져라 던지데기/ 깊은 산중 퍼버려라 퍼버려라"로 무가의 한 대목을 빌려 버려진 여성 주체의 길 찾기가 시작되었음을 알린다. 「비리데기의 여행노래」는 가부장제에서 탈각된 여성 주체의 노래라는 상징적 의미로 해석할 수 있을 것이다. 이후 바리데기가 많은 여성 작가의 글쓰기에 차용되었다는 점에서도 강은교가 자신의 시적 여정을 바리데기 이야기로 예고한 점이 주목된다. 그 시적 여정은 "쥐들이 일어나", "그대 등뒤에서/ 가장 오래 기어다니던/ 저 쥐가 이 땅을 정복하리라"라는 예언으로 개발독재기의 캄캄한 현실로까지 나아간다. 그러나 강은교의 시적 여정은 가부장제 국가와 대결하기보다는 모든 것을 끌어안는 모성으로 포괄된다. 생명과 생성의 근원인 모성성은 그 자체로 생명의 긍정적 가치지만 '어머니다움'이 강조되면서 어머니 노릇이 비가시의 영역으로 삭제되는 가부장의 문법을 벗어나기 어렵다는 문제가 있다. 강은교의 시 또한 같은 비판을 받았으나, 비체가 되어 통제되고 버려지는 여성 신체를 시어로 불러오고 부스러짐, 부패, 소멸 등의 신체 이미지를 시어로 등재시켰으며, 시어로서 '자궁'(「자전2」)을 발화하는 등 여성 시의 획기적인 변화를 가져왔다는 점에 주목할 필요가 있다. 추상으로서의 여성성이 아니라 여성의 불완전한 경험 자체가 여성의 신체 언어로 쓰이기 시작한 것이다.

문정희는 1969년 《월간문학》 신인상에 「불면」과 「하늘」이 당선되어 시단에 나왔다. 여성 시문학사에서 문정희 시는 여성의 몸과 욕망을 솔직히 표현하는 여성적 글쓰기를 추구하고 주체적인 여성성을 정립해 왔다는 점에서 의미를 지닌다. 관능과 사랑이 시의 에너지로 흘러넘치는 작가의 초기작들이 이 시기에 발표되었다. 첫 시집 『문정희 시집』(1973)에 실린 「떠오르는 방」(1970)에서 보여 준 관능성은 이후 작품에서도 이어지며 독특한 시 세계를 이룬다. "허허벌판에 누워서 / 깨끗한 남자를 기다린다. / 불꽃이 울면서 짐승같이 / 젖무덤 밑으로 기어든다."로 시작하는 담대한 관능적 표현이 "드디어 그 남자가 / 길을 무찔러 오는 소리."로 이어지고 "부끄러운 머리채를 이끌며 / 내가 어둠과 함께 / 도망친다."라는 상황이 전개된다. 그러나 그녀의 시는 "얼굴 모르는 신과 만난다. / 뱀과 미친 깃털이 / 낄낄거리며 흩어진다." 하는 유쾌한 시어들로 여성의 성을 수치심이 아니라 낄낄거림이라는 전복적 상상력으로 보여 준다. 이렇듯 문정희의 관능적 시는 여성의 수치심 신체를 뒤집어 놓으며 새로운 여성 시의 가능성을 열었다. 「새떼」에서는 생명의 상징인 '피'도 자연의 상징인 '가랑잎'도 모두 흘러가는 이미지를 통해 순환하는 세계를 그려 낸다. 그 속에서 시인은 "빛으로 포효하며 / 오르

는 사랑"을 발견해 낸다

김승희는 1973년《경향신문》신춘문예에 「그림 속의 물」로 등
단한다. 본격적인 페미니스트 시인으로서 김승희의 시는 1980년대
출간된 『왼손을 위한 협주곡』(1983)부터로 보아야겠지만 1979년
발간된 첫 시집 『태양미사』에서도 페미니스트 시인으로서 김승희
의 시 세계가 이미 드러나 있음을 알 수 있다. 초기 시들은 모더니스
트적 면모나 여성적 주체가 전혀 드러나지 않는다는 점에서 1980년
대 시와 다른 성격의 시로 분석하기도 하지만 이 시기에도 여성적
주체의 말하지 못하는 현실과 분출하고 싶은 갇힌 욕망을 드러내는
양피지적 글쓰기의 특징을 읽어 낼 수 있다. "나의 의학상식으로서
는/ 그림은 아름답기만 하면 되었다./ 그림은 거칠어서도 안 되고/
또 주제넘게 말을 해서도 안 되었다."라는 등단작 「그림 속의 물」의
한 대목이다. "주제넘게 말을 해서도 안 되는" 시인이 고갱의 '푸른
말'이 뛰노는 "분홍빛 모래들판"과 "황금빛 태양"(「나의 마차엔 고갱
의 푸른 말을」)을 꿈꾼다. 절망과 허무를 뚫고 미지의 강렬한 에너지
를 발견하고자 하는 탈주의 상상력이 여성 시의 새로운 욕망으로
등장했다.

1970년대 여성 시가 육체의 언어로 하강하는 신호는 중요한
변화로 보인다. 이후에 올 1980년대 여성 시의 저항과 광기를 예고
하며 그러한 변화를 시작하는 지점에서 불완전한 여성성, 취약한
여성 신체의 목소리를 발견해 내기 때문이다.

글쓰는 여성 노동자

이 시기에 새롭게 등장한 여성 글쓰기로는 여성 노동 수기가 있다. 1970년대 민주노조 설립을 둘러싼 노동자 투쟁을 다룬 이 수기들은 발언권이 없던 여성 노동자가 글쓰기 주체로 등장했다는 점에서도 문학사적인 의의가 있다. 여성 노동자 수기는 1976년《대화》에 연재된 동일방직 노동자 석정남의 '어느 여공의 일기'를 비롯해 몇 편의 작품이 연이어 출간된다. 대일화학 노조 파업으로 해고된 송효순의 수기『서울로 가는 길』(1982)과 원풍모방 사건을 다룬 장남수의『빼앗긴 일터』(1984) 등이 대표적이다. 이 작품들은 가난한 농촌 가정에서 태어나 가족의 생계를 위해 도시의 공장으로 이주해 와서 '시다'나 미싱사로 일하는 일상과 저임금 착취의 현실, 산업 선교회의 도움과 노조 활동, 그리고 해고로 이어지는 여성 노동자의 삶을 그려 낸다. 경공업 중심의 근대화에서 여성 노동자들이 노동 주체로 성장하는 경험과 현실을 공적 담론의 영역에서 발화했다는 점에서 중요한 의미가 있다.

잡지《대화》에 실린 석정남의 '어느 여공의 일기'는 「인간답게 살고 싶다」(1976년 11월)와 「불타는 눈물」(1976년 12월)로 나누어 연재된 작품이다. 일기 형식으로 쓴 이 작품은 동일방직 입사 전후로 나누어 연재되었고『공장의 불빛』(1984)으로 개작하여 단행본으로 재출간되었다. 1980년대 여성 노동 수기 발간을 이끈 대표적인 작품이다. 국문학자 김양선은 1900년대 초기 서구의 여성문학이 팸플릿, 연설, 선언문, 자서전 등 다양한 글쓰기의 형태로 생산되었던 것처럼 우리 문학사에서 여성 수기는 쓰기와 말하기에서 소외되었던 하층 여성들이 그 영역을 전유하는 한 방식을 보여 주는 장르라 분석했다.[6] 다양한 글쓰기 장르 중에서도 수기는 문학사에서 목 없는 자들의 목소리를 드러낼 수 있는 장르로서 여성 노동자의 경험이 응집되는 일종의 플랫폼이었다는 점에서 중요하다.

이 시기에는 잡지의 수기 공모나 특집 기사, 연재의 방식으로 다양한 수기가 실렸으며 글쓰기의 한 장르로 유행했다. 국책문학으로 진행된 새마을운동 절약 수기, 성공 수기, 생산 수기 등이 발표되었고, 여성 잡지를 통한 생활 수기나 알뜰주부 수기, 직업 수기, 사랑의 체험 등 다양한 수기류들이 발표되었다. 1970년대 수기류의 붐은 당시 국가정책과 무관하지 않다. 여성 노동 수기 역시 생산성 담론의 노동 의식, 부지런함, 숙련성, 효율성이라는 가치를 추구한다는 점에서는 국가정책과 겹치는 부분이 있을 수밖에 없다.[7] 그러나 여성 노동자가 글쓰기 주체로 등장했다는 점만으로도 이 작품들을 좀 더 적극적으로 읽어 볼 필요가 있다.

석정남의 수기에는 "단 몇 작품만이라도 좋으니 문학작품을 남기고 싶다."(236쪽)라는 글쓰기의 열망을 드러내는 성장 서사의 측면과 노동자의 일상에 대한 자세한 생활 수기의 면모를 엿볼 수 있다. 1만 6000원 월급으로 2000원 저금을 하고 고향에 생활비를 보내며 생계를 꾸리는 생활 기록자의 면모도 잘 나타나 있다. 야근, 철야, 추위, 굶주림, 질병 등 열악한 현실도 자세히 기록된다. 이러한 생활 수기의 측면이 전반부를 차지한다면 후반부는 노동자로서의 각성과 노조 결성, 회사의 탄압, 그에 대한 투쟁의 과정이 그려진다. 투쟁 과정을 그리는 여성 수기는 보통의 생산 수기와 달리 노동

6   김양선, 「70년대 노동 현실을 여성의 목소리로 기억/기록하기 — 여성문학(사)의 외연 확장과 70년대 여성 노동자 수기」,《여성문학연구》37호, 2016, 9~10쪽.
7   김성환, 「1970년대 노동수기와 노동의 의미」,《현대문학연구》36호, 2012, 357쪽.

자로서 여성의 경험을 눈물과 분노를 매개로 소통하는 감정 서사적 특징을 보인다.

글쓰기 주체로서 여성 노동자가 만들어 내는 공감의 방식이 거대한 압력에 저항하는 울음이라는 점을 주목해서 보아야 할 것이다. "슬퍼서 흘리는 눈물도 아니었고, 벅찬 기쁨의 눈물도 아닌 너무도 비참한 자신의 처지를 새삼 발견하였으므로 서러움에 복받쳐 우는 눈물"(석정남, 「불타는 눈물」)이라는 것이다. 서러움의 울음은 신체적 경험을 재현하는 여성적 공감의 방식이라 볼 수 있다. 여성 수기가 언어화하기 어려운 억압된 경험을 공유하는 탈출구로서 역할을 해 왔다는 점을 고려해 보면 여성 노동자 수기 역시 이념적 공감보다 감정의 공감이 더 큰 소통 장르인 여성적 글쓰기의 한 방식인 것이다. 처절한 울음은 분노의 감정이고 이는 부당함에 대한 판단의 감정이다.[8] 따라서 여성 수기가 이끌어 내는 감정적 공감은 생산성 담론과 거리 두기를 가능하게 하는 여성문학적 특성이다.

여성문학이라는 몸

1970년대 여성문학을 한마디로 정의한다면 여성문학이라는 범주와 육체가 구성된 시기이다. 일종의 지도 그리기가 이루어진 것이다. 아직 성격적 특성이나 정체성이 확립되기 이전이지만 여성 전업 작가가 등장하고, 중산층 여성을 중심으로 한 여성 경험의 문학화가 가능해졌으며, 여성적 장르와 매체가 형성되었다. 또한 새

---

8   마사 누스바움, 조형준 옮김, 『감정의 격동 1: 인정과 욕망』(새물결, 2015), 26~30쪽.

로운 글쓰기 주체로 등장한 여성 노동자와 민중적 글쓰기의 도전도 앞으로 여성문학의 범주가 어떻게 구성될지를 보여 주는 현상이다.

박정희 정부의 국가주의적 개발독재기는 노동의 도구로 국민을 재구성하는 강력한 계몽의 시대였다. 히스테리적 글쓰기와 육체의 언어로 쓰인 시, 일하는 몸의 경험을 다룬 여성 노동자의 글쓰기로 당대 여성문학이 정립된 것은 국가주의적 가부장제의 급속한 강화에 저항하는 인간성의 호소와 관련이 있다. 취약한 신체와 인간적 경험을 배제하는 체제에 저항하고 이를 문학화하는 글쓰기 전략이 여성문학의 특성이 된 것이다.

또한 이 시기 소설에 등장한 중산층 가정주부의 소외는 자본주의 논리 아래에서 지속된 재생산 구조의 소외와 맞물려 있으며, 그 때문에 사회체제와 불화하는 경계인의 시각을 보여 준다. 특히 박정희 근대화 프로젝트에서 가정은 이념을 전파해 체제를 유지하고 강화하는 동시에 재생산을 착취하는 이중의 역할을 하는 공간이었다. 중산층의 속물성과 가족 이데올로기의 허위성을 고발하는 박완서의 작품은 이런 시대 상황과 맞물린 경계인의 성찰을 잘 보여 준다.

이 시기에 등장한 다양한 여성 주체의 목소리와 여성 글쓰기는 이후 민족·민중문학이라는 단일성에 대한 과잉 상상력과 갈등하는 시기를 맞게 된다. 이는 본격적인 페미니즘 문학이 등장하는 1980년대의 상황이어서 아이러니한 현상이 아닐 수 없다. 여성문학이 민족·민중문학이라는 단일성 주체의 상상력과 갈등하면서 여성문학이 어떻게 균열을 내고 복수의 목소리를 만들어 갔는가를 살펴보는 일이 다음 시기를 읽어 내는 과제가 될 것이다.

이선옥

김자림(金玆林·1926~1994)

김자림은 1926년 평양에서 태어났다. 기독교 신앙의 개방적인 어머니와 외가의 정신을 이어받아 어린 시절부터 아버지의 봉건주의적 여성관과 가부장적 결혼 제도에 반발했던 그는 아버지의 반대에도 시인 양명문과 연애 결혼했는데, 이는 당시의 중매결혼 풍습에 대한 도전이었다. 그는 1948년 평양사범대학 국문학과 졸업 후 교사로 재직하다 한국전쟁 이후 희곡을 쓰기로 결정하고 1959년 《조선일보》 신춘문예에 「돌개바람」으로 등단했다. 그다음 해 국립극장과 《서울신문》이 공동 주최한 작품 모집에 「인공낙원」이 입선되어 본격적으로 극작 활동을 시작했다. 국립 극단에서 「이민선」(1966)을 성공시킨 이후 《한국일보》 연극영화예술상 희곡상, 대한민국문학상 희곡상을 수상하는 등 제도권 내에서 인정받았다. 1970년대에는 생계유지를 위해 라디오와 TV 드라마 대본을 쓰는 데 주력했지만 30여 년의 활동 기간 동안 두 권의 희곡집(1974년 『이민선』과 1988년 『하늘의 포도밭』)과 열여섯 편가량의 희곡을 발표하고 이중 열 편을 무대에 올렸다.

김자림의 희곡은 여성 문제를 드러내면서 고루한 인습을 깨뜨리려는 비판 의식에서 출발한다. 이러한 주제는 데뷔작인 「돌개바람」에서 가시화되고 1970년 발표한 「화돈」에서 확장되며 이후 작품은 물질문명에 대한 비판, 분단 문제, 조국의 현실 등으로 주제를 넓혀 간다. 문명 비판적인 작품 「유산」(1961)과 신화를 상실한 현대 사회를 그린 「신들의 결혼」(1967)을 선보이는 한편, 「이민선」을 통해서는 브라질 이민을 통해 새 삶을 찾아 몸부림치는 군상을 설득력 있게 묘사하고, 「동거인」(1969)에서는 남파 간첩 가족의 재회를 통해 분단의 비극을 다룬다. 1980년대 초에는 이웃에 대한 무관심을 비판하는 「로터리의 피아노」(1981)와 베트남 보트피플의 참상을 이념 권력에 의해 악용된 비극으로 다룬 「늑대의 하품」(1982) 등을 발표한다. 한편 김자림은 여성적 관점의 작품도 잇달아 선보인다. 노신사의 사랑으로 삶의 의미를 되찾는 세 과부를 그린 「오호, 종달새」(1973), 몽상가적 기질로 현실을 직시하지 못하던 두 자매의 몰락과 구원을 그린 「노녀들의 발톱」(1982), 일본에서 입양된 조선의 고아 소녀가 기독교 사상을 받아들여 사랑을 실천하는 「하늘의 포도밭」(1984)이 그 대표적 예다. 그러나 「화돈」을 제외한 중기와 후기 작품들에서 구원적 기독교를 끌어들여 여성주의 의식을 희석시켰다는 평을 받는다.

「돌개바람」과 「화돈」의 여성 인물들은 근본적으로 전통적인 남녀 역할과 가부장적 결혼 제도를 제 힘으로 벗어나지 못하는 한계를 지니지만, 여성의 성욕 문제를 드러내고 정조 이데올로기와 가부장제 결혼 제도에 도전하는 '반항하는 여성들'을 담아냈다는 점에서 큰 의미가 있다. 다양한 사회적 모순을 다루는 넓은 스펙트럼이 김자림의 희곡적 특징이기도 하나, 그보다 당대 여성이 당면한 문제들을 무대 위에 올린 한국 최초의 본격적인 여성 희곡 작가로서 김자림을 평가하는 것이 더 타당하다.

이희원

花豚화돈

全전 一幕1막 — 모놀로오그·드라마

나오는 사람　　女人여인

舞臺무대

탁자, 의자, 양복장, 침대, 책상, 책장 등 적당히 배치되어 있음.
가장 눈에 띄는 것이 전화기, 정면에 위치해 있다. 마치 현대의
메시아처럼 떠받들고 있는 느낌.
幕막이 오르면 침대로부터 삼십 오륙 세가량의 여인, 부시시 일
어나 기지개를 켜며 벽시계를 쳐다본다. 매우 권태로운 모습.

女人여인　아이 잠도 안 와. 두 시, 대낮이군. (창으로 고개를 틀며) 비
　　　　도 멎었나 봐. (이번엔 도어 쪽) 오늘은 우편물도 없군. 너무
　　　　도 조용해. 아이, 목이 말라. (주전자의 물을 따라 마시며) 어
　　　　째 전화도 안 걸려 오지? (전화기에다 시선을 꽂으면서) 저
　　　　리도 침묵을 지키면 그 많은 소리는 죽어 버리잖아. (담배를

34

피워 물며) 이상해. 전화만 보면 왠지 마음이 들떠. 누가 나를 기다리다 재촉의 전화라도 걸려 올 것만 같은 그런 설렘이…… (혼자 싱긋) 나잇값도 못 하고 (다시 침대에 벌렁 나자빠져 한 모금 뻑 빨아 올리고 노래 조로) 전화 옆에서 다만 나 혼자, 다만 나 혼자서 외로와. 못 견디게 외로와…… (벌떡 일어나 잠시 턱받침 하고 전화기를 바라보다가) 눈도, 코도, 입도 없는 사람이라도 좋아. 그러기에 나는 용감할 수 있는 거니까. 이 유폐된 방에 갇혀 있는 이 권태로운 여자를 구해 주사이다. 그 기름진 굵은 목소리, 모든 준비는 다 돼 있는데…… 왜 아무 일도 안 일어나지? (지겨운 듯 몸을 꼬는데,)

〔E〕 전화벨 소리.

여인 마침내 왔거니 설렘을 억제하며 그리로 달려간다. 그러나 전화기 앞에서 그 기대를 즐기려는 듯 울리는 벨 속에서,

女人여인 누굴까? 멋있는 사람? 신사? 음악가? 노교수? 실업가? 박사? 그렇잖음 야구선수? 年下연하의? …… 어쨌든. (낚아채듯 수화기를 든다.) 여보세요, 어디시죠? 어머, 난 또 누구라구. 언니 아냐. 웬일이유? 심심해서 거셨다구요? 아이 언니두. 엊그제 그토록 대판 부부 싸움을 하시구선 벌써 심심하담 어떻게 되는 거유? 내 참……. 네? 아니 그럼 언니도 독수공방 신세라구요. 아, 형부 출장가셨구려. 네? 글쎄 우리 그인 아직 이틀두 더 갇혀 있어야 한다나 봐요. 누가 아니라우. 사법 고시 위원을 죄인 취급하는 세상이니 이런 불신 시대가 또 어디

있겠수? 아무리 타락된 세상이래두 말요. 그래도 학자의 양심은 살아 있을 게 아니우. 더구나 우리 꽁생원이 그런 데 갇혀 가지구서랑. 참, 딱두 허지 뭐유. 아이, 따분해 그런 얘긴. 언니, 무슨 재미있는 일 없을까? 이 지리한 잉여 시간, 아니, 이 열 처리를 어떻게 헐 거유? 네? 언니도 몹시 권태롭다구요? 그래서 전화 걸었다구요? 이봐요, 언니. 그럼 내 재미있는 얘기 들려드릴까? 으흐흐……. 왜 웃냐구요? 글쎄 생각만 해도 몸이 근질거리지 뭐유. 아이 멋있어. 피차 심심하던 참에 그럼 우리 실컷 얘기나 늘어놓읍시다요. 네? 그야 물론, 사랑 얘기지. 경제적인, 그러면서도 세기적인 으흐흐……. 이 세상의 질서와 투쟁하고 개혁하고 새롭게 살고픈 욕망에 불타게 해 주는 남자들. 난 그런 한 남성을 알게 됐지. 사랑은 윤리나 도덕이나 수치심 같은 것만이 아니라는 것을 말해 주었다우. 아예 모자나 코우트를 현관에 맡겨 두고 들어가는 그런 기분이라는 거야. 아이, 언니두 화는 왜 내우? 갑옷 속에 가둬 둔 性성이 그래 마냥 향기롭단 말이유? 이 답답한 아파아트, 이 닫혀진 문, 이게 다 사기한의 道場도장이지 뭐유. 그렇담 언니는 그 특정 인물에게 사기술을 더욱 연마하라고 내버려만 둘 참이유? 내 참, 언닌 오염된 공기 속에서 이미 鉛中毒연중독[1]에 걸렸구려. 참으로 가엾어라. 아직 도전할 수도 있는 나인데, 아니 나보다 한술 더 떠서 부러 펄쩍 뛰는 체하는 게 아니우? 점잖은 개가 먼저 부뚜막에 올라앉는다구, (깜짝 놀라 흠칫) 어머, 그게 무슨 고함 주먹이유? 그러면서

1　납중독.

도 수화기는 꼭 붙들고 있으면서, 그런 거라우. 언니, 귀가 솔 깃하죠? 이런 얘기라면 으흐흐……. 글쎄 코펜하겐으로 가는 비행기는 벌써 예약이 다 끝났고. 그래서 아프리카에선 전세 비행기가 날 지경이라지 뭐유. 섹스 69로 덴마아크는 망신살 이 뻗친 게 아니라 구제 사업을 하고 있다고 보아 무방할 거예요. 모든 사람에게 여지껏 거짓투성이의 성도덕과 가려진 「포니」의 신비성 속에서 지내 온 사랑의 생활이 어떤 것인가 하는 사실을 알리기 위한 것이니까요. 네? 超創造的초창조적인 사고력을 가진 사람들이라구요? 언니도 입안의 군침이 돌아 가는 모양이구려 으흐흐……. 네, 네. 안 까불겠읍니다. 네? 아까 그 남자의 얘기가 사실이냐구요? 암요. 언니, 그이가 바로 그 섹스 天下之本國천하지본국엘 다녀온 분이라우. 그 전시 장에 들어가는 순간 아찔해지며 현기증이 나더라잖우. 사방을 둘러봐도 춘화도, 춘화도. 그중 속세를 닮은 데란 겨우 숙 녀용 속옷을 파는 점포 하나 있을 정도라니 그저 눈길 닿는 데마다 숨이 콱콱 막히더래나요. 알몸뚱이 아가씨가 상품을 선전하고 있죠. 어떡허면 인간과 인간이 보다 즐길 수 있는 가 그 연구 실적이 놀랄 만하더래요. 언니, 섹스를 여러 각도 로 까발리고 있는 그 전시장, 그건 여자가 동등해졌다는 의 미이기도 하죠. 이제는 그 사드 侯爵후작 같은 성행위는 용납 될 수 없는 거니까요. 그 용납될 수 없음을 강조하기 위해서 사디슴과 매지키즘의 역사적 고증을 위한 각종 학대 용구를 진열했더라는 거예요. 네? 섹스의 만화경은 그만하라구요? 아, 언니는 더 생생한 얘기가 듣고 싶다 그 말이죠. 참 언니두 흥미 진진한 얘기엔 빡하는 데가 있어. 으흐흐……. 네? 물은

김자림

고만 찌우라구요? 어머 언니두 뭐 그게 그리 비싼 얘기라구 꼬겠수. 죄다 해 드릴게 염려 말아요. 이게 다 언니에게도 참고될 테니까요. 본론에 들어가기 전에 언니, 난 이 너무도 인위적인 생활 환경에 구토가 일어날 것만 같우. 어릴 때부터의 이 훈련이, 숨은 어떻게 쉬어야 하는가, 걸음은 어떻게 걸어야 하는가, 어떻게 먹어야 하는가, 심지어는 어떻게 사랑해야 옳은가? 그런 것까지…… 언니, 난 너무도 세분된 이 전문 지식에서 도망치고 싶어. 아, 이 '위대한 거부'가 내 몸속에서 싸우고 있다우. 아니 언니, 아까부터 뭘 쏭알거리고 있수? 네? 뭐라구요? 지나친 풍요 속에 키워져서 변덕과 태만에 깊이 물든 망쳐진 계집이라고요? 어머, 너무해서. 세계를 탄생시키려는 이 터질 듯한 욕망도 모르고 내 참. 어쩔 수 없어. 개념의 차이. 네? 망각 속에 폭발한 변덕에다 태만에 물든 병이라고요? 어머머, 점점 너무해서. 분명히 언니는 鉛中毒연중독이야. 모든 기성 관념을 박살 내고 原初원초로 돌아가 다시 신선해지자는데 어째 동조를 못 하우? 알다가도 모르겠네. 신선해지자는데, 보다 맑아지자는데…… 진창서 허덕이는 이 문명이 언니에게 얼마만큼의 보탬이 된다구 그렇게 버티기만 하는 거유? 네? 병든 이십 세기를 역설하는 얘긴 고만하라구요? 이봐요, 언니 양반, 하얗게 환원하자구요. 제에발. 네? 차라리 맨발에다 머리에 꽃을 꽂고 다니라구요? 좋죠. 히피처럼이죠. 그들은 미친 게 아니라우. 광막한 땅에 꽃을 심고 노래를 울부짖는 저 히피의 무리, 왜 그들에게 불안과 두려움을 갖는 거죠? 인간을 야만화시키고, 강과 해변을 더럽히고, 숨 쉬는 공기마저 오염시키고 있는 이 시궁창 같은, 이제는 더러운 지구덩이, 생을 아름답게 느끼며 살 수 있는 문화와 진리는 멀리멀리 달아났고, 양심 없는 상인들로 동네에는 가득 차고 그 위에다 뭐라 이름 붙일 수도 없는 추한 일들만 사방에서 벌어지고 있는 이 세상. 그래서 反文化반문화를 창조하려는 건데, 그래 가지고 새로운 세상을 수립하려는 건데 시비는 웬 시비유? 네? 한국의 여자 히피 한 마리 탄생했다구요? 컹그레츌레이션, 댕큐, 언니, 잠깐 나 물 한 모금 마시고. (수화기를 놓고 물을 따르며) 갑자기 목이 타는데. (마시면서) 행동의 자유가 없다고 느끼면서도 모든 것에 대한 굿바이의 용기가 없으니까. (다시 수화기를 들고) 언니, 미안. 아니, 여보세요, 여보세요, 끊었나 봐. 너무 자극적이었나? 대화가……. (수화기를 놓으려고 하며) 어쩌나? 난 또 지리해지겠는걸. (무심코 수화기를 다시 귀에다 대었다가) 어머, 안 끊었군요. 그새 언니도 물을 마셨다구요? 역시 언니도 공감하는 바가……. 목이 탄 걸 보니 으흐흐……. 네? 걱정이 돼서 끊을 수가 없었다구요? 천만에요. 그럴 염려는……. 난 바야흐로 성장을 하고 있는 걸요. 조금씩의 거부로 말미암아 내 나이에 요란한 반항엔 좀 억지가 섞여야 하니까요. 그러나 때로 자기 자신을 희생물로 제공함으로써 실효를 거둘, 즉 실험 재료로 삼을 각오는 서 있다우. 네? 어떤 실험이냐구요? 언니두 그만큼 얘기했는데도 못 알아듣겠수? 내 얘기가 요령부득인지는 몰라도, 가만있자, 이런 식으루 질척거리다가는 해가 지겠수. 언니, 센트럴히이팅이란 뭔지 알죠? 자동식 스티임 장치가 되어 있는, 으레 그렇게 돼 있게 마련이지마는, 구식 화로든가, 볼품없는 싸구려 연탄난로는 이젠 질색이에요. 자칫하면 중독에다 불도 잘 안 피거든요. 네? 뚱딴지 같은 얘기 집어치우고 빨리 본론으로 들어가라고요? 아이 성미두 급하셔라. 언니, 난 그 센트럴히이팅에다 불을 지피기 위해서 쩌릿한 드릴과 몸서리쳐지는 엽기를 찾아야 했다우. 그러기 위해선 잔인할이만큼 강렬한 사람, 말하잠 나의 과거를 말끔히 소멸시켜 주고 찰나적으로 나를 죽여 주는 사람, 그러면 난 지글지글 타지. 그러구는 아까 말대로 환원하는 거야. 原初 원초의 나로, 다시 구어지니까 말유. 아, 난 그런 사람을 찾아 헤맸다우. 네? 물론 처음에 이미 밝혔잖우. 그 숨 막히는 도전 그것은 일주일간이었어. 목요일부터 시작했지. 목, 금, 토, 일, 월, 화, 수. 첫날은 초록색이었어. 둘쨋 날인 금요일은 검었고, 터지기 직전이었으니까. 월, 화는 빨간 장미 빛, 마지막 수요일은 푸른 하늘, 그 하늘엔 흰 구름 한 점, 그게 내 얻어진 욕망이었다우. 그래서 언니, 난 이렇게 건강해졌다우. 네? 그런데 왜 외롭다, 지리하다는 얘기를 하냐구요? 참 내가 그랬었나? 내가 그랬담 그건 입버릇이겠죠. 그리고 보니 입버릇이란 고약한 거예요. 모든 남편들이 아내에게 처음 시작했을 때처럼, 그런 사랑을 안겨 주지 않으면서도 오랜 결혼 생활에서 묻어 온 습관성 어투로 아무 감정도 없이 내 사랑하는 그대니, 임이니, 그런 조로 뱉어 놓으니 말예요. 난 그런 목소리를 들을 때마다 내가 어둠 속을 여행하고 있구나 하는 허탈감에 사로잡히곤 하죠. 비탈길을 뛰어내릴 때 시작에서 힘준 것이 반쯤 와서도 그저 그 리듬대로, 맥을 놓아도 터덜터덜 그저 잘 내려가듯이 난 내 생활에서 그 리듬을 들곤 한다우. 그야 언니도 마찬가지겠지만, 습관성, 리듬,

어머, 입버릇 얘기가 이렇게까지 진전했어. 네? 어머머, 언닌 그저 여전히 관심은 그 센트럴히이팅이군요. 글쎄 멋있는 남자였대두요. 몇 살? 언니, 그이는 나이를 초월한 사람이라우. 우리는 서로 나이 같은 건 안 묻기로 했죠. 네? 독신이냐구요? 아뇨. 그런 병신은 싫어요. 어엿이 처자가 있는 사람, 언니두 아무러면 그런 게 무슨 상관이유. 그저 신선한 정열을 붙잡는 데 도와줬을 뿐이라우. 네? 아까부터 말은 좋다고요? 글쎄 그건 가치관의 차이니까, 억지로 이해해 주십사 하고 강요는 않겠어요. 엄밀히 관계를 따지면 난 환자였고, 그이는 닥터였지 뭐예요. 네? 이용당한 거냐구요? 언니두, 그럼 어느 쪽이? 네? 물론 여자 쪽이라고요? 그럼 내가? 글쎄 그건 객관적인 거라니깐요. 어쨌든 나는 덕분에 쾌차했으니까. 난 닥터한테 감사할 뿐이래두요. 그래서 난 다시 어렸을 때의 건강을 회복했대두요. 祝祭축제 같은 환희 속에서 새 생활의 의욕을 찾았으니까요. 먹기도 잘하죠. 이렇게 수다도 잘 떨죠. 글쎄, 요 며칠 내에 삼 파운드나 늘었지 뭐예요. 네? 붓는 건 좋잖다구요? 그렇지만 건강하게 붓는 건 좋은 현상이겠죠. 이봐요 언니, 그렇게 종일 죽치고 처막혀만 있지 말고 연애 좀해요. 그 시들해진 감정에 물을 줘요. 형부도 안 계시겠다, 지금 기회가 좀 좋아요? (흠칫) 아이, 따거, 누가 이 쳐 죽일 열녀라더니 아이, 곰팡내야. 이렇게 되면 불행한 건 형부 쪽이지 뭐야. 죽도록 물고 늘어지시우. 이봐요 언니, 이걸 알아야해요. 어제는 죄악이었던 게 내일엔 선행으로 보이는 이런 세상이 오늘의 현대라는 걸 모르시우. 뭐라구요? 네? 차라리 벌거벗고 다니라구요? 그렇게만 된다면 그건 인간을 창조하

김치탕

신 하느님의 뜻이죠. 그래서 금세기 최후의 그다지 까다롭지 않은 어쩌면 관념조차 없는 신학이 이를테면 새로운 종교가 생길지도 모르죠. 모두 열쇠를 안 잠그고 살게 된다니까요. 네? 누가 백조에게 총을 겨누었는가고요? 어머, 언니는 여전히 그쪽으로만 관심이 호호……. 근데 언닌 내가 아직 백존 줄 아셨수? 오래도록 탁류에 떠 있던 백조는 물이 찌면——

——그 강바닥은 시궁창이고 자기는 거기서 후벼 대던 오리였음을 알게 되죠. 그 오리는 신경질, 권태, 낮잠의 욕망만 늘어난 자신을 발견하곤 그 고운 백조 시대가 그리워 몸부림치는 거죠. 누가 나를 그 파란 호숫가로 끌고 가 이 시궁창의 때를 안 벗겨 주나 하고 기다리게 되는 거죠. 그런데 안개 짙은 어느 날 밤이었어요. 언니 말대로 누가 나를 쏘았어요. 나는 순간 깜짝 놀랐을 뿐 다행히 부상하진 않았다우. 멀리서 어떤 사내가 뛰어왔어요. 멀리서도 헌칠한 키에 늠름한 사내인 것을 알 수 있었죠. 훅 끼얹은 분위기를 몰고 오는 남자, 그랬었지요, 질풍 같았어요. 순간 걷잡을 수 없는 가슴의 고동, 난 눈을 지긋이 감고 기절을 가장했어요. 포수 차림의 그 남자는 나를 보자 첫마디가, 쳇, 오리였군. 발로 한 번 툭 차 보곤 그냥 돌아서는 거예요. 나의 실망, 나는 그를 붙들려고 신음했다우. 물을 달라고 신음했다우. 아닌 게 아니라 그 남자를 보자 난 심한 갈증이 일더군요. 그러자, 그분은 나의 어깻죽지를 난폭하게 턱 잡더니 말없이 끄는 거예요. 난 땅에 질질 끌리어 가는 거죠. 그러다 내가 장애물에 걸리기라도 하면 귀찮은 듯 세차게 낚아채는 거예요, 나를. 내 옷은 찢어지고 다리에서는 피가 났어요. 그러나 그 아픔에서 쾌감이 번질

42

때 되려 난 그 남자에 대한 신뢰감이 두터워 가기만 하는 게 아니겠어요. 난 그의 등 뒤에다 대고 속으로 외쳤다우. 나를 더 아프게 파괴해 줘요. 더 더……. 네? 매저키즘이라뇨? 언닌 아직도 내 얘기가 이해 안 되우? 아무래도 언닌 머리가 잘 안 도는 사람이야. 언니와 난 연년생인데 달로 따지면 일곱 달하고 이십칠 일 차이뿐인데, 그렇잖음 언니가 전공을 잘못 택했던가. 도대체 그 피아노라는 게 사람을 바보 만들기에 꼭 알맞은 악기지 뭐유. 대장장이에게 바보가 많듯이 (흠칫 그리고 수화기를 들여다보며) 이게 고무풍선이었음 몇 번두 더 터졌겠어. 내 참, 언니 이봐요, (중얼) 아니, 이 양반이 화가 나서 이번엔 정말 끊었나? 여보세요 언니, (안도의 빛을 띠며) 아이 언니두 그렇게 숨을 죽이고 있을 게 뭐유? 네? 관심은 여전히 으흐흐……. 아이, 염려 말아요. 그럼 다시 계속하죠. 그 호숫가에 도달했을 땐 난 그야말로 피투성이가 됐었다우. 그러나 나의 정신은 더욱더 밝아지기만 하겠죠. 그는 거기에 닿기가 바쁘게 나를 호수 복판에 차 던지는 거예요. 실컷 물이나 먹으라고요. 그 억센 구둣발로 차 던졌다우. 순식간에 호수는 벌개지더군요. 그러나 점차 그 핏물은 가라앉고 호수는 다시 파래졌어요. 그 푸르름 속에 둥 떠 있는 나는 오랫만에 고향에 돌아온 느낌이었죠. 그도 피곤한지 푸른 잔디에 벌렁 누워 담배를 뻑뻑 피우고 있더군요. 그는 확실히 분위기가 있는 남자였어요. 그는 전혀 나를 의식하지 않고 있었어요. 나는 그게 몹시 안타까웠어요. 나에게 관심을 끌게 하는 방법이란 내가 비명을 지르며 익사를 가장하든가 해야 겠다 싶어 몇 번이고 물속으로 숨바꼭질의 연기도 해 보았지

43

마는 문득 치사스런 생각이 들어 차라리 물속에서 나와 그의 옆으로 다가갔다우. 오래 물속에 있으니까 오한이 나 떨려 못 견디겠다고 하며, 네? 뭐라구요? 그래서 센트럴히이팅이란 이야기가 나왔냐구요? 언니두 아까 오금을 박았다구 너무도 앞질러 생각하면 흥미가 깨지잖우. 그렇지만 맞아요. 그거 예요. 네네. 계속하고말구요. 활활 타고 싶은 충동이 일어났던 거죠. 그래서 더욱 추워했구요. 아니, 정말 춥기도 했어요. 그랬더니 아까와는 달리 친절한 손길로 자기 웃도리를 벗어 나의 어깨에 걸쳐 주며 그 윤기 있는 무우드의 찬 목소리로 체온을 조절하기 위한 건강법의 비결을 말해 주잖겠어. 화학자로 유명한 로버트 보일의 코우트의 예를 들어 가면서. 언니, 보일 박사는 오우버코우트를 수십 벌이나 갖고 있었대요. 네? 웬 학자님이 그렇게 멋을 부렸냐구요? 언니두, 그게 아니죠. 체온을 조절하기 위해서 각기 다른 두께의 오우버코우트를 마련해 두었다는 거예요. 그리곤 매일 외출하기 전에 그날의 온도계로 기온을 재고 그 높구 얕구에 따라 거기에 알맞은 코우트를 골라 입었다잖우. 그래서 그는 감기 한 번 안 걸리고 칠십 세까지 살았다는 거예요. 건강하게. 네? 아이, 언닌 성미도 급하셔. 바로 그 얘기를 하려던 참인데. 언니, 그러면서 그분은 체온에 알맞게 코우트를 입혀 주겠다는 거예요. 살아 움직이는 인간 코우트, 그분은 와락 나를 끌어안고는 원시의 숲에다 서서히 눕히겠죠. 그 바닥은 온통 초록빛이었죠. 그의 가슴도 초록으로 물들어 갔어요. 주위는 조용했어요. 나는 세상에 다시 태어나는 그 설렘을 조그마한 이 가슴으로 느껴 갔던 거죠. 따분하고 왜소한 현실의 울안을 탈출해 온 나, 그저 할렐루야를 부르짖고 싶도록 그 잔디는 에 덴동산과 흡사했다우. (흠칫) 어머머, 화는 왜 내우? 바로 요 장면의 묘사가 듣고파 오래도록 수화기를 붙들고 있는 주제 에, 이봐요. 그렇잖음 언니, 내가 좀 더 적나라하게 묘사 않았 대서 화유? 호호……. 인간이란 겉으론 아무리 점잔을 빼도 가장 흥미로운 게 그거지 뭐유. 안 그러우 언니, 호호……. 어 떤 청년이 바로 그 러브 시인이 커트당한 영화에 화가 나서 그 스크린을 향해 총을 쏘았다던데 차라리 언니도 좀 그래 보슈. 이왕 꺼낸 얘긴데 좀 더 노골적으로 얘기해 주렴. 그래 서 어쨌니? 그이가 너의 숨통마저 누르지야 않았겠지 하고 말예요. 그래서 넌 숨이 꺽꺽 넘어갈 뻔은 안 했니 하고……. 어쨌든 언니, 백조는 그 하얀 날개를 접고 거기서 일주일을 지냈다우. 파랗게, 빨갛게, 노랗게, 색색으로 엮어 짜 가며, 李箱이상의 소설 속의 묘사처럼, 멀리 금붕어 지느러미처럼 흐느적이는 희락의 거리를 내려다보며, 난 비범하게 발육돼 감을 감각했우. 그랬더니 신진대사는 활발해지고 그래서 불 은 너무도 잘 탔지. 센트럴히이팅과 가스불. 빨간 론슨 라이 터, 귀엽더군요. 그건 코펜하겐의 선물이래요. 네? 물론 섹스 展전에 다녀온 분이라 했지 않우. 그런데 언니, 거기서 일주 일을 보냈더니 이상하게도 우리(柵책) 속이 다시 그리워지겠 죠. 어떤 시인이, 「우리 속에 갇혀 살아온 자는 우리에 대한 동경을 가진 자이기 때문에……」 이 시처럼 그래서 그 우리 가 그리워진 게 아니라 내 생각엔 말요, 그 터질 듯한 욕망을 주체할 수 없어 우리를 다시 찾게 되는 게 아닐까 하고요. 네? 그게 무슨 뜻이냐구요? 말하잠 이제는 그 욕망을 소모해

김자림

야겠기에, 이건 너무도 이율배반적인 얘기라 할는지는 모르지마는 난 이렇게 분명히 말할 수 있다우. 분열됐던 나를 도로 돌돌 뭉쳐 가지고 갇혔던 이 우리로 되돌아온 건, 즉 그 정력을 가지고 주어진 내 다이얼을 다시 운전할 수 있기 때문이우. 그러노라면 점차 나사는 다시 풀려 틈새가 생겨나서 또 분열돼 가겠지. 이번에 오는 분열은 죽음, 그때는 이미 늙어 히이팅이 무슨 소용이야. 그때는 기름 한 방울 없는 탱크일 텐데. 그러니까 언니, 그대로 쪽 오그라들지 마시고 죄를 분노로만 보지 말고, 자연으로 돌아가자고 성화인 히피도 너무 욕하지 말고, 무너지는 현재와 다가올 미래와의 그 사이에 낼름 끼어 봐요. 맛이 어떤가? 샌드위치 언니, 우리는 지금쯤 한 번은 외출해서 점심을 먹을 때예요, 글쎄 건강상……. 그러나 점심엔 샌드위치가 무난하더군요. 물론 군것질하곤 다르죠. 엄연히 네? 뭐라구요? 어머머, 재미있게 실컷 듣고선 뭐 시시한 얘기라구요? 에이 여보쇼, 그런 인색한 인사가 또 어디 있수 내 참, 잔말 말구 청취료나 내슈.

이때 초인종 소리, 비상종처럼 거푸 울린다.

女人여인 (중얼) 누굴까? 언니, 잠깐만 기다려요. 누가 온 모양이야. 가만 내 다시 걸 테니 일단 끊기로 해요. 그럼. (수화기 놓고 도어 쪽으로 가며 중얼. 그러나 매우 유쾌한 재미에 들뜬 듯하며) 설마 그이가 탈출해 온 건 아닐 테지. 그 꽁생원이 웬걸……. 아직 이틀은 더 감금당해야 할 테니, 가엾은 양반!

그녀, 도어를 연다. 그러나 방문자는 가리어 안 보인다.

女人여인 누구시죠? 네? 아, 메신저, 뭐라구요? 아, 그이가 보냈다구요. 댕큐. (봉투 받아 들고) 좀 들어왔다 가시잖구. 바빠요? 그럼 바이! (도어 닫고 돌아서며) 이런 거 보내도 안 될 터인데 혹 문제를 내통했다고 오해받음 어쩔려구서.
(봉투를 뜯으면서) 무슨 사연일까? 이 양반 그새도 못 참아서 내 참! (편지 펴 들고 큰 소리로 읽는다.) 전화 혼선으로 죄다 들었다. (섬칫 놀라며) 너하곤 당장 이혼이다. 동봉한 이혼장에 도장을 찍어 보내라. 이 몹쓸 계집! (편지지 움켜쥐고 점차 파랗게 질려 간다. 그러나 오롯이) 여보, 그, 그건 소설을 구상한 거라우. 일인칭 소설. 원고 마감이 박두했기에 구상을 좀 더 익혀 보려구 실감 있게 한번 뇌까려 봤을 뿐인데……. 미리 독자의 반응을 시험해 보려구. 언니를 붙들고 말이유…….

밋밋한 침묵이 흐르는 가운데 전화벨 소리 요란하다. 그녀, 받을 생각을 않고 초조하게 앉았다가 그 감정을 누르려고 부러 담배를 붙여 무는데 幕막. 幕막이 내린 뒤에도 전화벨 소리, 잠시 그냥 계속되는 느낌.

—《월간문학》3권 11호, 1970년 11월;
김자림, 『이민선』(민중서관, 1971)

박완서(朴婉緒·1931~2011)

박완서는 1931년 경기도 개풍(개성)군 묵송리 박적골에서 태어났다. 네 살에 아버지가 별세한 뒤 오빠를 데리고 서울로 떠난 어머니 대신 조부모와 고향에서 어린 시절을 보냈다. 행복했던 고향 생활이 끝나고 여덟 살에 서울로 와서 어머니와 살게 되어 맞닥뜨린 근대 도시를 매혹과 충격으로 받아들이게 된다. 이때의 경험이 「엄마의 말뚝」(1980) 등 작가의 자전적 소설에서 다양한 방식으로 재현되었다. 매동초등학교, 숙명여고를 나와 서울대 국문과에 진학했으나 전쟁으로 다니지 못했다. 근대도시로의 입성과 전쟁 체험을 원체험으로 하는 소설들은 근현대사의 격동기를 기록해 낸 여성적 기억으로 많은 주목을 받았다. 1970년 『나목』으로 《여성동아》 여류 장편소설 공모에 당선되어 등단한 박완서는 수많은 문학상을 수상한 한국문학의 대표 작가다. 「엄마의 말뚝 2」(1981)로 이상문학상, 『미망』(1990)으로 대한민국문학상, 『그 많던 싱아는 누가 다 먹었을까』(1992)로 중앙문화대상, 「꿈꾸는 인큐베이터」(1993)로 현대문학상, 「나의 가장 나종 지니인 것」(1993)으로 동인문학상, 「너무도 쓸쓸한 당신」(1997)으로 만해문학상, 「그리움을 위하여」(2001)로 황순원문학상 등을 수상했다. 수필, 동화 작가로서도 많은 작품을 남겼다.

박완서는 1남 4녀를 둔 주부로 40세의 늦은 나이에 여성 잡지를 통해 등단한 특이한 이력을 지녔으며, 대중성과 문학성을 모두 지닌 작가로 손꼽힌다. 소설 작품은 주제별로 크게 중산층 도시 소시민의 속물성과 허위의식, 전쟁 체험, 페미니즘 등으로 나뉜다. 「닮은 방들」(1974), 『도시의 흉년』(1975), 「포말의 집」(1976), 『휘청거리는 오후』(1977) 등 주로 초기 작품에서는 중산층 생활양식의 변화와 속물성, 허위의식 등을 비판하고 풍자하는 데 주력했다. 특히 『휘청거리는 오후』(1977)에서는 초희, 우희, 말희 세 딸의 결혼을 통해 중산층 가정의 신분 상승 욕망이 만들어 내는 가족 갈등과 도덕적 붕괴 과정을 포착했다. 『그해 겨울은 따뜻했네』(1983)는 전쟁기에 버린 여동생 오목(수인)을 또다시 버리는 언니 수지의 이야기를 통해 중산층 만들기의 배타성과 속물성을 냉정하게 파헤친다. 이 작품들은 타자를 배제하며 중산층의 정체성을 형성해 가는 과정을 주부의 위치성에서 보여 주었다는 점에서 한국문학사에서 독특한 특징을 지닌다.

자전적 전쟁 체험 소설로는 『나목』, 「엄마의 말뚝 1, 2, 3」(1980, 1981, 1991), 『그 많던 싱아는 누가 다 먹었을까』, 『그 산이 정말 거기 있었을까』(1995), 「그 남자네 집」(2002) 등이 있다. 증언의 문학, 집합적 기억의 기록 등으로 평가되는 전쟁 체험 소설들은 등단작 『나목』 이후 조금씩 변형되면서 다시 쓰기를 지속해 나간다. 전쟁 체험의 다시 쓰기는 박완서 글쓰기의 핵심이다. 박완서의 소설은 빨갱이 콤플렉스에 갇혀 오랫동안 침묵했던 짐승의 시간을 다시 쓰기라는 서사 전략으로 재소환하고 재통합하는 지난한 과정을 보여 준다. 좌우로 분리된 분단국가에서 애도가 불가능한 죽음들을 불러내고 상처를 치유하는 박완서의 자전적 글쓰기는 생존의 글쓰기로서 전쟁과 죽음을 애도하는 여성 글쓰기의 전형으로 손꼽힌다. 페미니즘 주제를 직접 다룬 소설들도 박완서 작품에서 빼놓을 수 없는 성과이다. 『살아 있는 날의 시작』(1980), 『서 있는 여자』(1985), 『그대 아직도 꿈꾸고 있는가』(1989) 등은 페미니스트 잡지 《또 하나의 문화》동인들과 교류하면서 여성을 억압하는 현실을 직접적으로 비판하는 소설들이다. 계몽성이 좀 더 짙은 작품들로 평가되기도 하지만 대중적인 페미니즘 소설이 그 시대 여성들의 감정 구조를 반영한다고 본다면 박완서의 페미니즘 소설이 드러내는 분노와 슬픔의 감정은 좀 더 적극적으로 평가될 필요가 있다. 당시 여성들의 자각과 가부장적 현실의 격차에서 빚어지는 분노의 감정 구조를 반영한 것이라 볼 수 있기 때문이다.

이선옥

닮은 房_방들

마치 겁쟁이가 실로폰 채로 실로폰을 가볍게 건드린 것같이 짧게 살짝 울리는 차임벨의 〈딩〉 소리를 대가족의 무르익을 대로 무르익은 흥겨운 소란 속에서 나는 가려내야 하는 것이다. 그 일은 어렵다. 나는 그 일이 끔찍하다. 그 시간의 이 집 안의 시끌시끌함을 무엇에 비길까.

안방에선 텔레비가 골든타임이고 건너방에선 동생이 기타를 퉁기고 아랫방에선 막내동생이 FM을 듣는다. 고만고만한 조카애들과 내 아이들이 울고 웃고 싸우고 이 방에서 저 방으로 쫓고 쫓기고 숨바꼭질을 한다. 어른도 아이도 식모도 식후의 저녁 한때의 즐거움이 절정에 달해 전연 서로 상관하지 않고 내지르는 명랑한 소리가 시끌시끌 서로 어울려, 마치 커다란 가마솥에서 잡동사니들이 부글부글 끓어 이루는 알맞은 미미(美味)의 순간 같은 농익은 소란의 시간이다. 그러나 나는 그 시간에 그런 소음으로부터 내 청각을 단절시키고 단 한마디 소리 〈딩〉을 가려내야 하는 것이다. 나는 그 일에 익숙하다. 그리고도 그 일이 끔찍하다. 요즈음 내 귀는 그 일에

51

지쳐 있어 가끔 환청을 한다. 분명히 〈딩〉 소리를 듣고 대문을 열었
는데 문밖 외등 밑에는 아무도 없다. 대문을 닫고 들어오며 나는 이
집 식구들에게 부끄러움을 탄다. 식모애에게까지 부끄러움을 탄다.

이 집은 내가 살고 있지만 우리 집이 아니고, 이 집이다. 이 집
은 친정집이고 나는 출가외인이기 때문이다. 내가 좋아하는 사람이
가난뱅이라는 걸 알고도 결혼을 쾌히 승낙한 부모님도 우리가 셋방
으로 나가는 건 반대하셨다. 친정에서 몇 년이고 거저 먹여는 줄 테
니 남편 월급을 고스란히 모았다가 집을 사서 나가라고 붙들었다.
우리는 못 이기는 척 그대로 했다. 친정 식구는 다 친절하고, 불편한
거라곤 아무것도 없었다. 널찍한 사랑채에서 우리는 거처했다. 올
케도 있었지만 눈치 보일 건 조금도 없었다. 아직도 아버지가 경제
권을 쥐시고 집안 살림을 도맡아 꾸리셨고 나는 아버지의 귀한 고
명딸이었다. 올케 처지나 내 처지나 알고 보면 비슷했다. 올케도 집
을 사서 딴살림을 나려고 오빠가 버는 돈을 열심히 모으고 있었다.

우리는 시누이 올케 사이지만 공범자(共犯者)끼리처럼 단짝이
었다.

친정살이로서 겪어야 할 서러운 일, 야속한 일은 정말 하나도
없었다. 다만 남편을 기다리는 저녁 시간이 끔찍했다. 차임벨을 누
르는 소리는 식구마다 특색이 있어서 「딩, 뎅, 동」 소리만 듣고도 누
군지를 알 수 있었다. 아버지의 그것은 아버지의 목소리처럼 느리
고 점잖았다. 오빠는 강하게 누르고는 이어서 대문을 발길로 쾅 차
는 버릇이 있었다. 동생은 기타아를 통기듯이 방정맞게 누가 대문
을 열어 줄 때까지 계속해서 눌러 댔고, 막내동생은 아예 차임벨 같
은 건 무시하고 직접 대문을 어찌나 몹시 흔들어 대는지 온 집 안이
질겁을 했다. 어머니는 「이크 괘사 도련님 왔구나. 어서 문 열어 줘

라, 빗장 부러질라.」하며 식모애를 재촉했고, 식모애는 하던 일을 팽개치고, 대문간으로 곤두박질쳤다. 막내동생뿐 아니라 누가 오면, 대문은 식모애가 열어 주기로 돼 있다. 올케까지도 번연이 오빠가 온 줄 알고도 텔레비전 앞에 질펀히 앉아서 일어나려 하지를 않았다. 겨우 마루 끝까지나 마중 나가면 잘 나가는 폭이다. 모든 것은 식모애가 알아서 잘해 준다.

다만 내 남편이 누르는 차임벨 소리를 알아듣고 나가서 대문을 열어 주는 것은 내 일이다. 언제부터 그것이 내 몫의 일이 되었는지 그건 분명치 않다. 아마 남편이 누르는 차임벨 소리가 하도 희미해 웬만큼 귀가 밝지 않으면 못 알아듣겠고, 그래서 내가 그 소리에 신경을 곤두세우고 보니 그렇게 된 모양이다. 나는 내 남편 특유의 그 가냘픈 〈딩〉 소리를 들을 때마다 처갓집 문전에서 겁장이로 위축돼, 겨우 스위치에 손을 대다 말고 떼는 내 남편을 생각하고 뭉클하도록 측은하다. 나는 울음을 참는 아이처럼 슬픈 얼굴을 하고 대문을 열러 나간다. 대문 밖에 그이가 서 있다. 그러나 내 울음은 촉발(觸發)되지 않는다. 남편은 결코 처가살이하는 겁장이로서 거기 서 있지 않다. 그이는 당당할뿐더러 경도(硬度) 높은 쇠붙이처럼 단단하고 냉혹해 뵌다. 너무 냉혹해 보여서 차임벨을 그렇게 희미하게 누른 것도 그이가 소심해서가 아니라 나를 골탕먹이기 위한 고의(故意)였을 것 같은 생각이 든다.

내가 반했을 당시의 그이는 부드럽고 따뜻하고 좀 슬픈 듯한 얼굴을 하고 있었다. 나는 아직도 내 남편을 그렇게 생각하고 있기 때문에 번번이 대문간에서 잠깐 낯을 가린다. 그이는 그런 나에게 조금도 개의치 않고 우리 방으로 걸어 들어간다.

조금씩 집 안의 소요가 가라앉았다. 어머니는 자기 혼자 짐작으로 사위가 시끄러운 것을 싫어하는 것으로 알고 있다. 그래서 우선 텔레비의 볼륨부터 낮추고는 방방이 돌아다니면서 「매형 들어왔다. 쉿.」 하는 소리로 기타아와 FM을 멎게 한다. 내 동생들은 이렇게 착하다. 아이들까지 덩달아 조용해지고 내 아이들은 비로소 사랑채의 우리 방으로 들어온다.

식모애가 밥상을 가지고 들어온다. 아버지나 오빠의 상과 조금도 다르지 않게 깔끔하고 맛깔스럽게 봐 논 상이다. 그래도 어머니는 행여 반찬 한 가지라도 빠뜨렸을까 봐 따라 들어와 상을 점검한다. 그리고는 「찬은 없어도 많이 들게.」 하며 공연히 미안해한다. 「제가 뭐 손님인가요.」 「암 사위는 백년손이라는데.」 때로는 「자네 이것 좀 맛보려나.」 하고 감추어 두었던 빛깔 고운 양주까지 권하며 사위에게 은근히 아첨을 한다. 내 남편은 어머니의 이런 호의를 과분해한다거나 허겁지겁한다거나 하는 법 없이 어디까지나 당당하고 익숙하게 때로는 자못 무관심한 척 시들하게 받아들인다.

어머니는 이렇게 우리에게 잘해 준다. 아무것도 불편한 거라곤 없었다. 모든 것은 어머니와 식모애가 알아서 해 줘서 저녁때 남편 문 열어 주는 것 외에는 할 일이 없다. 그런데도 나는 단 하나의 내 일인 그 일이 끔찍하다. 그리고 내가 그 일을 얼마나 끔찍해하는지 내 남편이 알아줬으면 싶다. 점점 불어 가는 저축도 남편의 노고의 댓가 같지를 않고 내가 그 끔찍한 일을 감당한 결과 같은 생각이 들 때가 있고, 그럴 때는 백여만 원의 저축이 엄청난 무게로 나를 짓눌러 나는 압사 직전에 이르는 듯한 고통을 느낀다.

그래서 나는 남편에게 그 고통을 하소연하고 위로받고 싶다. 남편 혼자만 처가살이의 고통이 뭔지도 모르는 양 뻔뻔스러운 게 나는 견딜 수 없다. 그래도 나는 칠 년 동안이나 이런 혼자만의 고통을 견디었다. 내 귀는 그동안의 혹사로 자주 〈딩〉 하는 환청에 시달리게 되고, 오동통하던 얼굴은 신경질적인 선으로 말라 버렸다. 그리고 잘하면 조그만 아파아트 하나는 장만할 수 있는 돈이 모이고, 아이들은 국민학교에 들어갈 만큼 자랐다.

내 두 애는 같은 해에 같이 국민학교에 들어가게 돼 있다. 그 애들은 쌍동이다. 나는 한 번의 입덧과 한 번의 잉태와 한 번의 산고로 두 아들을 얻은 것이다. 일석이조란 바로 이런 건가 보다. 육아까지도 친정살이 덕분에 힘들거나 어려운 고비 없이 수월하게 치렀다.

이제 늠름하게 자란 이목구비가 수려한 내 아들들을 보면 꼭 거저 얻은 한 쌍의 보물 같다. 나는 내 아들들보다 더 잘생긴 얼굴은 아예 상상도 할 수 없으므로 내 아들들이 쌍동이라는 데 지극히 만족했다.

어머니도 아버지도 친손자보다는 외손자를 더 사랑했다. 성격이 낙천적인 올케는 노인네들이란 자고로 친손자보다 외손자들을 더 사랑하는 것으로 치고 그런 데 마음을 쓰지 않았지만, 내 눈엔 외손자 친손자의 문제가 아니었다. 내 아들들에겐 누구라도 사랑 안 하곤 못 배길 만한 천성의 귀여움과 순진성이 있었다.

그런 내 애들이 학교에 들어가게 된 것이다. 나는 독립하고 싶었다. 나는 내 귀여운 아이들이 학교에서 돌아와 내 집 문을 쾅쾅 두드리게 하고 싶었다. 조카애들보다 작고 위축된 내 애들의 차임벨 소리를 가려내는 일을 새롭게 시작할 수는 도저히 없었다. 그것은 상상만으로도 끔찍했다.

우리의 집을 갖는 데 대해서 친정 식구들은 서운해하면서도 찬성해 주었다. 나는 그들이 진정으로 서운해해 준 고운 마음씨를 추호도 의심하지 않는다.

그런데 처음 갖는 집을 아파아트로 하느냐 단독주택으로 하느냐엔 올케와 어머니의 의견이 대립했다. 올케는 아파아트 편이었다. 첫째 난방에 신경을 쓸 필요가 없으니 구공탄을 가는 구질구질한 일을 면할 수 있고, 부엌 등 모든 시설이 편리하니 식모가 필요 없고, 잠그고 외출할 수 있고, 이웃과 완전히 차단된 독립성이 보장돼 있고 등등이 아파아트를 편드는 이유였다. 그러나 어머니는 바로 이 독립성이라는 걸 겁내고 있었다. 아파아트에서 가끔 일어나는 살인 사건 같은 걸 다 이 냉정하고 철저한 독립성에 그 까닭을 두고 있었다. 어머니의 이론대로라면 이 나라에선 살인 사건은 꼭 아파아트에서만 일어나는 것으로 봐야 할 판이었다.

이웃끼리 고사떡 찌는 냄새도 훌훌 넘어오고, 지짐질하는 소리도 지글지글 넘어가 서로 나누어도 먹고, 대소사를 서로 의논하고 도와주고 해야 사람 사는 동네라는 거였다.

올케와 나는 마주 보고 눈을 찡긋했다. 나는 올케 편이었다. 나는 이웃사촌이 철저히 지켜지고 있는 이 구(舊) 동네가 싫었다. 도대체가 남의 집 일에 너무 관심들이 많았다. 누 집 아들이 일류 대학이나 일류 고등학교에 들어갔다 하면 서로 제 일처럼 신이 나고, 떨어진 집엔 심란한 얼굴로 위로를 하러 몰려가고 노인네들 생일엔 서로 청해서 먹고 노는 것까지는 좋았으나 남의 집 내막을 알아내서 풍기고 흉을 보는 데도 선수들이었다.

나는 알고 있었다. 내 남편이 출퇴근할 때마다 이웃의 수다쟁이 여편네들이 왜 저렇게 신수가 멀쩡해 가지고 처가살이를 할까 하며 혀를 끌끌 차고 입을 비죽대는 것을, 또 그 여편네들이 올케를 세상에도 없는 무던한 여자로, 나는 그와는 정반대의 얌체로 꼽고 있는 줄도 알고 있었다.

어머니는 남의 속도 모르고 내가 돈이 모자라 아파아트로 갈려는 줄로만 알고 안슬퍼했다.[1] 몇 년만 더 아버지 밥을 얻어먹으면 누가 뭐래겠느냐고 공연히 죄 없는 올케를 흘겨보고는, 나를 꼬시려 들기도 했다. 그렇지만 나는 올케와 단짝이 되어 돌아다니다가 드디어 마땅한 아파아트를 구할 수 있었다. 어머니는 계약 후 모시고 갔다.

어머니는 우선 18평짜리가 너무 좁은 데 놀라서 너희가 평수를 사기당한 거 아니냐고 성화를 했다. 「원 세상에, 우리 집 건평이 그게 서른일곱 평인데 열 몇 식구가 들끓고도 방이 몇 개나 남아돌았는데 세상에 이걸 열여덟 평이라고 젊은것들을 속여?」하며 분개해 마지않았다. 베란다니 공유면적이니를 이해시킬 도리가 없었다. 예전 평수하고 요새 평수하곤 다르다니까 그제서야 그건 그래, 예전 고기 한 근하고 요새 고기 한 근하곤 다르고말고 하며 알아들은 듯한 얼굴을 했다.

그럭저럭 이삿날이 가까와졌다. 어머니는 새삼 묵은 근심을 들춰내서 또 걱정을 시작했다. 두터운 콘크리이트 벽으로 차단된 세대 간의 그 독립성이란 게 암만해도 못마땅한 모양이었다. 어머니는 내가 혼자서 살림을 할 수 있다는 나의 독립성조차 도무지 믿으려 하지 않았다. 그렇다고 당신이 와서 살림 참견을 하자니 사위고 딸이고 그래 주십사고 청하지도 않는데 자청한다는 건 자존심 문제였다.

내 아파아트는 소위 계단식이라는 것으로 계단을 오르면 두 세대의 현관문이 마주 보도록 되어 있다. 어머니의 성화로 우리는 미리 앞집에 인사를 하러 갔다. 어머니는 앞집 여주인이 적어도 자기

---

1   안쓰러워했다.

만큼은 나이가 먹었으면 하고 기대했었나 본데 나만큼 젊은 주부였다. 그래도 결혼하자 곧 딴살림을 나 팔 년째라니 나보다는 훨씬 선배였다.

어머니는 우리 애는 아무것도 모르는 철부지니 매사를 좀 가르쳐 주고 도와주라고 그 여자에게 신신당부했다. 어머니의 부탁이 아니더라도 나는 단박에 그 여자에게 호감이 갔다. 그 여자네 살림살이는 어찌나 알뜰하고 아기자기한지 꼭 동화 속에 나오는 방 같았다. 나는 꼭 그 여자네 방처럼 꾸미고 싶었다. 나는 꽤나 수줍어하면서 가구나 실내장식에 대해 도와 달라고 부탁했다. 그 여자는 조금도 염려 말라고, 이 아래 상가에 가구점이랑 커어튼 센타랑 없는 게 없다고 일러 줬다. 아파아트란 참 너희 올케 말 짝으로 편한 데로구나 하며 어머니까지 좋아했다.

방은 빨리 꾸며졌다. 뒤늦게 혼수해 주는 셈 친다고 비용은 아버지가 부담했다. 나는 그 여자네 방보다 더 멋있게 꾸미려고 별렀으나 꾸며 놓고 보니 가구의 배치나 커어튼의 빛깔까지 비슷한 것이 되고 말았다. 내가 그 여자네 방에서 받은 첫인상이 너무 강렬해서 내 기호가 어느 틈에 그 여자를 흉내 내고 있었는지도 모른다. 하여튼 올케도 부러워하고 어머니와 아버지도 신통해할 만큼 예쁜 방이 꾸며졌다.

아아, 이제야말로 초저녁의 그 대가족의 대소요 속에서 〈딩〉하는 가냘픈 차임벨의 울음을 가려내야 하는 끔찍한 일로부터 놓여난 것이다.

나는 예쁜 앞치마를 두르고 식구들을 위해 밥도 짓고 반찬도 만들었다. 앞집 여자——철이 엄마가 내 요리 선생이었다. 그녀는 내가 만든 반찬을 냠냠 간을 보고 나서 식초도 찔끔 쳐 주고, 고춧가루도 솔솔 뿌려 주고 했다.

그네가 너무 맛있어하면 나는 아낌 없이 한 접시 나눠 주었다. 그녀는 그녀대로 빈 접시를 보내는 법 없이 뭐든지 꼭 담아 보냈다. 우린 시장도 같이 봤다. 아파아트 지하실은 슈우퍼마아켓이어서 별의별 것이 다 있었다. 그러나 그녀나 내가 별의별 것을 다 살 수 있는 것은 아니었다. 그렇다고 그만 일로 비참해할 우리가 아니었다. 우리는 고급의 편식가처럼 오만한 얼굴을 하고 콩나물이니 두부니 꽁치니를 샀다. 나는 쉽게 이런 것들의 요리법을 익혔다. 가끔 오시는 어머니는 내가 만든 이런 반찬을 해서 진지를 많이 잡수시고 흡족해하시고 나서는 꼭 철이 엄마를 고마와하셨다.

남들까지 내 음식 솜씨를 칭찬해 줄 만큼 살림에 익숙해질 무렵부터 나는 때때로 애기라도 서는 것처럼 발작적으로 내가 만든 음식에 메스꺼움을 느꼈다. 그것은 어떤 특정한 음식에 대한 식상이라기보다는 철이 엄마의 음식 솜씨에 대한 혐오감이랄 수도 있었다. 나는 인제 혼자서도 음식을 잘 만들 수 있었으나 철이 엄마의 음식 솜씨의 영향력을 벗어난 음식을 만들 수는 없었다. 이를테면 우리는 철이네와 똑같은 음식을 먹고 있는 셈이었다. 남편의 저녁상을 봐 놓고 나서 앞집에서도 똑같은 저녁상이 그 집 남편을 기다린다고 생각하면 비참해졌다. 가끔 남편까지 내 음식 솜씨에 대해 악의에 찬 트집을 부려 내 비참함을 아주 결정적인 것으로 만들어 놓기 일쑤였다. 가령 동치미에 떠 있는 꽃 모양으로 도려낸 당근 조각을 젓가락으로 끄집어내 가지고는 「제발 맛대가리도 없는 걸 가지고 요리 학원식 잔재주 좀 작작 부리라구……」하면서 마치 헤엄치는 파리라도 건져 낸 듯이 진저리를 쳤다. 그리고 나는 아직도 남편이 집으로 돌아오는 저녁 시간을 끔찍해하고 있었다. 여긴 내 집이고 차임벨 대신 콩알만 한 렌즈가 달려 있어 방문객의 얼굴을 확인할 수 있게 되어 있었다.

나는 내 눈을 애꾸를 만들어 가지고 이 렌즈에다 대고, 친정에 달라붙은 20W 형광등 불빛 밑에 서 있는 내 남편을 확인하는 일이 끔찍하다. 하루의 피로 때문인지 백색 형광등 때문인지 남편의 얼굴은 무섭도록 창백하고 냉혹하다. 어느 호주머니엔가 목을 조를 밧줄을 숨긴 얼굴이다. 번번이 나는 내 남편을 어머니가 겁내던 아파아트 살인범으로 알아보고 화다닥 놀라고 나서야 남편임을 알아차린다. 문을 열어 주고 옷을 받아 걸고 하면서도 어느만큼은 당초의 무서움증과 혐오감이 남아 있다.

나는 내 이런 터무니없는 무서움증을 남편에게 고백하고 현관문에서 그 콩알만 한 유리 조각을 떼어 버리도록 부탁하고 싶었으나 그런 얘기를 남편이 기분 안 상하게 할 자신이 없었다. 그이에게 나를 이해시킬 만한 말주변이 나에겐 없었다. 그이가 부드럽고 따뜻한 눈으로 나를 보아 주던 시절, 우리 사이엔 말주변 같은 건 필요 없었다. 그이와 나 사이에 말주변의 필요성을 다급하게 의식하게 되면서부터 내 불안과 초조는 비롯됐다. 나는 어쩌다 남편에게 「여보, 요새 나 좀 이상해요. 괜히 불안하고 초조하고……」 그러면 남편은 자못 냉담하게 「흥, 노이로제군, 누가 현대인 아니랄까 봐.」 했다. 남편은 척하면 척하고 빠르게 어떤 등식(等式)을 찾아내는 데 능했다. 그러나 이런 등식으로 도대체 무엇을 해결할 수 있단 말인가.

나는 철이 엄마에게 노이로제라는 것에 대해 물었다. 그러면 그녀는 내 증세 같은 건 물어보지도 않고 자기도 노이로제고 누구도 그렇고, 또 누구도 그렇고 하며 그녀가 아는 여편네들을 모조리

꼽았다. 그녀는 아파아트에 사는 많은 여편네들을 알고 있었고, 그만큼 여러 노이로제의 유형을 알고 있었다. 나는 그녀를 따라 몇 군데 마실도 가 봤다. 비슷한 여편네들이 비슷한 형편의 살림을 하고 있었다. 우리 방과 철이네 방이 닮은 것만큼 우리의 상하좌우의 방들은 닮아 있었다. 물론 어느 집은 딴 집이 안 가진 세탁기가 있고, 어느 집은 딴 집보다 먼저 피아노를 들여놓고 그 정도의 차이는 있었으나, 그 정도의 우월감조차 오래 누리지를 못했다. 곧 누가 그것을 흉내 내고 말기 때문이다.

서양 여자들이 체중을 줄이기 위해 다이어트를 하듯이 이곳 아파아트의 여자들은 남의 흉내를 내기 위해 순전히 남을 닮기 위해 다이어트를 했다. 나는 이런 닮음에의 싫증으로 진저리를 쳐 가면서도 철이네만 있고 우린 없는 세탁기를 위해 콩나물과 꽁치와 화학조미료와 철이 엄마식 요리법만 가지고 밥상을 차리고, 철이 엄마는 내가 살림 날 때 올케한테서 선물로 받은 미제 전기 후라이팬을 노골적으로 샘을 내더니, 오로지 그녀의 요리법 하나만 믿고 형편없는 장보기를 하고 있었다.

이렇게 나나 철이 엄마나 딴 방 여자들이나 남보다 잘살기 위해, 그러나 결과적으론 겨우 남과 닮기 위해 하루하루를 잃어버렸다. 내 남편이 18평짜리 아파아트를 위해 7년의 세월과 부드러움과 따뜻함을 상실했듯이.

우리 이웃에는 앙큼한 여편네도 있어, 이런 고단하고 허망한 경쟁으로부터 기상천외의 방법으로 탈출을 기도하는 이도 없지 않아 있었다. 철이 엄마만 해도 그랬다. 여지껏 철이 엄마는 내 거울 같은 존재였다. 내가 얼마나 권태로운가 얼마나 공허한가 얼마나 맥이 빠져 있나를 그 여자를 보면 알 수 있었다. 그런 그녀가 어느

61

날, 전연 나와는 상관없는 표정을 하고 내 앞에 나타난 것이다. 속 깊숙이 염통 가까운데쯤, 미칠 듯한 희열을 감춘 듯이 살갗은 반들대고 눈은 번들댔다. 나는 당혹했다. 기분이 영 잡쳤다. 우리가 어느 날 거울 앞에 섰을 때 허구헌 날 거울에서 낯익은 자기 얼굴이 아닌 전연 생소한 얼굴이 비친다거나 자기는 분명히 찡그렸을 터인데 거울 속에선 웃어 보인다거나 할 때 우리는 얼마나 놀라고 기분이 나쁠 것인가. 내가 바로 그렇게 기분이 나빴고, 더 나쁜 것은 그런 그 여자를 볼 때 느껴야 하는 굴욕감이었다.

나는 어떻게든 그 여자의 변모의 비밀을 알아내야 했다. 둘 사이가 갑자기 긴장했다. 내가 파악할 수 있는 그 여자의 모든 것 —— 눈빛, 몸짓, 말씨, 웃음 하나하나에 내 조심스러운 탐색의 실(絲사)은 던져졌다. 나는 사진(絲診)을 하는 전의(典醫)처럼 교활하고 주의 깊게 실을 긴장시키고 실 끝에 온 신경을 모았다.

드디어 나는 그 여자의 희열과 긴장이 차츰 고조됐다가 급격히 쇠퇴하고 다시 그것을 잉태하고 하는 주기(週期)를 알아낼 수 있었다. 그것은 일주일을 주기로 하고 있었고 금요일 저녁을 그 정점으로 하고 있었다.

금요일 저녁, 금요일 저녁이 문제였다. 남편이 돌아오기 전 어린 남매는 이른 저녁을 먹고 피아노 레슨을 받으러 9동 음대생한테 가는 시간이었다. 나는 재빨리 금요일 저녁에서 후덥지근하고 아슬아슬한 간음의 냄새를 맡았다.

희열과 초조로 통통한 몸뚱이가 거의 파열할 듯이 불안해 뵈는 금요일, 그리고 다음 날인 토요일의 그 여자의 걸레쪽 같은 허탈, 일요일부터 다시 번뜩이기 시작하는 그 기분 나쁜 희열 ——, 도대체 의심할 여지는 조금도 없었다.

어느 금요일 저녁, 마침내 나는 자신 있게 간음의 현장을 급습했다. 나는 간부(姦夫) 대신 한 장의 주택복권을 발견했다.

입술이 바싹 탄 그 여자는 한 손엔 주택복권을 움켜쥐고, 한 손으론 까닭 모를 팔짓을 해 가며, 텔레비 속에서 숫자판에 화살을 쏠 때마다 자기가 뛰어들어 대신 쏘아 댈 듯이 그 살집 많은 궁둥이로 연방 엉덩방아를 찧으면서, 목구멍으로 끄르륵끄르륵 이상한 신음 소리를 내면서 텔레비를 보고 있었다.

나는 단박에 무엇이 이 여자를 그토록 충만하게 빛나게 했던가를 알아차렸다. 이곳으로부터, 이곳의 무수한 닮은 방으로부터 놓여날 수 있는 가능성이 이 여자를 그렇게 놀랍게 변모시켰던 것이다.

다음 날, 나도 슈우퍼마아켓으로 내려가는 계단 입구에 나무 궤짝을 놓고 복권을 파는 검버섯이 얼굴 가득히 핀 아줌마한테서 그것을 한 장 샀다. 그러나 그것을 사 놓고 금요일을 기다리는 동안 아무래도 나는 철이 엄마처럼 되지를 않았다. 그것은 철이 엄마도 마찬가지인 것 같았다. 한 번 비밀을 들키고 난 후의 그녀의 희열은 바늘로 찔리고 난 풍선 꼴이었다.

금요일이 되었다. 나는 희열은커녕 뜻하지 않은 불안으로 안절부절을 못 했다. 나는 내 복권에 대해선 전연 관심이 없고 다만 철이 엄마의 복권에만 관심이 있었다. 내 것이 당첨될 리는 있을 수 없는 일로 여겨지는데 철이 엄마 것은 꼭 될 것 같았다. 그런 생각은 같은 무기수(無期囚) 중 하나만 이유 없이 석방되는 것을 봐야 하는 남은 무기수의 심정 같아서 미칠 것 같았다.

그 여자는 당첨금 8백만 원을 타면 곧 이곳에서 떨어진 공기 좋고 아름다운 전원도시의 언덕 위에 땅을 사고 말 거다. 그리곤 집을 설계하겠지. 다락방이 있는, 뾰족한 지붕을 가진 오밀조밀한 집을 짓겠지. 그런 집은 내 집이어야 하는 건데. 그 집 철이와 난이는 다락방 서재에서 지붕에 떨어지는 빗소리를 들으며 〈프랑다스의 개〉를 읽을 수 있겠구나. 내 아이들이 그래야 하는 건데. 내 아이들에게 내가 그렇게 해 주고 싶었던 걸, 그 여자는 모조리 훔쳐다가 제 아이들에게 해 주겠구나.

마당에는 잔디를 깔고, 장미를 심고, 라일락도 심고, 그리고 철이와 난이의 밭도 따로 만들겠지. 그래서 완두콩도 심고, 옥수수도 심고, 이것은 쌍떡잎식물, 저것은 외떡잎식물 하며 씨앗에서 싹이 트는 신비한 모습을 아이들에게 보여 주며 자기야말로 훌륭한 엄마인 양 자족의 미소를 짓겠지. 그런 짓은 내가 하려고 하던 건데 그 여자가 모조리 훔쳐다가 마치 제 것처럼 써먹겠지. 나는 너무 분해서 숨이 찼다.

이런 고통은 철이 엄마 쪽에서도 마찬가지였던가 보다. 우리는 핏발 선 눈으로 서로 마주 보는 데 어지간히 지쳤다. 우리 중 누가 먼저였는지 모르게 복권을 살 때부터 네 것 내 것 없이 같이 사서 아무거나 당첨이 되면 반씩 나눠 갖자는 말이 나오고, 두말없이 이에 합의를 보았다.

그러고 나니 복권 사는 재미는 김이 샐 대로 새서 시들해지고 시들해지자 갑자기 눈이 밝아지면서 몇백만 분의 1이라는 당첨의 확률까지 계산하게 되고, 그래서 일주일에 백 원의 낭비도 할 게 뭐냐고 지극히 건전한 결론에 도달했다. 결국 철이 엄마에게도 나에게도 이곳으로부터 놓여날 수 있는 아무런 일도 일어나지 않고 말았다. 다시 심심한 날이 계속됐다.

나는 따분한 낮 동안 커어튼을 젖히고 마주 보이는 13동(棟)의 방들을 헤어 보고, 거기다가 이곳 아파아트 단지의 아파아트 총 동수를 곱해 보고 하다가, 고만 눈이 아물아물해지면서 머리가 뒤죽박죽이 되고 만다.

그럴 때 나는 이상하게도 내 쌍둥이 아이들이 싫어진다. 그 애들이 쌍둥이라는 사실이 견딜 수 없어진다. 그리곤 눈앞이 어질어질해지면서 그 애들을 구별할 수 없게 된다. 누가 형이고, 누가 아우인지를 못 알아보게 되는 것이다.

나는 죽고 싶도록 비참한 심정으로 그 애들에게 그걸 물을밖에 없다. 그 애들은 그런 내가 재미있어 죽겠다는 듯이 깔깔대며 「엄마, 내가 형이야.」 「응, 그래 난 동생이구.」 한다. 「너희들은 그걸 어떻게 알았지?」 나는 내가 모르겠는 걸 쉽게 알고 있는 그 애들이 수상쩍은 나머지 이런 멍청이 같은 질문까지 하고 만다.

아이들은 한층 깔깔대며 「엄마가 그랬잖아?」 한다. 참 내가 그랬겠군. 내가 그걸 가르쳐 줬지. 그렇지 않으면 그 애들이 어떻게 그걸 저절로 알 수가 있담. 그럼 나는 어떻게 그걸 알았더라. 그 애들을 받은 의사가 일러 줬지. 행여 뒤바뀌는 일이 생길까 봐 꼼꼼하게도 태어난 정확한 시각을 적은 반창고를 그 애들 가슴팍에 붙여서 퇴원시켜 주지 않았던가.

처음엔 나도 그걸로 형 아우를 구별하다가 곧 그것 없이도 알수 있게 되었다. 엄마답게 제일 먼저 그것을 구별할 수 있게 되었다. 가까이에서뿐 아니라 어울려 노는 것, 걸어오는 것을 멀리서 보고도 단박에 알 수 있었다. 나는 그 일이 예사로왔는데도 남들은 신기해서, 어떤 사람은 형과 아우의 차이점을 나더러 설명해 달라고 조르기까지 했다. 그렇지만 그것은 설명을 초월한 엄마로서의 직관일 뿐이었다.

그러던 내가 문득문득 내 아이들을 구별 못 하는 일을 겪게 된 것이다. 이렇게 엄마다운 직관이 흐려질 때, 나는 내 아이들까지 믿을 수 없어진다. 꼭 두 놈이 짜고서 아우는 형이라고 형은 아우라고 나를 속여 먹는 것 같다. 이런 의심은 불쾌하고 고통스럽다. 자꾸자꾸 속여 먹다가 결국 제가 누군지 저희들 스스로도 잊어버리고 말 날이 올 것 같다. 꼭 그럴 것 같다. 나는 덜컥 겁이 나서, 불의(不意)에 내 아이들이 나를 속여 먹을 틈을 주지 않기 위해 불의에, 내 아이들의 이름을 불러 가지고 찾아낸 형과 아우의 특징을 잊지 않으려고 요모조모 날카롭게 뜯어보고, 꼬옥 껴안고 만져 보고, 냄새도 맡아 본다. 그러나 그들의 닮음은 어느 틈에 내 이런 모든 노력을 빠져나가 나를 포위하고 나를 놀린다.

나는 지쳐 빠진 나머지 그까짓 형 아우쯤 뒤바뀌면 어떠랴, 한 뱃 속에서 동시에 생명이 비롯되어 나란히 한자리에 앉았다가 다만 세상 밖에 누가 몇 분 먼저 나오고 나중 나온 걸로 결정된 형 아운데 그게 무슨 대단한 의미가 있는 것일까 하고 눙쳐 생각하려 든다.

그럼, 내 아이들의 〈나〉는 함부로 바꿔치기 해도 되는 〈나〉란 말인가. 다시 나는 그런 일은 절대로 그대로 내버려 둘 수 없는 끔찍한 일이라고 진저리를 친다. 나는 엄청난 혼란에 빠지고 만다. 아아, 쌍동이 엄마란 얼마나 저주받은 엄마일까.

나는 거울에 나를 비쳐 볼 때 이미 이 세상을 다 살아 버린 듯이 피곤하고 못쓰게 된 내 얼굴을 발견하고 놀란다. 철이 엄마를 불러서 계란파크나 오이파아크[2]나 그런 걸 해 달란다. 우리는 서로 그 일을 품앗이한다. 그 여자는 내 얼굴에 주름이 하나도 없다고 샘을 내는 척하면서, 콜드크림으로 얼굴을 문지르고 두들기고 뱅뱅 돌리

---

2   계란팩이나 오이팩.

고, 살갗이 익어 버리도록 뜨거운 타월로 찜질을 해 내고, 한바탕 법석을 떨고는, 계란하고 꿀하고 무슨 당근 짜낸 국물 같은 걸 범벅을 해서 얼굴에 처덕거린다. 그것이 마르면서 피부를 옥죈다. 그동안 웃어도 안 되고 말을 해도 안 된다. 그동안을 못 참고 웃으면 얼굴에 주름이 간다는 게 우리들의 상식이다.

철이 엄만 혼자서 심심한지 종알종알 얘기를 시킨다. 하필 우스운 얘기만 골라서 한다. 내가 자기보다 먼저 주름이 잡히길 노리는 그 여자의 음모를 내가 모를 리 없다. 「글쎄, 우리 난이란 년, 고게 얼마나 깜찍하게 구는지. 재미나긴 아들보다 딸이 낫다. 어제는 글쎄 나보고 이 세상에서 제일 먼저 다이빙을 한 사람이 누구게? 하지 않겠어. 나는 글쎄 누구더라 아마 영국 사람일 텐데 어쩌구 하며 좀 아는 척을 하려 했더니, 고게 허릴 잡고 깔깔대며 대한민국 심청이 하지 않겠어.」 그리고는 혼자서 오랫동안 깔깔댔다. 그 여자는 내가 따라 웃기를 바라고 있었다. 나는 안 웃는다. 주름 때문에 못 웃는 게 아니라 하나도 안 웃습다. 코미디언이나 디스크자키들이 골백번은 써먹은 소리다. 요샌 신선한 웃음거리조차 없다. 직업적인 웃기기꾼들이 동서고금의 우스운 이야기란 이야기는 다 끄집어내다가 요리조리 장난질을 해서 써먹고 또 써먹어 단물은 다 빼먹고 씹어 뱉은 찌꺼기뿐이다. 말장난질에 닳고 닳아빠진 말뿐이다. 나는 우습기는커녕 어느 개뼈다귀가 씹다 버린 껌이라도 입속에 던져진 듯한 욕지기를 느낀다.

이번엔 내가 철이 엄마를 해 줄 차례다. 내가 당한 것과 똑같은 짓을 그 여자의 얼굴에 베푼다. 대낮에 계란파크를 뒤집어쓰고 나자빠졌는 여편네 꼴은 추하고 너절하다. 흡사 합성섬유의 누더기 같다.

67

나도 심심해진다. 심심풀이 삼아라도 입을 놀리고 싶다. 그러나 그 여자를 웃길 생각은 안 한다. 저 보기 흉한 얼굴에서 입이 벌어지면서 이빨과 혀와 목구멍이 보일 것을 생각하면 끔찍하다. 낮도깨비를 상상하는 것처럼 끔찍하다. 나는 그 여자를 아프게 하고 싶다. 심장에 바늘이 꽂힌 것처럼 깊이 아프게 하고 싶다. 그 여자를 아프게 하려면 샘을 내게 하는 수밖에 없다. 내 남편과 내가 연애하던 때의 이야기를 해 줘야겠다. 그런 이야기가 얼마나 쑥스럽고 더리적은지[3], 너무 안다고 할 만큼 알고 있는데도 그 짓이 하고 싶다. 나는 그 이야기를 이 여자에게 들려주고 싶은 건지 내가 듣고 싶은 건지 구별을 못 한다. 이 여자를 아프게 하고 싶은지 내가 아프고 싶은지 그것도 모르겠다. 모르는 채 나는 지껄였다.

총각 때의 남편은 건강하고 훤출하니 키도 컸는데도 그를 볼 때마다 나는 그를 불쌍해했다. 그를 불쌍해하는 내 느낌은 너무도 애틋하고 순수해서 그를 불쌍해하는 게 그에게 모욕이 된다고는 조금도 생각하지 않았다.

우리는 대개 만날 장소를 길가로 정하고 길가에서 만났다. 오래 기다리고 서 있어도 남이 이상하게 보지 않을 길가, 그러니까 버스 정거장 같은 데가 좋았다. 홍릉 버스 종점, 이대 입구 정거장, 미도파 앞 이런 식이었다. 취미가 고상하다거나 괴팍해서 다방을 기피했거나, 차값이 아까울 만큼 가난해서가 아니었다. 시작부터 어쩌다 그렇게 되고 말았다. 제대하고 복교해서 한 학년이 된 그를 알게 되고, 학교 외의 장소에서 또 만나고 싶다고 생각하고, 만날 날

---

3 '선행에 보답을 바라거나 공치사하고 싶어 하는 구질구질 하고 산뜻하지 못한 인품'을 의미하는 개성말 '더리다'의 강조 표현이다.(박완서 산문집, 『두부』, 창비, 2002, 169쪽 참고)

짜와 시간은 쉽사리 정했는데도 만날 장소는 쉽게 정해지지를 않았다. 우린 다 같이 단골 다방도 없었고 이름과 장소가 연관 지어서 기억나는 다방도 없었다. 여기저기 생각은 났으나 조금씩 아리숭했다. 아리숭한 채로 정할 수도 있겠는데 그랬다가 우리의 중대한 두 번째 만남에 어떤 차질이 생길까 두려웠다. 우선 꼭 다시 만나야 했다. S동 버스 정거장에서 만나기로 하고 내가 먼저 가서 기다렸다.

나는 아주 멀리서부터 인파 속에서 그를 알아보았다. 그는 딴 사람들과 달랐다. 그 다른 것이 나로 하여금 그를 최초로 불쌍해하게 했다.

그와의 사귐이 깊어짐에 따라 불쌍하다는 느낌도 심화됐다. 그가 남보다 착해 보이는 것, 정직해 보이는 것, 그런 것 때문에도 그가 불쌍했다. 딴 사람들은 갑각류(甲殼類)처럼 견고하고 무표정한데 그만이 인간의 가장 깊고 연한 속살, 따뜻하고 부드러운 속살을 노출시키고 있는 게 불쌍했다. 딴 사람들은 다 무장을 하고 있는데 그만이 무방비 상태인 것으로 여겨져 불쌍했다.

나는 그가 불쌍하고 불쌍해서 가슴을 조이며 내 앞으로 가까이 오는 것을 기다리는 동안이 좋았다. 나는 그가 불쌍해서, 서럽도록 불쌍해서 좋았다.

우리는 만나면 여러 군데를 걸어 돌아다녔고, 걷다가 지치면 시외버스를 탔다. 이름난 유원지로 가는 것만 아니면 우리는 아무 거나 탔다. 아무 데서나 내렸다. 서울 교외의 시골은 비슷비슷했다. 지독한 거름 냄새가 나는 곳도 있었지만, 산기슭 쪽으로 조금만 피하면 거름 냄새는 구수하게 희석되고 싱그러운 초록의 냄새를 맡을 수 있었다. 초록빛 나는 풀, 나물, 채소 등이 풍기는 풋풋한 시골 들판의 냄새를 우리는 좋아했다. 가깝고 낮은 산들의 초록빛, 멀수록

푸른빛을 띠다가 푸른 안개처럼 번져 보이는 먼, 먼 높은 산들, 밭둑의 미류나무, 마을 어귀 까치집이 매달린 고목, 느릿느릿 꼬부라진 들길, 그런 평범한 풍경들이 그와 함께 바라보면 그렇게 좋을 수가 없었다. 그러나 더 좋은 것은 그를 바라보는 거였다.

나는 군중 속에 있는 그를 불쌍해하며 바라보는 것도 좋아했지만, 단둘이서 아무와도 비교 안 하고 그를 바라보는 것을 더 좋아했다. 그의 따뜻함과 부드러움을 불쌍해하지 않고 느끼는 것이 실상은 더 좋았던 것이다. 우리는 이렇게 해서 가까와졌다.

우리가 처음 뽀뽀하던 날, 그날도 우리는 밭이 끝나고 산이 시작되려는 둔덕 풀밭에 있었다. 우리는 같이 노래도 부르고 까불고 장난치고 했다. 나의 어머니 아버지는 사내놈은 그저 도둑놈으로 알라는 무지막지한 공갈로 나에 대한 성교육을 삼았지만 나는 그를 조금도 경계하지 않았다. 경계는커녕 어린애 같은 천진한 장난에 열중하다가도 문득 그의 도둑놈성에 대해 안타까운 궁금증을 느끼곤 했다.

그가 어디로 숨었는가 하다가, 목덜미로부터 뺨으로 기는 송충이의 징그러운 감촉을 느끼고 질겁을 해서 비명을 지르며 오도방정을 떨었다. 그러나 송충이가 아니었다. 그가 강아지풀로 콧수염을 해 달고 내 등 뒤로 돌아와 나를 놀렸던 것이다. 그는 장난질이 성공한 아이답잖게 얼굴은 심한 부끄러움으로 붉게 상기되어 있고 눈은 슬퍼 보였다. 나는 곧 강아지풀로 위장한 그의 욕망을 본다. 그가 정말로 하고 싶었던 건 뽀뽀였다는 걸 안다. 나는 그렇게밖에 뽀뽀를 할 줄 모르는 그가 측은하고 불쌍해 울음이라도 터질 것 같다.

나는 그에게 다가가 그 우스꽝스러운 콧수염을 뜯어내고 그의 부드럽고 따뜻한 입술에 뽀뽀를 해 주었다. 마침내 망설임과 부끄러움을 떨친 그의 뽀뽀는 길고 섬세했다. 나는 그가 좋아서 너무 좋아서 슬펐다. 그가 사랑한다고 그랬고, 결혼하자고 그랬고 나는 좋다고 했다. 그가 죽자고 해도 좋다고 했을 것이다.

내 이야기와 철이 엄마의 계란파크는 거의 같이 끝났다. 뜨거운 물수건으로 얼굴을 닦아낸 그녀는 흡사 표피가 뜨거운 물수건에 익어서 홀라당 벗겨진 것처럼 징그럽고 붉게 이글거렸다. 그 여자는 그 위에 냄새가 짙은 화장수를 처덕이며 부르르 몸서리를 치더니 음탕하게 웃으며 「우리 그 새낀 잔재미라곤 없다우. 그 새낀 무지막지하고 억세기가 꼭 짐승이라니까. 아이 징그러.」했다. 그리곤 다시 건강하고 흰 이를 드러내고 찍 웃었다. 웃는 입이 방금 찢어진 상처처럼 생생했다. 그 생생함과 남편을 「그새끼」라고 하는 당돌한 호칭이, 짐승 같다는 표현에 이상할이만큼 싱싱한 현실감을 주었다.

나는 어떤 예감이 강한 전류처럼 나를 꿰뚫는 것을 느끼고 깊이 전율했다. 그것은 고통스러운 쾌감이었다.

그 후에도 내 생활은 여전히 끔찍하게 따분했다. 나는 내 이웃의 무수한 닮은 방들이 끔찍했고 내 쌍둥이 아들을 구별 못 하는 일이 끔찍했고 무엇보다도 한 눈을 애꾸를 만들어 가지고 콩알만 한 유리 조각을 통해 퇴근한 남편의 얼굴을 확인하는 일이 끔찍했다. 천정에 달라붙은 20와트 형광등 불빛 밑에서 비인간적으로 창백하고 냉혹해 보여 자기 남편을 아파아트 살인범으로 착각해야 하는 일이 끔찍했다.

내 생활에서 끔찍하지 않은 일은 철이 엄마의 그 〈짐승 같은 새끼〉와 간음을 하고 말 것 같은 예감뿐이었다. 나는 그 예감을 사랑했다. 그 예감이 미칠 듯이 따분한 내 생활과 마찰하면서 일으키는 섬광 같은 불꽃을 사랑했다. 그 섬광을 통해 보는 일상적인 사물의 돌변한 빛깔을 사랑했다.

뭔가 저질러야겠다는, 꼭 저지르고 말리라는 준비 태세로 온몸이 조바심했다. 마치 오랫동안 맛대가리 없는 배합사료로 사육돼 오던 들짐승이 어떤 계기로 촉발된 싱싱한 야성의 먹이에 대한 식욕으로 이빨이 견딜 수 없이 근질대듯 내 온몸이 이빨이 되어 근질근질 조바심했다.

어느 날 철이 엄마는 시골 친정에 다녀오마고 했다. 허름한 걸로 어머니 아버지 옷감이나 사다 드리고 고추랑 깨랑 마늘이랑 얻어 오면 그게 어디냐고 나에게 그동안 자기 식구 식사를 부탁하는 것이었다. 남편에겐 당일로 돌아오마고 했지만, 가까와도 시골이고 친정인데 하룻밤쯤 자고 오면 제까짓 게 날 내쫓을까 했다. 「아무렴요. 아무렴. 자고 와요. 자고 와. 집 걱정도 밥 걱정도 나한테 맡겨요.」 나는 눈웃음을 치며 알랑을 떨었다.

모든 것이 다 잘됐다. 나는 양쪽 집을 분주하게 오락가락하며 두 남편과 네 아이를 먹이고 잠재웠다.

밤이 제대로 깊어 갈 즈음, 나는 살금살금 철이네로 들어갔다. 곤히 잠든 철이 아빠를 침대 머리에 달린 촉광 낮은 푸른 베드라이트가 비치고 있었다. 그는 하필 전에 내가 철이 엄마하고 같이 나가서 산 내 남편의 것과 똑같은 파자마를 입고 있었다. 그래서 그런지, 베드라이트가 파래서 그런지 철이 아빤 평상시보다 창백하고 피곤해 보여 내 남편과 퍽 닮아 있었다. 나는 누구에겐지 모를 연민을 느꼈다. 베드라이트를 끌까 하다가 만약의 경우를 생각해서 아주 두꺼비집의 스위치를 내려 버렸다. 칠흑의 어둠이 왔다.

나는 그의 옆에 누웠다. 그의 머리를 안았다. D 포마드 냄새가 역겹다. 내 남편도 D 포마드의 애용자다. 나는 참고 그의 입술을 찾는다. 매캐한 담배 냄새가 난다. 그도 내 남편도 골초다. 그가 조금씩 잠이 깨면서 귀찮다는 듯이 나를 뿌리친다. 나는 더욱 그에게 나를 밀착시킨다. 마침내 「언제 왔어」 잠꼬대처럼 웅얼대고 마지못해 나를 안는다.

그의 섹스는 신경질적이고 허약한 주제에 가학적(加虐的)이다. 당하는 쪽의 기분을 공중변소처럼 타락시킨다. 그의 속살은 쇠붙이에서 풍기는 것 같은, 사람을 밀어내는 기분 나쁜 냄새를 지니고 있다. 그런 모든 것이 내 남편과 너무도 닮아 있다. 나는 내가 간음하고 있다는 느낌조차 가질 수 없다. 나는 내 남편에 안겨 있는 동안에도 간음하고 있는 것으로 공상을 하는 못된 버릇이 있었는데 정작 간음을 하면서도 그것조차 안 된다. 죄의식도 쾌감도 없다.

일을 끝낸 그는 더 깊이 잠들고 나는 여기가 정말 철이넨가 그것조차 믿기지 않아 아이들이 자고 있는 이층 침대로 가서 자는 애들을 더듬어 본다. 난이의 머리 꼬랑이가 만져진다. 아들과 딸이 있다는 건 좋은 일이다. 우리는 아들만 있는데. 그것도 쌍둥이로.

우리 집 이층 침대에도 아이들이 깊이 잠들어 있다. 나는 걷어찬 이불을 덮어 주고 고른 숨소리를 듣는다. 나의 어머니가 우리들을 기를 땐, 우리를 잠재우고 고른 숨소리를 지키며 우리가 자라서 어느만큼 훌륭하게 될까, 어떤 효도를 할까, 그런 공상을 할 때가 제일 흐뭇하고 행복했다고 한다. 나도 그래 볼려고 한다. 그러나 그게 되지를 않는다. 나는 내 애들이 자라 무엇이 될지도, 나와 어떤 모자 관계를 이룰지도 짐작할 수 없다. 춥고 막막하다.

나는 욕실에 들어가 불을 켠다. 눈이 부시게 환하다. 간음한 여자를 똑똑히 보고 싶다. 거울 앞에 선다. 거울 속에 내가 있다. 생전 아무하고도 얘기해 본 적도 관계를 맺어 본 적도 없는 것같이 절망적인 무구(無垢)를 풍기는 여자가 거기 있다.

나는 이상할이만큼 해맑고 절망적인 기분으로 나를 처녀처럼 느낀다. 십 년 가까운 남의 아내 노릇에 두 아이까지 있고 방금 간음까지 저지른 주제에 나는 나를 처녀처럼 느낀다. 그런 처녀는 끔찍하지만 그렇게 느낀다.

—《월간중앙》75호, 1974년 6월;
박완서, 『부끄러움을 가르칩니다』(일지사, 1976)

손장순(孫章純·1935~2014)

손장순은 1935년 서울의 중산층 가정에서 오 남매 중의 막내로 태어났다. 이화여고 졸업 후 작가가 되겠다는 일념으로 서울대학교 불문과에 입학했다. 대학을 졸업하던 1958년에 김동리의 추천으로《현대문학》에 「입상」, 「전신」을 발표하며 등단해, 당대 한국 사회를 묘파하는 장편소설들을 발표하며 문단에 주목을 받았다. 시간강사 시절을 거쳐 1968년부터는 한양대 불문과에서 재직하며 후학을 양성하는가 하면 1974년부터 1976년까지 프랑스 소르본대 대학원에서 프랑스 문학을 연구했다. 시몬 드 보부아르의『위기의 여자』(1985)를 번역했다. 손장순은 이십 대에 청와대 의전 비서관과 결혼했지만 곧 이혼하고, 사십 대 중반에 언론인 임승준과 재혼했다. 1996년 한양대를 퇴임한 후 남편과 함께 문예지《라플륌》을 발행했다. 한국소설분과협회, 한국불문화협회, 한국여류문인협회, 국제펜클럽 이사, 한국소설가협회 최고위원을 지냈고, 한국여류문학상, 펜문학상, 유주현문학상을 수상했다.

손장순은 데뷔작 「입상」, 「전신」에서 한국전쟁으로 경제적 어려움에 처해 '양공주'가 된 여성들이 가부장적 도덕률에 얽매이지 않고 자신을 관용하며 새로운 삶을 모색하는 이야기를 그렸다. 당시 공론장에서 화제를 모았던 '아프레 걸'을 사회질서를 어지럽히는 마녀가 아니라 실존주의적 주체로 조명한 것이다. 이혼 후 경제

적 어려움과 사회적 고독 속에서 발표한 장편소설『한국인』(1967),
『세화의 성』(1976) 등은 근대로 전환기 한국 사회의 변동을 여성 지
식인의 눈으로 날카롭게 파헤친 작품으로 전성기를 가져다주었다.
손장순은 외국 문학을 가르치는 교수이자 프랑스에 체류한 경험을
바탕으로「미세스 마야」,「우울한 빠리」(1976) 등 여러 작품에서 선
진국/후진국, 서양/동양을 중심으로 형성된 중심/주변의 위계적
이분법을 풍자적으로 비틀면서 탈식민적 여성 작가로서의 독특한
입지를 획득했다. 등산 애호가로 산악 소설『불타는 빙벽』(1977)을,
1990년대에는 장편소설『야망의 여자』(1991),『돌바람』(1995),『물
위에 떠 있는 도시』(1999) 등을 출간했다.

　　손장순은 무신론적 실존주의의 영향을 받은 작가로서 규범이
나 관습에 휘둘리기보다 욕망에 솔직하면서도 냉소적 지성을 가진
여성 인물들을 문학적 페르소나로 내세워 한국 여성문학장에 이색
적 활력을 불어넣었다. 손장순의 여성 화자들은 오만하리만큼 자신
에 차 있는데, 이는 그녀들이 상류계급의 고학력자이기도 하지만
젠더·국적·인종 등 타인과 세계가 부여하는 강제적 정체성에 휘둘
리지 않을 만큼 스스로를 자율적·독립적인 개인으로 여기기 때문
이다. 그래서 그녀들은 보수적인 사회, 가부장적 남자들과 불화하
는 시련을 겪어도 치명적인 상처를 입지는 않는다. 그녀들은 한국
사회의 후진성에 절망하면서도 서구 문명에 대한 환상에 사로잡히
지 않을 만큼 지성적이고, 사랑을 원하지만 자유 없는 노예가 되는
건 거부할 만큼 씩씩하고 자유롭다. 손장순의 소설은 멜로드라마가
아니라 남자에게 의존하지 않고 제 발로 선 마녀들의 이야기다.

김은하

우울한 빠리

묘선은 눈을 뜨면 빗소리부터 귀에 들린다. 이런 날이 벌써 한 달가량 계속되고 있어 노상 날씨에 신경이 곤두선다. 기후에 민감해서인가.

한국처럼 억수같이 쏟아지는 것이 아니라 질금질금 내리다가 멎고, 멎다가 내리곤 하는 비. 햇빛을 보지 못한 지 얼마인가. 구월이면 투명한 풍광이 폐부 깊숙이 파고드는 한국의 밝은 기후에 익숙한 묘선에게 저절로 우울과 짜증이 번져 든다. 햇빛은 사오월과 팔월에나 얼굴을 내밀고, 일 년 내내 거의 비가 오는 빠리는 구월이 특히 우계(雨季)이다. 그래서 일상의 솔솔 뿌리다 마는 비가 아니라 노상 질금질금 내리는 것이다. 을씨년스럽고 습기 찬 감각은 북극에 가까워서 오후 다섯 시면 찾아드는 어둠과 더불어 한국의 십일월을 연상시킨다.

거기에다 낙엽까지 빗속에 깔려 버린 것이다. 가을이 오기도 전에 져 버린 느낌이었다. 독일관으로 아침을 먹으러 가다가 씨떼 (각 나라 대학의 기숙사가 거대한 도시처럼 한데 모여 있는 구역)

의 마로니에 나무로부터 낙엽이 일시에 져 버린 것을 발견하던 때의 스산함. 빠른 계절감은 그녀에게 타국에 혼자 와 있다는 실감을 더 안겨 줬다. 비를 맞으며 끼니때마다 식당에 밥을 먹으러 다니는 고역. 벌써 어둠이 베란다로 통하는 유리문을 통해 감염되어 온다.

시계를 보니 다섯 시 반. 묘선은 학생증과 동전 지갑과 방 열쇠를 챙겨서 잠바 호주머니에 넣은 다음 우산을 들고 나온다. 일곱 시쯤 가면 세계 인종의 박람회장처럼 몰려드는 각국의 대학생들로 인해 줄을 서서 식사를 받아먹는 과정이 마치 수용소 같다.

기숙사 복도의 불빛이 오늘따라 적막한 분위기를 안겨 준다. 주인을 기다리는 각 방의 공간과 적막이 그대로 복도까지 배어 나와서인가.

묘선은 승강기를 타고 현관으로 내려오자 편지가 온 것이 없나 둘러본 다음 현관 밖으로 나가 우산을 펴 든다.

펴 들면서 옆을 보니 한 남자가 우산이 없는지 추녀 끝에 우두커니 서 있는 것이 딱해 보인다. 멈추지 않을 비가 멈추기를 기다리고 있는 것이 안됐어서 묘선은 함께 우산을 받지 않겠느냐고 그에게 제안을 한다. 그녀 자신이 생각해도 무척 자연스럽게 나온 친절이다. 이때까지 그녀는 한국에서나 외국에서나 그녀 편에서 먼저 남자에게 호의나 친절을 베푼 적이 없다.

「메르시 보꾸, 마드모와젤. 부세뜨 트레 쟝띠유(감사해요, 당신은 매우 상냥하시군요).」

그는 묘선의 우산 속으로 들어오면서 치하를 한다.

묘선은 그가 외국인이기에 국적이 궁금하다. 대개는 남자 편에서 그것을 먼저 묻는데 이 남자는 그것을 묻지 않는다.

바깡스가 되자 여자 친구를 찾는 남자 대학생들의 프로포즈가 묘선을 귀찮게 했었다. 식사를 하러 식당에 가고 올 때마다 으레 남자들이 따라붙어 그녀에게 말을 걸곤 했었다. 특히 남녘 식당이나 서녘 식당에 갈 때보다 국제관에 있는 식당에 갈 때 더했다.

그녀는 한때 이런 것이 짜증스러워 기피증에 걸리다시피 했는데 오늘은 그녀가 자진해서 말을 걸게 된 것이 스스로 생각해도 신기하다. 그녀는 빠리 생활에 그만큼 익숙해진 것이다.

어느새 부정하면서 자신도 의식하지 못하는 사이에 유럽식 생활에 동화가 되고 적응이 된 것일까.

하여튼 이것은 묘선에게 대단한 발전이다.

「당신, 어느 나라 사람이죠?」

「당신, 이란관에 살고 있어요?」

그는 대답 대신 딴청을 한다.

「네, 나는 이란관의 상주 기숙인이에요. 그런데 당신 어느 나라 사람이죠?」

묘선은 그가 대답을 피하자 더 알고 싶은 짓궂은 생각으로 집요하게 물어본다. 그러면서 어느 나라 사람일까 한번 어림해 본다. 머리털이 곱슬곱슬한 것을 보니 불란서 사람은 아닐 것이고, 그러나 아랍으로 보기에는 얼굴이 단아하고 세련되어 보인다.

「당신은 어느 나라죠, 국적이?」

「꼬레(한국)이에요.」

묘선은 모든 사람들이 물어올 때마다 그랬듯이 떳떳하게 큰 소리로 대답한다.

「나는 어느 나라 사람 같아 보여요?」

이 사람 왜 이리 국적을 대기가 힘들까.

「스페인 아니면 남불?」

차마 아랍이냐고 물을 수는 없다. 아닐 경우 그 질문이 실례가 될 것 같아서다.

불란서에서는 특히 외국인들 가운데 아랍 하면 혐오와 경멸을 의미한다. 아프리카 검둥이 엘리트들은 미국의 블랙보다는 대우를 받는 편이고 사실상 조금은 양반이다. 이른바 검둥이들은 순하고 마음씨가 좋은 구석이 있지만 아랍인은 검둥이보다 악질이고 잔인하고 말썽을 더 부린다는 것이 정평이다.

표면상 인종차별을 하지 않는 불란서에서 검둥이들은 별로 시달리지 않아 거칠어지지 않았다고 할까.

그러나 이것은 어디까지나 비유를 하자면 그렇고 식당에서 가짜 학생증이나 학생증을 몇 사람이 돌려 가며 써먹는 것도 검둥이들이요, 음식을 더 달라고 했다가 불란서 식당 아주머니들의 반응이 좋지 않으면 음식을 받던 쟁반을 뒤엎어 버리거나 아주머니의 팔목을 붙잡고 횡포를 가끔 부리는 것도 검둥이들이다.

검둥이들은 이처럼 양성적이고 아랍은 음성적이다.

「남불이요.」

「남불의 어디요?」

「그르 노블 근처예요.」

끝내 애매한 대답이다. 왜 그처럼 대답하기를 망설였을까.

어느새 그들은 국제관에 이르렀다.

식당 입구에 갔을 때 묘선에게 낯익은 얼굴이 다가선다.

「봉 수왈(굿 이브닝).」

「봉 수왈.」

그는 다름 아닌 알제리에서 온 독또라(박사 학위) 대기생이다. 이 박사 학위 대기생은 묘선이가 남불의 남자와 마주 앉아 식사를 할 때 그들의 옆을 또 지나간다.

묘선은 그때 남불의 남자와 서로 이름을 교환하고, 그가 치과 대학 조교이면서 병원에서 일하는 예비 닥터라는 것을 소개하고 있을 때다.

남불의 치과 닥터는 음료를 포도주로 묘선에게 사 주더니 식후에 커피를 함께 들지 않겠느냐고 제안을 한다.

묘선은 순간 어쩔까 망설이다가 동의를 한다.

그는 굳이 씨떼 밖에 있는 노점 까페로 가자고 한다. 비가 내리는 밤 까페에서 음악을 들으며 그 축축하고 약간은 로맨틱한 분위기에 젖어 보는 것도 나쁘지 않을 것 같아 그것도 동의를 한다. 혼자 컴컴한 씨떼 정원으로 돌아오는 것이 안됐지만.

빠리의 거리에 숱한 수은등 등불에 비하면 씨떼의 정원은 원체 넓기도 하지만 불빛이 드문드문 있어 컴컴하다. 그로 인해 여름밤에는 젊은 남녀의 자연스런 데이트 장소로 정원의 잔디밭이 애용되기도 하지만 어둠이 긴 가을과 겨울 밤에 여학생들을 납치하는 사건이 어쩌다 생긴다. 그것은 대개 아랍의 남자들이 저지르는 짓이고 잘못 걸리면 중동 지방 중의 어느 나라 사창가에 쥐도 새도 모르게 몇 다리 건너서 팔려 간다는 것이다. 그것은 철의 장막보다 더 미궁(迷宮)이라 영화에 나오는 카스바의 뒷골목처럼 한 번 들어갔다 하면 빠져나오기도 찾기도 힘들다고 한다.

이 계절부터는 빠리에서 애인 없이 지내기란 얼마나 견디기 힘들다는 것을 요사이 그녀는 절실히 느끼고 있다.

일찍 어둡고, 날이 드는 날도 영화에서 본 것처럼 아침 안개가 열 시까지 끼어 열 시가 훨씬 넘어서 겨우 햇빛을 볼까 말까 하는 이 기나긴 밤, 거기에다 음산하게 가을비가 마냥 내리는 날에 그녀는 뼛속까지 스며드는 외로움을 어쩔 수 없이 느끼는 것이다.

묘선은 왜 빠리 사람들에게 사랑이 넘치고, 그 문화가 애인들의 것이며 그런 예술이 번성되었는가를 이제야 알 것 같다.

그러나 묘선은 고독하다고 아무나 타협한 적이 없다. 그럴수록 타협이 되지 않는 것이 그녀의 개성이었다.

그들은 건널목에 와서 멈춤 표시가 아닌데도 적당히 요령껏 차를 피해 차도를 건넌다. 빠리의 교통질서가 이처럼 엉망인데도 복잡한 것에 비해 차 사고가 별로 없는 것이 신기하다. 자유 분망한 것 같으면서도 무질서의 질서 같은 것이 있다. 그것이 바로 빠리인 것이다. 이리 들어갈까요? 쌍식에가로 들어가는 길목 모퉁이에 유명한 몽쏘 공원이 있는데 그 앞에 있는 몇 개의 까페 중 그중 사람들이 붐비는 곳을 그는 그녀에게 지적한다.

묘선은 치과 의사를 말없이 따라 들어간다. 자동 음악기에서 〈달리다〉가 부르는 샹송이 흘러나온다.

묘선은 자리에 앉자 곧장 되돌아가고 싶은 생각이 난다. 그 이상 그녀는 그와 마주 앉아 있을 흥미가 없는 것이다.

그러나 커피 한 잔을 마시는 동안 무료를 짓씹으며 지그시 앉아 견딘다.

「음악 좋아해요?」

치과 의사는 그녀에게 바싹 다가앉으며 묻는다.

「좋아해요.」

「나의 스튜디오(거실·침실·부엌 등이 한 공간에 다 있는 것)에 음악을 들으러 가지 않겠어요? 레코드를 많이 수집해 놓았어요.」

「방에는 놀러 가지 않아요. 까페가 좋아요. 그만 가죠.」

묘선은 먼저 일어난다. 그가 더 붙들기 전에.

그는 따라 나오면서 자기 방에 가자고 다시 한번 권한다.

──불란서 사람에게도 이처럼 치근대는 사람이 있을까.

어딘가 느낌이 다르다고 생각하면서 묘선은 기숙사로 돌아온다.

「요전에 튜니시 남자와 동행이더군.」

모하멧은 싱글싱글 의미 있는 웃음을 웃는다.

「튜니시 남자라니?」

「이삼일 전에 비 오는 날 식당에 함께 온 남자 말이야.」

그러나 묘선은 얼른 머리에 떠오르지 않는다. 튜니시 남자라는 말이 그녀의 기억에 장해를 가져오는 것이다.

「치과 닥터 말이야.」

「아, 그 사람이 튜니시라고? 남불이 고향이라고 하던데.」

묘선은 혼란을 느낀다.

「그 사람이 불란서 사람이라고? 처음 듣는 이야기인데. 내 친구의 친구라, 국적이 튜니시로 소개받아 알고 있는데.」

「그렇다면 왜 그 사람이 국적을 내게 속였을까.」

「열등감이겠지. 나는 알제리인임을 공언하는데. 아랍 사람들 가운데는 그런 사람들이 더러 있어요.」

모하멧은 동전을 기계에 넣고 커피를 두 잔 따라 와서 하나를 그녀 앞에 밀어 놓는다. 그는 식사 후에 묘선이가 있는 이란관에 그의 친구도 있어 커피를 마실 겸 곧잘 온다.

묘선은 우편물을 부치려고 들고 나오다가 그와 마주친 것이다.

오래간만에 든 날씨는 하늘이 짝 갈라질 것처럼 투명하다. 테니스 코트에서는 공이 맑은 대기 속을 가볍게 차며 날으는 소리가 경쾌하다.

「실례의 말을 할까.」

묘선은 오후의 침묵을 가르며 말문을 연다.

「무슨 말을?」

「난 아랍을 참 싫어해요, 솔직히 말해서. 그런데 그 사람은 그런 나를 알기나 하는 듯이 자기가 태어난 거룩한 조국을 속이다니. 그러니 나는 점점 더 아랍을 싫어할 수밖에.」

모하멧은 차츰 안색이 변하더니 푸르락누르락한다.

「묘선도 별수 없군. 모든 불란서인이 다 싫어하지. 그러나 드골은 선견지명이 있었어. 알제리를 약 이십 년 전에 해방을 시킨 것을 보면. 그도 아랍을 좋아해서 그랬던 것은 아냐. 그 당시 알제리는 가난하고 저개발 국가였지만 지금은 국민소득이 너의 나라보다 높은 나라로 발전했어.」

「드골은 오일쇼크를 지하에서 보고, 그것 보아라, 했겠는데.」

묘선은 비꼬듯이 이죽거린다.

「뿌르꾸아 빠(왜 아냐). 아랍의 저력을 그는 알았던 거야. 지난번 중동전쟁에서 아랍이 전투에는 졌지만 전쟁에는 이긴 것이 오일 덕분이긴 헌데 우리의 저력을 앞으로는 더욱 무시할 수 없을 거야. 불란서가 비교적 오일쇼크를 덜 받은 것은 아랍에 무기를 팔기 때문이기도 허지만 드골이 아랍을 인정한 덕이지. 불란서 무기 생산도 드골 정책 이후가 아냐.」

「하긴 오늘날 블랙파워, 아랍파워가 이처럼 커질지 아무도 예상할 수 없었지. 그런데 아까 말이야, 알제리가 우리나라보다 국민소득이 더 높다고 했는데 그것은 한국의 경제 발전상을 모르고 하는 말이야. 한번 우리나라에 와 보지 않겠어?」

묘선은 국내에 있을 때, 경제적인 발전보다 더 소중한 것이 인권이요 자유라고 생각했지만 막상 국외에 나와 보니 외국인에게는 한국의 경제적 번영을 내세우고 강조하게 되는 자신을 발견한다.

「북한이라면 가 볼 용의가 있지만.」

「소시알리스트라 할 수 없군.」

「그럼. 나의 신앙은 소시알리즘인걸.」

언젠가 그는 한국의 육이오전쟁이 남한의 침략으로 야기된 것이라고 했을 때, 묘선은 안전보장이사회가 한국전을 지원하고 삼팔선이 무너지자마자 서울에 인민군이 들어온 것만 보아도 침략은 북한이라고, 언제나 침략하는 쪽이 우선은 전세가 유리한 것이 아니냐고 열변을 토한 적이 있다.

묘선은 그와 이런 문제로 열전을 벌일 때마다 피곤과 역겨움을 느끼지만 대화란 반론에 의의가 있으므로 그런대로 약간은 흥미를 느껴 왔다.

「소시알리스트도 아므르(사랑)를 할 줄 아나?」

묘선은 그를 골려 줄 양으로 화제를 바꾼다.

「훼르 아므르(메이크 러브)를 할 줄 알지.」

「아베끄 르 꾀에르(가슴으로)?」

「정서 같은 것 필요 없어. 물리적으로 해치우면 되지.」

「유물적으로. 아마도 맑스는 오늘날 사랑의 형태를 바꾸어 놓는 데도 약간은 공헌을 한 것 같아.」

「그러니까 맑스가 위대한 것 아냐.」

「싸므 훼 리르(웃기는군). 유죄는 과학의 발달에 있겠지.」

「스스로 인정하고 부인하는군. 네 방에 올라가서 맛있는 커피를 끓여 주지 않겠어?」

「뛰뚜와이에(너니 나니 하는 것) 하지 말어. 애인 사이도 아닌데 예의 없이 해라야.」

「그것은 빠리 대학생들의 풍조인걸, 육십팔 년 학생 데모 이후의. 교수에게도 뛰뚜아이에 하는 판인데.」

「잘하는군. 그래서 예절 바른 동양 학생들을 여기 교수들은 좋아하나 보아. 난 바빠서 나가 보아야겠어, 소시알리스트에게 커피를 주다간 첩보선에 걸리게. 너의 매부가 주불 알제리 대사관의 무관이라면서?」

묘선은 먼저 일어나 현관 쪽으로 걸어 나간다. 그녀는 다시 보자고 손을 흔들며 기숙사 밖으로 나간다.

텔레비를 보고 있는 묘선의 옆으로 누군가가 다가와서 그동안 어떻게 지냈느냐고 묻는다. 묘선은 그를 돌아다보는 순간 깜짝 놀란다. 불란서 친구인 쟝이다.

「언제 왔지?」

「어젯밤에. 오늘 기숙사 방을 구하느라고 하루 종일 이 씨떼를 헤맸어, 이 관 저 관을 기웃거리며.」

「조금 기다려 주겠어, 이 코메디를 마저 보고 나가게.」

「그러지.」

쟝은 바바리코트를 벗고 그녀 옆에 앉는다. 그는 원래 텔레비를 함께 보다가 사귄 친구다. 기숙사마다 텔레비가 한 대씩 있고 저녁이면 이것을 보려고 모두 내려온다. 이란관이 바깡스로 문을 닫자 그녀가 한 달 가 있던 스위스관에서 쟝을, 그것도 그녀를 따라 스위스관으로 텔레비를 보러 오던 모하멧이 소개해 준 것이다.

그는 곧잘 텔레비가 끝나면 자기 방에 올라가 시원한 것을 마시자고 제안을 했다. 묘선은 모하멧과 동행인 경우만 동의를 하고 셋은, 각종의 화제로 시간 가는 줄 모르고 대화를 즐겼다.

이따금 모하멧이 텔레비를 보러 오지 않는 경우, 쟝이 기숙사 정원을 함께 산보하지 않겠느냐고 그녀에게 제안을 하면 여름밤의 신선한 공기를 마시며 산보를 하기도 하였다.

그러다가 쟝이 고향인 스트라스브르그로 내려가기 전날 그들은 영화를 보러 까르티에 드 라땡 거리로 나갔다. 제목이 〈황제〉로 히틀러를 풍자한 채플린의 유명한 연기를 본 것이다.

다음 날 그들은 함께 점심을 먹고, 그는 메트로를 타고 기차 정거장에 나갔으며 묘선은 씨떼 정원에서 그에게 봉 부와야즈(여행 떠나는 사람에게 하는 인사)를 한 것이다.

「그만 나갈까.」

묘선은 그에게 미안하여 그만 일어난다.

쟝은 기꺼이 그녀 뒤를 따라 나온다.

「우리 함께 거닐지 않겠어요?」

그다운 제안을 한다. 묘선은 그의 다소 로맨틱한 이런 점이 마음에 든다. 빠리에 있는 대개의 남자들이 여자와 까페에서 차라도 마시게 되면 으레 손이 여자의 몸에 와서 닿고 그것을 허락하면 곧 다음 단계로 진입해 오는 데 그녀는 아연실색이었다.

쟝은 그녀와 여러 번 산보를 하면서도 한 번도 그런 적이 없다. 그가 올 때가 되었는데 소식이 없어 이따금 궁금하던 차다.

묘선은 외국 남자 친구가 많은 심리적인 이유가 있다. 말초신경이 곤두선 한국 남자들의 말 많음과 여자들의 적극성을 기대하는 풍조가 비위에 거슬리는 것이다.

「일생을 함께 살 남자를 고르는데 프라이드를 죽이고 접근해

와야지.」

　데이트 자금이 넉넉하지 못하다 보니 이래저래 소극적이 되어
버린 한국 남학생들은 여자의 눈치를 보기가 일쑤다.

　그러나 외국 남자들의 동양 여자에 대한 적극성은 굉장하다.
그들은 자기네들끼리도 처음 사귈 때는 역시 남자가 공격적이다.

　묘선은 이런 점이 편리한 것이다. 그리고 불어를 숙달하게 연
마하기 위해서도 불란서 남자 친구는 도움이 된다.

　「묘선, 나 취직이 되었어.」

　「어디에?」

　「아새뜨 출판사에.」

　「그럼 기숙사에 못 있겠네?」

　「그렇게 될 것 같애. 메트리스(석사)가 끝났으니 독또라(박사)
는 돈을 번 다음에 다시 하겠어.」

　「그럼 자축이라도 해야 할 것 아냐?」

　「오늘 저녁에 할까?」

　「저녁을 이미 먹은걸?」

　「그럼 내일 할까?」

　「내일 보아서.」

　그들은 어두운 기숙사 정원을 걷는다. 무더운 여름밤의 산보가
엊그제 같은데 벌써 가을이다.

　「우리 저 벤치에 가서 앉을까?」

　묘선은 쟝이 이끄는 대로 넓은 잔디밭 가장자리에 수은등이 있
는 벤치로 가서 앉는다.

　쟝은 그녀의 어깨에 팔을 얹는다.

　「그간 잘 있었어요?」

「꼼씨 꼼싸(이럭저럭).」

「나 무척 빨리 오고 싶었는데 집에 일이 생겨 늦었어. 묘선이가 보고 싶었어.」

묘선은 그녀도 쟝을 조금은 좋아하고 있다는 것을 느낀다. 그러나 그것은 지극히 담담한 감정이다. 드라이한 것인지도 모른다. 그들처럼.

「베세를 허락해 주겠어?」

묘선은 가만히 고개를 끄덕인다. 그녀는 섬세한 불란서 남자를 좋아하지 않았는데 쟝과 훼르 아므르를 하게 될 줄 몰랐다.

쟝은 약속 시간에 묘선의 방문을 두드린다. 오후에 시내로 산보를 나가기로 한 것이다. 불란서 사람처럼 산보를 좋아하는 사람들이 없다.

묘선도 이제 걷는 것에 익숙해졌고 그것을 벌써부터 즐기게 되었다.

「봉쥬우르.」

「봉쥬우르.」

쟝은 묘선의 입술에 살짝 입술을 댄다.

「날씨가 기막히게 좋군.」

「드물게 좋은 날이에요. 이런 날 혼자 방 속에 들어앉아 있게 되었더라면 억울할 뻔했어요.」

묘선은 그들처럼 솔직하게 자신의 기분을 토로한다.

「그건 나도 마찬가지요. 우리 어디에 갈까?」

「블로뉴 숲에 가 보아요. 벌써부터 가고 싶었는데 적당한 동반자가 없었어. 이런 가을날 블로뉴 숲속을 거닐어 보고 싶어요.」

「아베끄 무와(나와 함께)?」

「비엥 쉬르(물론이죠).」

「하여튼 나가 봅시다.」

쟝은 묘선의 손을 이끈다.

그들은 기나긴 기숙사 정원을 지나 뽀르뜨 도를레앙 쪽으로 걸어간다. 쟝은 묘선의 손을 한사코 꼭 쥐고 걷는다.

묘선은 억지로 손을 빼낸다.

「왜 그래요?」

「혹시 기숙사 창문으로 한국 학생들이 내다보면 어떻게 해요?」

「우리는 친구인데 당연하지 않아. 좋아서 손을 잡은 것이 안 되나?」

「풍속의 차이겠지.」

「그럼 당신 나라에는 남녀가 손을 잡는 일이 없어요?」

「있어요. 그러나…….」

「내가 불란서 사람이라는 데 문제가 있겠군.」

「그렇죠. 곧 소문이 나고 말아요.」

묘선은 그 말 많음이 싫어서 한국 남자들을 기피하다 보니 쟝과 가까워진 것이 아닌가.

순간 묘선은 경민과 함께 지내던 어설픈 시간들이 후딱 떠오른다.

그날도 날씨는 아침부터 뿌옇게 흐려 있었다. 간단한 아침 식사나마 들기 전인데 누군가 그녀를 방문해 왔다는 신호에 현관까지 내려가 보니 경민이었다.

그녀는 뜻밖의 그의 방문을 받고 당혹을 느끼었다.

그는 머뭇머뭇거릴 뿐 용건을 쉽게 꺼내지 않았다. 그는 그녀가 방에 올라가 커피라도 끓여 주었으면 하는 눈치였다.

차 한 잔값이 아까워 이런 방식으로 접근해 오는 자체가 그녀의 비위에 거슬렸다. 남녀가 사귀어 가는 데 차 한 잔값을 계산하는 그처럼 여유 없는 것이 유학생들의 생활이기는 하였지만 요는 성의 문제였다. 아무리 빈궁해도 차 한 잔값은 마련할 수 있는 것이다.

더구나 경민은 계획을 길게 잡아서 공부할 비용을 마련하기 위해 회사에서 일까지 하여 돈을 번 유학생이다.

「왜 찾아오셨죠?」

묘선은 분명치 않은 그런 자세가 답답하고 못마땅하여 다그쳤다.

그래도 경민은 우물우물할 뿐 대답을 하지 못한다. 그는 분위기 조성 같은 것이 필요했던 것 같다. 그것을 알고도 묘선은 짐짓 모른 척한 것이다.

「그럼 여기 앉을까요?」

묘선은 넓은 현관홀 한쪽에 있는 의자를 가리켰다. 경민은 거기에 앉고 그녀도 그와 마주 앉았다.

「이 선배로부터 무슨 말 들은 적이 없어요?」

「들은 바 없는데요.」

「마드무와젤 조의 자존심이 상한 것 같아서 풀어 주려고 왔는데.」

경민은 끝내 솔직하지 못하였다. 자의식 과잉으로 핑계를 대다가 돌아갔다. 이 선배의 소개로 서로 알게 되었고, 문제는 데이트를 할 것인가 아닌가만이 남아 있었다. 그런데 그냥 모른 척하기에는 그녀의 자존심이 상할까 봐 찾아왔다는 궁색한 변명.

그후 빠리 유학생 간에는 묘선이가 경민에게 채였다는 소문이 파다했다. 변명하기에는 너무나 치졸하고 구질구질한 생각이 들다 보니 그녀는 혼자를 고수할 뿐이었다. 한국 학생들과 어울리지 않는 것이다.

그녀의 한국 남자들에 대한 반발이 외국 남자들과 가까워지는 것으로 사출(射出)되고, 외국 남자들에 대한 경계와 경원감은 소리 없이 무너져 내렸다.

뽀르뜨 돌레앙으로 나오니 청량한 계절감을 즐기러 산보 나온 빠리 사람들의 여유작작한 모습들이 눈에 띈다.

「우리 잠깐 알레싀아 쪽으로 가 보겠어요?」

「거긴 왜요?」

「나 바지 하나 마춘 것이 너무 꼭 끼어 고쳐 달라고 맡기었어.」

대학생촌 근처에는 싼 마춤집이 더러 있는데 그는 그것을 이용한 것이다.

묘선은 동의하고 그를 따라간다.

「참, 나 오늘 녹음기를 사야겠는데 도와주시겠어요?」

「물론이지.」

묘선은 양복점에 따라가서 그가 바지를 찾고 어딘가가 잘못되어 다시 고쳐 달라고 설명하는 동안 내내 흥미 없는 일들을 바라보며 참을성 있게 기다린다.

「알롱 앙 루뜨(자 갑시다).」

쟝은 일이 끝났는지 묘선을 밖으로 끌어낸다. 그들은 메트로를 타고 몽빠르나스에서 내리자 〈프낙〉으로 녹음기를 보러 간다. 전기 제품을 집중적으로 파는 곳으로 값도 조금 싼 것이다.

그러나 일제를 제외하고는 작은 사이즈의 녹음기가 마땅치 않아 묘선은 그대로 나오려고 한다.

허나 쟝이 그 주위에서 머뭇거리고 나오려고 하지 않는다.

「오늘 사지 않겠어요?」

「좀 더 생각해 보고. 급한 것 아니니까.」

「그럼 저 맞은편도 그런 상점인데, 들어가 볼까?」

〈프낙〉에서 나온 후에도 그가 더 녹음기 사는 일에 열심이다.

「그보다 나는 블로뉴 숲속에 가서 거닐어 보고 싶은데.」

「지금 벌써 네 시가 되는데 이미 늦지 않았어? 거긴 고만두지.」

「사진을 찍으려고 이처럼 카메라까지 갖고 나왔는데.」

묘선은 빽을 열어 보인다.

「난 사진은 질색이야. 왜 그런 줄 알아요? 우리 아버지 직업이 사진쟁이라 밤낮 찍고 현상하는 것을 어렸을 때부터 지겹게 보았어.」

순간 묘선은 모멸감을 왈칵 느낀다. 설사 그렇기로서니 그처럼 솔직하게 직선적으로 표현할 수 있을까. 그것은 솔직한 것이 아니라 이기적인 데서 나온 표현이라고 생각하자 그녀의 자존심이 상한다. 그녀를 어떻게 생각했으면 벌써부터 한 치의 양보 없이 이기적인 본능을 드러내는 것일까.

「우리 그럼 저 몽빠르나스 꼭대기에 올라가 볼까?」

「사느 맹트레스 빠(흥미 없어).」

묘선은 차갑게 잘라 말한다. 그녀를 위해 블로뉴 숲속에 안내를 하기 위해 산보를 나오는 척해 놓고 그의 볼일부터 보아 놓은 후 끝내 자기 본위로만 나가려고 한다.

그는 그녀가 양보해 주기를 바라고, 마침내 양보해 주려니 생각하고 있다.

「나 혼자라도 가겠어. 난 이래저래 미루다가 귀국할 때까지 아무것도 보지 못할 거야.」

—— 어쩌면 너는 그처럼 에고이스트니. 네 볼일만 보고 내가 가고 싶은 곳에는 가지 않으려고 하니.

그녀는 이렇게 따지고 싶은 것을 그녀의 향방에 대해서만 결연하게 말한 것이다.

「꼭 가야겠어?」

아직도 그녀가 단념하고 그에게 동의해 주기를 기다리는 어투다.

묘선은 그녀대로 그가 혹시나 번의해 주지 않을까 기대하다가 돌아서 버린다.

—— 너 같은 남자와 어제와 같은 일이 있었다는 것은 너무 허무한 일이다.

묘선은 전날 밤 그녀의 방에서 있었던 정사를 상기한다. 오늘의 실망은 그래서 환멸을 수반하는 것인지도 모른다.

—— 나는 너에게 성의를 다하였는데 너는 고만한 성의도 내게 없구나.

묘선은 마치 자신이 즐기기 위해서가 아니라 그를 위해 봉사한 것 같은 의식을 갖고 있다.

—— 아니다. 이런 나의 동양적인 사고방식을 탈피해야 한다. 동양 여자의 이런 약점을 잘 알고 그는 마음 놓고 이기적으로 나오는 것이 아닌가. 어제가 있었기에 더욱.

—— 너와는 아듀다. 어제 같은 일 내게도 아무것도 아니라는 것을 너에게 보여 주마. 하룻밤의 정사쯤 한 끼의 식사와 같은 것이라고.

묘선은 실상 그녀의 자존심이 상했을 때 어떤 일이든지 감행하고 마는 성격이다. 자애심이 강하기 때문이다.

묘선은 남자 친구가 생겼건만 남자 친구가 없는 여자처럼, 전에 그러하듯이 혼자서 블로뉴 숲까지 갔다가 왔다. 그 근처에 특이한 디자인의 집들이 눈에 띄었는데 미술가의 아틀리에라 흥미 있게 보았다. 그 옆에는 골프장도 있어 많은 남녀가 골프대를 신고 모여들었다.

우울한 일요일이 묘선에게 되고 말았다. 그녀는 이런 제목의 오래된 상송의 가락을 흥얼거리며 기숙사로 돌아왔다.

저녁을 먹고 나서 한 잔의 커피를 즐기려고 전기 곤로에 물을 올려놓았을 때 부저가 그녀의 방에 요란하게 울린다.

묘선은 쟝의 방문일 거라고 짐작하고 잠시 생각을 한다. 그를 만날 것인가, 아니면 부재중인 것처럼 해서 돌려보낼 것인가를. 그녀가 있다는 표시로 대답의 부저를 그녀의 방에서 누르지 않으면 그는 되돌아갈 수밖에 없다.

묘선은 드디어 부저를 누른다.

얼마 안 있어 쟝이 그녀의 방문을 두드린다. 그녀는 문을 열어준다.

「봉 수왈.」

묘선은 먼저 인사를 한다.

「봉 수왈.」

그는 조금 미안해하는 얼굴로 그녀를 바라본다.

그녀는 조금도 오늘 오후에 그를 만난 것 같지 않다.

「아까는 미안했어요. 난 사람들이 많이 모이는 곳은 좋아하지 않고 거기까지 메트로를 타고 갈 일이 끔찍했어요. 메트로 공해가 얼마나 심한 줄 알아? 빠리 사람들의 표정이 우울한 것도 메트로 때문이야. 지하에서 노상 살아야 한다는 것이 얼마나 우울한 부담이야?」

쟝은 묘선이가 화가 났을 거라고 생각한 듯 변명이 길다.

「어쨌든 그것은 지나간 일이에요. 커피 들겠어요?」

묘선은 혼연하게 커피 대접까지 한다.

「커피보다……」

쟝은 무언가 석연치 않은 눈치다.

묘선은 그가 원하는 것이 무엇이라는 것을 잘 안다. 그럴수록 모른 척하고 커피를 그의 앞에 놓는다. 커피를 마시게 한 후 빨리 돌려보낼 생각이다.

「묘선, 아직도 화가 난 것 같애.」

「아니, 별로.」

「그럼 화나지 않았다는 증거로 이리 와요.」

쟝은 그의 무릎 위를 가리킨다.

「피곤해요. 나 많이 걸었더니 몹시 피곤해.」

묘선은 그럴듯한 구실을 댄다.

「그렇다면 더욱 이리 와요.」

쟝은 포옹할 자세로 두 팔을 벌리기까지 한다.

어젯밤만 해도 그의 이런 제스츄어가 얼마나 매력적이었던가. 자연스럽게 생활화된 그들의 애정의 표시에는 순간 매혹되지 않을 수 없었다. 설사 그것이 메이크 러브를 위한 거짓된 제스츄어라도.

그러나 묘선의 마음은 지금 차겁게 경화될 뿐이다. 그의 그녀에 대한 마음의 한계가 드러난 것이다. 그녀처럼 심리에 민감한 심리적인 생리로서는 이런 상태에서 어떤 애정의 행위도 불가능하며 그것은 모욕에 속한다. 자기 자신에 대한.

「커피만 마시고 돌아가 주어요. 나는 누워야겠어요.」

쟝은 속수무책으로 들었던 팔을 내린다.

「내가 있으면 드러눕지 못하니? 처음 만난 사이 같은데. 어젯밤에는 저 침대에 나도 누웠었는데.」

쟝은 커피를 훌쩍 마신다. 겉으로는 태연을 가장하나 그도 자존심이 상한 모양이다.

「농담이 아니어요. 나 혼자 쉬고 싶어요.」

묘선은 앞으로 찾아오지 말란 말까지 부언하려다가 참는다.

쟝은 무참한 얼굴로 돌아갔다.

그러나 그는 매일 저녁 일곱 시쯤 되면 그녀의 방에 나타났고 그녀는 초대를 받았다는 핑계로 혹은 곧 방문객이 있다는 핑계로 그를 번번이 돌려보냈다.

쟝은 하룻밤의 정사의 기억을 떨쳐 버리지 못하고 집착하고 있는 것이다.

묘선은 이 생각을 하자 묘한 통쾌감을 느낀다. 대개 이런 경우 여자 쪽에서 집착을 하는 것이 상식이 아닌가.

여자의 생태는 동서양을 막론하고 마찬가지라 이곳 여자들도 비교적 세련되었지만 한 남자에게 정착되고 싶은 본능이 대화 가운데 드러나는 것이다.

묘선은 사실상 쟝에 대한 호감이 사라졌기에 아무런 도덕적 갈등도 느끼지 않는다.

대학 병원 산부인과를 나오는 묘선은 현기증으로 쓰러질 것 같은 일신을 간신히 난간에 의지해서 계단을 내려온다. 쟝과 한 번 딱

97

있었던 일이 임신이란 결과로 나타날 줄은 몰랐다.

그녀는 병원에 오기 전에 멘스 이후 그날까지 날짜 계산을 되풀이했는데 꼭 구 일째다. 그러기에 그녀는 안심했고, 핑계 김에 장을 그다음 날부터 거부한 것은 임신의 위험성에 대한 방비도 있었다.

그녀는 자신이 임신한 사실에 조금도 실감이 가지 않는다. 그러나 멘스를 기다려도 열흘째 소식이 없고 진단은 한국처럼 결정적인 말은 아니나 그런 거라는 것이다. 그것도 소변검사를 한 후의 말이니 신빙성이 없지 않다.

—— 객지에서 결혼도 하지 않은 처녀가 임신이니.

묘선은 눈부신 햇살이 캄캄하기만 하다.

—— 피임약을 왜 쓰지 않았느냐고?

상습범이라면 그런 방비쯤은 철저했을 것이다. 서투른 도둑이 잡힌다더니.

묘선은 눈물이 나오려는 것을 가까스로 참고 기숙사로 돌아온다. 그녀는 저녁을 만들면서도 앞일이 난감하다. 절제 수술이 금법인 불란서에서 그녀는 꼼짝없이 사형선고를 받은 느낌이다.

그러나 그녀는 장과 의논하고 싶은 생각이 나지 않는다. 그에게 어떤 아쉬움도 없는 것이다.

묘선은 영국까지 절제 수술을 받으러 가기로 결정하는 데 그로부터 열흘이 걸린다. 그동안 장이 한 번 또 그녀를 찾아왔다. 그녀는 그가 어떻게 나오나 보기 위해 사실대로 말을 했다. 그랬더니 그는 절제받으러 가기 전에 개인 병원에 가서 진찰을 한 번 더 받아 보라고 유명한 닥터의 이름을 대 주었다. 그뿐이다.

브리티슈 에어라인에 가서 왕복 비행기표를 사 놓고 돌아오는 길에 묘선은 국제관 근처에서 모하멧과 마주친다. 그는 언제나처럼 친절하게 알은체를 한다.

묘선은 기분이 울적하던 차라 그와의 만남이 싫지 않다.

「저녁 함께 먹으러 가지 않겠어?」

「난 몸이 아파 전혀 식욕이 없는걸.」

「안색이 좋지 않군. 그럼 내가 저녁 먹고 나서 찾아갈까?」

「마음대로 해.」

묘선은 먹지 못한 지 꼬박 열흘이나 된다. 쥬스와 과일로 연명을 해 왔다. 식당에서 흘러나오는 냄새에 쫓기듯이 그녀는 방으로 돌아온다.

한 시간쯤 지났을 때 모하멧이 그녀의 방문을 두드린다. 겨우 방문을 열어 준 묘선은 다시 침대에 와서 드러눕는다.

「대단히 편치 않은 모양이로군.」

「그런가 보아.」

「그 불란서 친구는 어디 갔어? 묘선을 꽤 좋아하는 모양이던데.」

「그렇게 생각해? 요사이는 만나지도 않는걸.」

「난 요사이 몹시 따분해. 빠리 생활에 싫증이 났어. 어딘가에 가고 싶어.」

「왜, 여자 친구가 없어서 그래?」

「생활의 진전이 없기 때문이겠지.」

「박사 학위 논문은 다 되어 가?」

「아니, 아직.」

「언제나 될 건데?」

「교수 만나 보지 못한 지 일 년이 넘어.」

「그럼 요원하군, 지도 교수도 없으니. 네 나이 몇 살인데 허송 세월이니? 그래도 계속할 거야?」

「그럼 해야지.」

「너의 박사 학위는 언제까지 유예냐?」

「박사 학위뿐인가? 인생까지도 유예의 연속이지.」

「그래 언제까지 유예만 거듭할 거야?」

「무덤에 갈 때까지.」

묘선은 모처럼 우울한 기분을 깨고 통쾌하게 웃는다. 그는 더욱 큰 소리로 웃는다. 조금도 자조적인 기분이 없이.

「나 내일 영국에 가.」

「왜.」

「유명한 의사를 만나러.」

「여기 대학 병원 의료진도 권위가 있는데.」

「난 꼭 영국으로 가야만 할 문제야. 동행해 주지 않겠어?」

「수상한데, 영국이라면. 답변하기 싫으면 대답하지 않아도 좋아. 내 동행해 주지.」

「정말?」

「내가 언제 거짓말했나.」

「고마워, 모하멧.」

「고마울 것 없어. 난 사회주의자라고 했지 않아. 너의 고통을 반분해 갖는 것쯤 아무것도 아냐. 사회주의의 원칙은 무엇이든지 나누어 갖는 거야.」

묘선은 순간 그의 사회주의 이론을 공박할 용기가 나지 않는다. 만약에 쟝에게 도움을 청했더라면 어떻게 나왔을까.

보나 마나 뻔한 일이다. 그 후 쟝은 한 번도 묘선을 찾아오지 않는 것이다. 그는 임신의 사실을 알게 된 다음 날 음악회에 함께 가자고 청했으나 그녀는 또 거절을 했다. 자유가 사회주의 대신에 신앙인 그의 에고이즘은 묘선에게 비정을 느끼게 한다.

역시 나는 동양의 촌뜨기인가.

그러나 묘선은 영국에 가는 데 그와 동행하지 않았다. 자신이 저지른 일을 혼자서 책임진다는 고집이 있었고, 그 결과 어떤 복잡한 사건에 말려들지 알 수 없는 일이다.

빠리에 돌아온 묘선은 회복기에 든 환자처럼 열심히 먹어서 건강을 회복하였다.

그녀는 식당에 가서도 샐러드를 더 받아 와 먹고, 바게트 빵을 전보다 두 배씩 먹었다. 데저트[1]는 으레 들고 와서 기숙사 방에서 심심할 때 먹던 것을 그것까지 간단하게 먹어 치웠다.

묘선은 주말의 공백을 가슴 가득히 안고 식당에서 이란관으로 돌아오고 있다.

그러나 이란관 현관의 소파에 낯익은 얼굴이 앉아 있다.

「봉쥬르. 나 아까부터 와서 기다리고 있었어요.」

「그래요?」

묘선은 어쩐지 그가 반갑지 않다.

「그동안 내가 몇 번이나 찾아왔는지 알아요?」

「전혀 몰랐는데.」

「커피 마시러 나가지 않겠어요?」

「나 요새 컨디션이 좋지 않아요. 방에 올라가 쉬어야겠어요.」

「커피 한잔 마시는 데 피곤해지지 않을 텐데.」

「요다음에 하죠.」

1　디저트(dessert).

「내가 삼십 분이나 묘선을 기다린 것을 생각해서라도 나의 청에 동의해 주었으면 좋겠어.」

묘선은 그 이상 거절을 하는 것이 힘이 들어 할 수 없이 그를 따라 나간다.

치과 의사는 구름다리를 넘어서 기숙사 밖으로 나간 다음 어느 까페로 그녀를 안내한다.

「이상하지 않아. 그날 묘선은 내게 친절했고 몹시 상냥했는데, 오늘 차 한잔도 함께 마실려고 하지 않으니.」

「당신은 불란서 사람이 아니죠? 튜니시 사람이라고 들었는데요.」

치과 의사는 모욕으로 얼굴이 비틀린다.

「아버지는 튜니시지만 어머니가 남불 사람이에요. 누가 그런 말을 해요?」

「어쨌든 국적은 튜니시일 것 아니에요.」

「그런데 묘선은 왜 국적에 민감하지? 불란서 사람만을 좋아하는 것은 무슨 사대주의 근성이야.」

「내가 언제 불란서 사람만을 좋다고 했어. 요는 거짓말을 내게 한 것이 불쾌했을 뿐이야.」

「아니야. 그것은 내가 불란서 남자가 아니라는 데 실망한 데서 나온 핑계에 지나지 않아. 국적을 지나치게 따지는 그 자체가 열등감이 아니고 무엇이야?」

순간 묘선은 그녀의 머릿속에서 섬광처럼 번쩍이는 생각이 있다. 쟝을 거절하면서 느끼던 통쾌감. 그것도 열등감이 아니었던가.

만약에 치과 의사가, 그녀가 쟝과 지낸 일을 안다면 그에 대한 그녀의 태도를 열등감에서 나온 능멸이라고 더욱 단정할 것이 아닌가.

묘선은 생각해 본다. 많은 외국 친구 가운데 하필이면 쟝과 하룻밤의 정사를 감행한 것은 역시 그가 불란서 남자였기 때문일까.

「내가 한 말이 정확하지? 답변을 못 하는 것을 보면.」

「그게 아냐. 나는 잠시 지금 다른 것을 생각했어.」

「그럼 왜 답변을 못 해. 인간을 대하는 데 어느 나라 사람인가가 그처럼 중요해? 불란서 사람이라면 무조건 우월하게 보아 주려는 것은 무슨 비굴한 근성이야.」

「말 함부로 하지 말아요. 나는 한국이 세계란 거울에 비춰 볼 때 대단치 않지만 내가 한국인이라는 사실에 대해서 떳떳한 긍지를 갖고 있어요. 또 오늘의 강대국이 내일 어떻게 될지, 오늘의 약소국가가 내일 날 세계를 주름잡는 힘을 지니게 될지 아무도 장담할 수 없는 거예요. 요는 애초에 내가 국적이 어디냐고 물었을 때 대답을 회피하니까 집요하게 묻게 된 것이고, 거짓말을 한 것을 알았을 때 그것이야말로 열등감이라고 생각한 거야. 그것은 정직과 인격의 문제야. 그런 사람일수록 어딘가 삐뚤어진 데가 있고 성격에 그늘이 있게 마련이야.」

「그래, 나는 아랍이다. 어쩔래?」

「화낼 필요 하나도 없어. 난 가겠어. 사람을 사귀는 데 처음부터 진실이 결여되어 있다면 상대할 의의가 없으니까 난 가겠어.」

묘선은 벌떡 일어나 까페를 나온다.

「이봐요.」

치과 의사는 그녀를 따라 나오며 부른다.

「무슨 일이야?」

묘선은 그가 아랍 특유의 근성으로 치근치근하게 나올까 보아

냉랭한 표정으로 묻는다.

「네 찻값은 네가 내고 가야 할 게 아냐.」

「아 참, 깜박 잊었어.」

도망가기에 바빠 그녀는 더취페이할 것을 잊은 것이다. 아니, 솔직히 말해서 그녀는 한국적인 것과 비슷한 아랍적인 것의 편리함을 무의식중에 적용한 것이 아닌가. 아랍 사람들은 유럽인들과 달리 같은 학생의 처지라도 여자의 찻값쯤은 으레 내줄 줄 안다.

묘선은 황급하게 들어가 무안한 김에 그의 찻값까지 내줄까 말까 망설이다가 그 자체가 또한 촌스런 짓이 될까 보아 그녀의 찻값만 싹 내고 나온다.

묘선은 이란관으로 돌아오자 자기 방으로 올라가려고 엘리베이터를 타려는데 누군가 그녀의 등 뒤에서 꼬망싸바(하우 아 유)하고 인사를 건넨다.

그녀는 뒤를 돌아본다. 모하멧이 막 기계에서 빼낸 커피잔을 들고 싱글벙글 웃고 있다.

묘선은 가까스로 미소로 응수한다.

「나 따라 올라가도 좋겠어?」

그녀는 어쩔까 잠시 망설이다가 겨우 고개를 끄덕인다.

그녀는 지금 혼자 있고 싶기도 하고 누군가와 대화를 나눔으로써 자기를 정리하는 위안이 필요하기도 하다.

묘선은 침대에 누운 채 모하멧에게 방금 일어난 이야기를 해준다. 모하멧은 그녀의 책상에 그녀와 마주 앉아 흥미있게 듣는다.

「모하멧도 같은 아랍인이면서 왜 내게 그의 국적을 말해 주었지?」

「나는 단순히 사실을 말해 주었을 뿐이야.」

「모하멧, 솔직히 말해 보아요. 내가 언제인가 아랍 사람을 싫어한다고 말했을 때 기분이 상했지?」

「썩 유쾌할 거야 없지.」

「너에게도 아랍인으로서의 열등감이 있니?」

「나는 없다고 말하고 싶은데. 묘선이가 어떻게 느끼는지?」

「주말의 날씨 치고는 너무 좋은데.」

묘선은 화제를 재치 있게 바꾼다.

「빠리의 날씨 치고는 미치도록 좋은데.」

「우리 표현으로는 이런 경우 기가 막히게 좋다고 말하지.」

「우리 산보나 가지 않겠어?」

「어디에?」

「네가 원하는 어디든지. 영화 박물관에 가서 〈외인부대〉라도 볼까? 왕년의 명화.」

고전의 명화만 상영해 주는 영화 박물관은 값도 싸고, 유명한 트로까데로 분수가 가까이 있는 경치와 조망이 좋은 산보로에 위치하고 있어 인기가 높다.

「그럴까? 사하라사막이 나오는 〈외인부대〉. 거기도 아랍 지역 아냐?」

묘선은 아이러니칼하게 말했다.

「동행하는 나도 아랍인이고.」

「오늘 나는 영화 볼 생각은 없어. 산보라면 몰라도.」

「어쨌든 나가자. 이런 날 방 안에 들어앉아 있으면 미치기 똑 알맞아.」

묘선은 그와 함께 있는 시간이 부담이 없어 쾌히 따라나선다.

그러다가 그녀는 다시 섬광처럼 번쩍이는 생각에 부딪친다.

만약에 그녀가 모하멧과 함께 나가는 장면을 치과 의사가 목격한다면 그는 무어라고 말할까. 그래도 그녀가 불란서 사람만을 숭상한다고 그는 감히 말할 것인가.

묘선은 모하멧을 좋아한다고 생각한 적이 없다. 가장 단순한 친구요, 구태여 분류해서 말하자면 지적인 불어 회화를 구사하는 데 좋은 상대인 말 친구다.

그러면서 그녀는 그와 동행해서 산보까지 한다. 남녀의 데이트처럼. 그녀는 이 순간 오히려 좋아하는 이성보다 감정에 아무런 부담을 주지 않는 이런 제삼의 인물과 더불어 나누는 대화와 시간이 즐거운 것은 웬일까.

묘선은 생각한다, 그녀 자신이 알게 모르게 상처를 받았다는 것을. 그러기에 그녀와 아무런 관계가 없는 이런 타인이 더 즐겁게 느껴지는 것이 아닐까.

치과 의사에게 반박을 목전에서 준 것도 자신이 받은 아픔을 그에게 투사하고 싶은 심리에서가 아니었을까. 좋게 다른 말로 그와의 시간을 피할 수도 있었을 텐데.

메트로는 굴속을 빠져나와 밝은 시가지 한가운데를 지르며 달리고 있다. 나씨옹에서 에뚜왈로 가는 메트로는 대개 차가 새것인데다가 듀플랙스부터 굴 밖으로 나와 밝은 도시 한가운데를 달리기에 묘선이가 즐기며 타는 선이다.

메트로는 쎄에느강 위를 가로지르며 에펠탑과 더불어 빠리의 가장 아름다운 조망을 보여 준다.

「우리 빠씨에서 내릴까? 아니면 트로까데로에서 내릴까?」

「빠씨에서 내리자. 다시 굴속으로 들어가기 싫어.」

그들은 빠씨에서 미련 없이 메트로를 벗어 나온다.

「모하멧, 나에게 묻고 싶은 것 없어?」

「무엇?」

「없으면 그만두어.」

「물으나 마나 하지 않아. 영국에는 무사히 다녀왔으니까 이렇게 만날 수 있는 것이고.」

모하멧은 그녀의 급소를 건드리기를 피하는 눈치가 역력하다.

「그런 것쯤 아무것도 아니지 않아. 사건 속에 들어가지도 않는 일을 화제에 담을 필요가 있어. 구태여 이 좋은 날씨에.」

그러나 그녀에게 그것은 적지 않은 자국을 남겨 놓은 것은 사실이 아닐까, 수술의 크기만큼. 그 사건은 그들처럼 물리적인 처리로 끝나는 것이 적어도 그녀에게는 아니지 않는가.

묘선은 도덕적인 감각의 한계를 느낀다. 어쩔 수 없는 한국인으로서의.

「묘선, 저 분수 보아. 트로까데로의 분수가 보고 싶다고 했지?」

에펠탑을 겨냥한 듯한 수많은 물줄기의 분수를 가진 대포에서는 하얀 비말의 총알들이 무수히 날고 있다.

사람의 존재가 미미하게 보일 만큼 스케일이 큰 분수의 대포 앞에서 묘선은 전파로 된 물리치료를 머리에 받고 있는 착각을 느낀다. 그 착각은 주위에 몰려든 사람들의 유쾌한 소음 속에서 쾌적한 느낌을 준다.

—《현대문학》22권 1호, 1976년 1월;
손장순, 『불타는 빙벽』(서음출판사, 1977)

노향림(盧香林·1942~)

노향림은 1942년 전남 해남에서 태어나 1965년에 중앙대학교 영어영문학과를 졸업했다. 1969년 《월간문학》에 「겨울과원」, 1970년 《월간문학》에 「불」을 발표하며 등단했다. 1977년에 첫 시집 『K읍기행』, 1980년에 시선집 『연습기를 띄우고』 이후 시집 『눈이 오지 않는 나라』(1987), 『그리움이 없는 사람은 압해도를 보지 못하네』(1992), 『그가 있는 이유』(1993), 『후투티가 오지 않는 섬』(1998), 『해에게선 깨진 종소리가 난다』(2005), 『푸른 편지』(2019) 등을 출간했다. 대한민국문학상, 한국시인협회상, 이수문학상 등을 수상했다.

노향림의 시는 이미지즘, 모더니즘의 기법을 활용해 구축해 온 독특한 이미지로 주목받으면서 1970년대의 대표적인 이미지스트 시인 중 하나로 평가되었다. 특히 감정적 개입을 최소화한 메마른 풍경의 감각적 이미지를 제시한 첫 시집의 표제 시 「K읍기행」은 대상의 구체성을 세밀하게 그려 내는 묘사로 'K읍'이라는 익명성을 지닌 공간을 구현해 냈다. 여성 시를 여전히 '여류 시'라 폄하하면서 센티멘털리즘으로 그 특징을 논하던 시절에 노향림의 시는 감정의 절제와 감각적인 묘사의 이미지스트로 여성 시문학사에서 독특한 자리를 차지한다.

이경수

어떤 죽음

시골 幼稚園_{유치원}이었다.

生木_{생목} 울타리 가에
오르간의 흐미한 소리가 흩어져 있다.

하루살이 풀 속에
세발 자전거가 넘어져 있다.

벌써 죽은 햇볕들이 그 부근에
앙상하게 흰 가슴뼈를 드러내놓고 있다.

아이가 떠난 쇠줄 그네엔
동그마니 하늘이 앉아 흔들거린다.

— 노향림, 『K읍기행』(현대문학사, 1977)

서영은(徐永恩·1943~)

　　서영은은 1943년 강원도 강릉에서 태어나 1965년 강릉사범학교를 졸업하고 건국대학교 영문과를 중퇴했다. 1968년《사상계》에「교」로 신인 작품 모집에 입선했으며, 1969년《월간문학》신인 작품 모집에 단편「나와 ‘나’」가 당선되어 문학 활동을 시작했다.《한국문학》기자를 거쳐《문학사상》편집장으로 근무했으며,《라쁠륨》편집위원 등을 역임했다. 단편소설을 중심으로 활동한 서영은은 1970년대와 1980년대를 대표하는 여성 작가로, 일상의 비루함을 피학성이라 평가될 만큼 수동적인 인물로 그려 내는 독특한 개성으로 독자들의 사랑을 받았다.「먼 그대」(1983)로 이상문학상을,「사다리가 놓인 창」(1990)으로 연암문학상을 수상했다.

　　서영은의 작품은 남성 중심의 세계에서 고립된 일상을 견뎌 내는 여성 인물들의 환멸과 혐오가 주조를 이룬다. 특히 여성 주인공들은 거의 대부분이 결혼 제도의 밖에 있거나 혹은 경계에서 갈등을 겪는다. 불임이거나 누군가의 첩이거나 먹고살기 위해 섹스 파트너로 살아가는 이 인물들은 고립 속에서 자기만의 방식으로 치욕스러운 삶을 견디는 법을 찾아 나간다. 단편소설「사막을 건너는 법」(1975)은 제목처럼 사막 속에 고립된 자아가 자신을 지키는 방법을 모색한다. 이와 같은 문제의식은 이후의「살과 뼈의 축제」(1977),「관사 사람들」(1980),「술래야 술래야」(1980)와 같은 중·장편소설에서 반복적으로 다루어진다. 후기 작품에서는 낙타, 뿔, 삼각돛대, 황금 같은 상징으로 세계의 폭력을 이겨 내는 내면적 강함을 표현한다. 「먼 그대」의 주인공 '문자'는 유부남인 한수의 딸을 낳고 그에게 철저히 짓밟히는 삶을 살고 있다. 국회의원 비서관 출신으로 반관반민의 광업소 소장을 하던 그는 정치적 변화 속에서 좌천되고 문자를 학대하는 것으로 자신의 남성성을 확인하는 인물이다. 그러나 세상의 어떤 폭력도 "늘 다소곳이" 받아들이는 문자는 "천 개의 흉터"에도 불구하고 꺾이지 않는 "불사의 낙타"가 되는 꿈을 꾼다. 철저히 짓밟히는 자기 육체를 버리고 영혼의 자유로움을 얻은 스스로를 불사의 낙타로 그려 낸 것이다.

「먼 그대」가 수록된 『황금 깃털』(1984) 책머리에 밝혔듯이 작가는 자신의 글쓰기에 대해 '문학과 삶이 하나로 연결되어 있으며 그것은 무엇인가를 찾아가는 방법'이라고 말한다. 자신이 살고 있는 사랑과 모험, 성, 고통, 시련, 고독, 수치, 모멸 등의 감정을 뚫고 나가는 무엇인가를 찾는 과정이 자신의 문학이라는 것이다. 서영은에 대한 평가는 극단적으로 나뉜다. 여성 주인공의 수동성 혹은 피학성으로 여성주의적 분석에서는 늘 논란의 대상이 되었다. 수동적 여성성을 찬미하고 보수적 여성성으로 귀결된다는 해석과 인물의 피학성이 어느 곳으로도 귀결되지 않는 전복성을 지니고 있다는 해석이 그것이다. 수동적 여성성과 매저키즘의 전복성을 둘러싼 해석의 다양성이 서영은의 작품이 지닌 의미를 좀 더 풍성하게 만들 것이다.

이선옥

먼 그대

먼지 낀 유리창 너머로 바람이 세차게 몰아치고 있는 거리를 차분히 내다보며, 문자는 장갑을 한쪽 또 한쪽 끼었다.

빨 때마다 오그라들고 털이 뭉쳐 작아질 대로 작아졌기 때문에 그녀는 장갑 낀 손가락 새새를 꼭꼭 눌러 주어야 했다. 몇 년 전 이미 한차례 유행이 지나간 알록달록한 털장갑을 여태 끼고 다니는 사람은 그녀 주위에 아무도 없었다. 장갑만 구식인 건 아니었다. 소매 끝이 날깃날깃 닳아빠진 외투며, 여름도 겨울도 없이 신어 온 쫄쫄이식 단화, 통은 넓고 기장은 짧아 발목이 껑뚱해 보이는 쥐똥색 바지, 보푸라기가 한 켜나 앉은 투박한 양말, 서랍에서 꺼내어 얼씬거릴 때마다 반찬 내를 물씬 풍기는 가방 등, 몸에 걸치고 지닌 것마다 구멍만 뚫리지 않았다 뿐이었다.

문자의 이런 차림새는 사십 고개를 바라보도록 노처녀로 알려진 그녀의 입장을 더한층 측은해 보이게 했다. 아동 도서를 간행하는 H 출판사에서 문자는 영업부 편집부 통틀어 최고참이었다. 입사 이래 현재까지 그녀는 줄곧 교정 일만 보아 왔다.

편집부 정원은 부장을 포함해서 일곱이었다. 그사이 문자만 제외하고 자리마다 얼굴이 수없이 바뀌었다. 대학을 갓 졸업한 축일수록 반년도 못 채우고 떠나갔다. 출근 첫날부터 의자가 갸우뚱거린다, 화장실이 더럽다, 층계가 가파르다, 등등의 불만이 하나씩 쌓여 가다가 나중엔 말끝마다 "이놈의 데 얼른 떠나야지, 더러워서 못 해 먹겠어." 하고 군시렁거렸다 하면 견뎌야 한두 달이 고작이었다.

문자는 그런 나이 어린 동료들로부터 노골적으로 따돌림을 받았다. 그네들로서는, 가리마에 새치가 희끗희끗하도록 무엇 하나 이룩해 논 것 없이, 한평생 있어 봐야 별 볼 일 없는 출판사에, 그것도 말석에서만 십 년을 보낸 노처녀 동료가 있다는 그 자체가 자존심 상하는 일이었다.

그네들의 눈엔, 문자가 교정지를 앞에 하고 등을 쭈그리고 있을 때는, 그녀의 등 뒤에만 보이지 않는, 유난히 시린 바람이 회오리치고 있는 듯이 여겨질 때가 많았다. 그리고 그녀의 턱 언저리는 늘상 소름이 돋아 까실까실한 것같이 보였다.

점심시간에 다들 우루루 몰려 나가 곰탕 한 그릇씩 먹고, 다방에 들러 커피까지 마신 뒤 사무실로 돌아와 보면, 두 손으로 뜨거운 보리차 컵을 감싸 쥔 문자가 그네들을 맞았다. 그네들은 문자가 측은하다 못해 마음이 언짢아져, 어쩌다 그녀 쪽에서 말을 건네 오면 심히 퉁명스럽게 내쏘았다.

그렇더라도 문자는 한 번도 기분 나쁜 표정을 드러내는 일이 없었다. 나이 어린 부장으로부터 이따금 민망할 정도로 면박을 받아도 늘 다소곳이 받아들였다. 동료 간에 그런 것처럼 사내 규칙에 대해서도 그녀는 한마디 불평 없이 성실하게 지켰다. 다른 동료들이 입 모아 사장을 험구하고, 시설이나 월급에 대해서 불평을 늘어놓아도 그녀만은 잠자코 듣고만 있었다.

그런 그녀를 두고, 나이 어린 동료들은 문자가 밥줄이 떨어질까 봐 두려워해서 몸을 사리는 줄로 알았다. 그네들은 문자가 주눅 들고 처량해 보일 때마다 남몰래 자기 자신에게 다짐하곤 했다.

"나도 저렇게 될까 무섭다. 얼른 여기를 떠야지."

문자는 이제 창문으로부터 돌아섰다. 퇴근 시간이 이십여 분이나 지났음에도 다른 동료들은 자리에 앉은 채 노닥거리고만 있었다. 퇴근 시간이 임박해지자 한참 전화가 오고 가고 하더니 저마다 약속이 된 모양이었다.

문자는 가방을 집어 들고 부장 쪽으로 다가갔다. 그가 다른 동료랑 하던 얘기를 끝낼 때까지 기다린 끝에 먼저 가겠다는 인삿말을 남기고 사무실에서 나왔다.

계단을 서너 개 내려오노라니, 안에서 미스 최의 조심성 없는 목소리가 그녀에게까지 들려왔다.

"참 안됐어요. 토요일인데도 전화 한 통 걸려 오지 않구."

"집으로 가 봤자 반겨 주는 사람도 없을 테구."

"어머, 왜요? 결혼은 안 했더라도 가족은 있을 거 아녜요?"

"이런, 한 사무실에서 너무들 하시군. 같은 여자끼린데 신상 파악은 하고 있어야지."

"본인이 가르쳐 주지도 않는데 어떻게 알아요?"

"하긴 나도 몇 다리 건너 들은 소리지만, 부모는 일찍 돌아가시고 오빠가 한 분 있었는데 수년 전에 이민 가고 그때부터 내내 혼자 처지인가 봐. 고생도 무지무지하게 하고. 지금까지도 용두동인지 어디에 세 들어 있는 방 전세금이 전부라나 봐."

"이상하다? 옷도 안 해 입고, 도시락도 꼭꼭 싸 오겠다, 그만큼 알뜰하게 십 년이나 직장 생활을 한 사람이 어째서 그 정도밖에 못 모았을까."

"이상하구 자시구, 남에게 신경 쓸 거 없이 미스 최나 뜸 들이지 말고 데걱 면사포 쓰라구."

문자는 그네들이 혹시나 이쪽에서 들었다는 것을 알고 무안해 할까 봐 나머지 계단은 소리를 죽여 살금살금 내려왔다.

길에 나서니 바람이 생각보다 매웠다. 언제나 좁은 골목에 한두 대쯤은 정차하고 있어 행인을 불편하게 하던 승용차들도 보이지 않았다. 길 양쪽으로 즐비한 밥집의 문전도 평일 같으면 드나드는 사람들로 한창 북적댈 시간이었으나 한산하기만 했다. 어느 집 추녀의 못이 삭았는지 함석 귀가 들려 널뛰듯 덜컹거리는 소리만 자못 바람의 기세를 짐작케 했다.

그녀는 목덜미가 선득거리자 외투 깃을 올렸다. 회사앞 골목을 빠져나오며 그녀는 생각했다.

내 인생이 남 보기에 그렇게 안되어 보일 만큼 실패한 걸까?

그러자 괜히 웃음이 터져 나올 것 같아 입술을 지그시 깨물었다. 자기가 동료들과 세상 사람들을 멋지게 속여 넘기고 있는 듯한 기분이 들었기 때문이다. 물론 그녀가 세상 사람들 앞에 은닉하고 있는 것은 남루한 옷차림의 이 도령이 도포 속에 감춰 가지고 있던 마패 같은 것은 아니었다. 또는 텔리비젼이나 영화에서 가난한 여주인공이었던 여자가 알고 보니 무슨 재벌 총수의 딸이더란 식의 돈 많고 지위 높은 아버지를 감춰 두어서도 아니었다. 글쎄, 그녀로선 남들이 눈치채지 못하는 자기 맘속의 어떤 그윽하고 힘찬 상태, 그걸 뭐라 해야 할지 알 수 없었다.

문자로선 유행의 흐름이란 데 따라 바지통이 넓어지든 좁아지
든, 외투 길이가 짧아지든 길어지든, 또 동료들이 자기를 미스라 부
르든 선생이라 부르든, 의자가 기우뚱거리든, 사장이 잔소리가 많
든 적든, 그런 것은 정말 아무래도 좋은 일로 여겨졌다.

언젠가 자칭 〈교정 박사〉라는 비교적 나이 든 한 여자가 새로
입사했다. 그녀는 출근한 지 열흘도 못 되어 옆자리의 남자 직원이
자기를 선생이라 부르지 않고 미스라 부른다고 대판 싸운 끝에 이
틀날 사표를 집어 던졌다. 문자는 삿대질을 하며 악악거리는 그녀
를 멀거니 신기한 듯이 쳐다보며 이렇게 생각했다.

(남들이 자기를 뭐라 부르든 그게 무슨 큰 대수로운 일이라고)

도로 자기의 교정지 위로 고개를 떨군 문자는 턱을 깊숙이 감
춘 채 혼자 빙그레 미소 지었다.

타인의 눈에 자기가 형편없이 초라하게 비치어 있는 것을 의식
할 때도 그녀는 잠자코 맘속으로만 이렇게 생각했다. (그래 불쌍해
보여도 좋고, 초라해 보여도 좋다. 너희 맘대로 생각해라)

또 어떤 날은 출근해서 서랍을 열어 보면 쓸 만한 사무용품들
이 다 없어지고 몽당연필 하나와 볼펜 껍질만 소롯이 남아 있는 경
우도 있었다. 그때도 그녀는 몽당연필 하나만으로 견디든가 자기
돈으로 다른 볼펜을 사 오면 사 왔지 절대로 내색하지 않았다. 그녀
는 속으로만 이렇게 생각했다. (그래 좋다. 내게서 필요한 것이 있
으면 다 가져가라)

다른 회사로 옮겨 가 부장이 된 옛 동료가 봉급을 더 많이 주겠
다는 조건으로 몇 차례나 그녀를 끌어가려 했을 때도 문자는 한사
코 거절했다. (몇 푼 더 받겠다고 이리저리 철새처럼 옮겨 다닐 사
람은 다니라지. 하지만 난 그깟 몇 푼 없어도 살 수 있어)

일요일이나 공휴일에 일직을 하는 거며, 그밖의 사내(社內) 궂은일들을 모두 슬그머니 그녀 앞으로 미뤄 놓고 달아날 때도 마찬가지였다. (좋다. 그까짓 얼음물에 청소 좀 한다고 손이 떨어져 나가는 건 아니니까, 뺄 사람은 빼라지)

물론 이보다 몇 배나 불리하고 괴로운 일을 당한 경우도 마찬가지였다. 그녀는 자기에게 지워진 어떤 가혹한 짐에 대해서도 결코 화를 내거나 탄식하지 않았고, 피하지도 않았다. 그녀의 억센 정신은 아직도 얼마든지 무거운 짐을 짊어질 수 있다는 듯이, 항시 무릎을 꿇고 있었다.

하지만 H 출판사 직원들이나 주위 사람들이 보기에 문자는 그저 〈죽은 듯이 가만히 있는 사람〉으로만 보였다. 그네들은 아무도 문자의 그런 침묵이 〈어떤 상황, 어떤 조건 아래서도 나는 살아갈 수 있다.〉는 절대 긍정적 자신감에서 기인된다는 것을 몰랐다. 더우기 그 자신감이, 자신들의 키를 훨씬 넘어 아주 높은 곳에 있는 어떤 존재와 겨루면서 몇만 리나 되는 고독의 길을 홀로 걸어오는 동안 생겨난 것이리라고는 꿈에도 몰랐다.

아무리 그렇더라도 남에게 아쉬운 소리를 하는 일만큼은 문자로서도 너무나 곤욕스러웠다. 정말 저녁때까지는 무슨 일이 있어도 이십만 원을 구해야 했다.

짓눌린 듯 무거운 맘으로 문자는 공중전화를 바라보며 걸었다. 한 청년이 전화에 매달려 통화를 하고 있었다. 그의 높은 웃음소리가 그곳서 꽤 떨어진 문자에게까지 들려왔다. 며칠 전 통화했을 때 이모는 분명히 확실한 어조로 잘라 말했다. 그러나 이제 다급해진 문자는 다시 한번 더 이모에게밖에 매달릴 데가 없었다. 그녀의 사정을 가장 잘 알고, 이따금 급할 때마다 돈을 변통해 왔던 친구에겐 아직 갚지 못한 빚이 있어 더 이상 매달려 볼 염치가 없었다.

청년의 통화는 한정 없이 늘어질 듯했다. 상대 쪽에서는 빨리 오라고 조르는 모양이었고, 이쪽에서는 WBC 타이틀매치 위성중계를 놓칠까 봐 지금은 안 되겠다는 내용이었다.

청년의 등 뒤에 서서 시린 발을 동동거리며 문자는 건너 빌딩의 높은 꼭대기 위로 빠른 물살처럼 흘러가는 음산한 구름을 초조하게 바라보았다. 바람은 쉬이 잘 것 같지 않았다. 청년은 자기 주장대로 관철된 것이 흡족한 듯 담배를 한 대 피워 물고서야 공중전화 앞을 떠났다.

문자는 아직도 청년의 미적지근한 체온이 배어 있는 수화기를 집어 들었다.

"이모, 전화 또 했어요."

그 이상 할 말은 없었다. 찍찍거리는 잡음만 한동안 계속되었다. 이윽고 이모 쪽에서 "쯧쯧" 하고 약간 짜증스럽게 혀를 찼다.

"하여간 얼굴이나 좀 보자."

눈물이 핑 돌아 앞이 흐릿한데도 문자는 기를 쓰고 그래야 하는 듯이 누군가 전화 받침대에다 그려 논 낙서를 손톱으로 지우고 또 지웠다.

매달 얼마씩 가져가는 것 이외에 이따금 한수가 적지 않은 목돈을 요구해 오는 데 대해서 문자는 한 번도 그 이유를 묻지 않았다. 오히려 돈을 받아 넣으면서 불안해진 한수가 제풀에 화를 내곤 했다.

"젠장, 내가 뭐 이러고 싶어서 그러는 줄 알아. 두고 보라구."

그는 항시 이번만은 틀림없다고 전제하면서, 광산에 자금을 투자해 줄지도 모르는 유력한 자본주를 만나는 데 급히 필요하다고 했다. 문자에겐 그의 말의 진부는 아무래도 상관없었다. 옥조를 그가 데리고 있는 이상, 그를 도와줌으로써 옥조에게도 간접적으로 도움이 될 거라 여겨지기 때문이었다.

설사 그가 집에는 한 푼도 들여놓지 않고 예전의 씀씀이대로 그것을 하룻밤 술값으로 날려 버린다 하더라도 역시 상관없었다. 문자는 이제 그런 일 때문에 더이상 마음 상하지 않았다. 한수는 그녀에게 천 개의 흉터를 내었을 뿐, 그녀가 그 흉터를 스스로 딛고 일어선 지금에 이르러서 그는 이미 그녀의 맘속으로부터 지나가 버린 그 무엇이었다. 그가 무자비한 칼처럼 그녀에게 낸 상처 하나하나를 딛고 일어설 때마다, 문자의 정신은 마치 짐을 얹고 또 얹고 그러는 동안 자기 속에서 그 짐을 이기는 영원한 힘을 이끌어 낸 불사(不死)의 낙타 같았다.

그러나 한수는 문자의 주위 사람들이나 마찬가지로 그런 사실을 조금도 눈치채지 못했다. 그는 바보스러울 만큼 착하다고 여겨지던 그녀가 딱 한 번 〈무서운 여자다〉 하고 생각된 때가 있었다. 왜 그렇게 생각되었는지 그 이유는 그 자신도 확실히 알지 못했다.

문자가 옥조를 낳은 지 한 달도 못 되어서였다. 그는 아내의 등을 떠밀어서 문자로부터 옥조를 빼앗아 오게 했다. 아내와의 사이에 일남 일녀를 둔 그가 새삼스레 그 자식이 탐났을 리는 없었다. 그는 옥조를 데려옴으로 해서, 문자를 영원히 자기 곁에 붙잡아 둘 수 있으리라고 계산했다.

데려온 핏덩이를 내려놓으면서 그의 아내가 상기된 얼굴로 말했다.

"세상에, 얼마나 변변치 않은 년이었으면 집 안을 그 꼴로 해놓고 산단 말이우. 미리 겁부터 주려고 뭘 좀 때려 부술까 해도 눈에

띄는 게 있어야지. 없다 없다 해도 손바닥만 한 경대조차 없는 여편
네는 내 생전 처음이라니까."

한수의 아내는 말은 그렇게 했지만, 기실은 문자의 살림이란
게 캐비닛 하나뿐임을 보고 속으로 적이 안심했었다. 아무것도 없
이 산다고 늘상 남편으로부터 들어 온 터이긴 해도 그녀는 설마 했
었다. 왜냐하면 남편이 광업소 소장으로 있었을 무렵, 봉투나 값
진 선물을 가지고 찾아오는 업자들이 문턱에 줄을 이었던 만큼, 그
가 마음만 먹는다면 그쪽으로 얼마든지 빼돌릴 수도 있었기 때문
이다.

그래서 한수의 아내는 남편 덕으로 뜻하지 않은 밍크나 악어백
이나 보석 같은 것을 몸에 휘감게 될 때마다, 혹시 그년이 나보다 더
좋은 걸 갖고 있는 게 아닐까, 하는 의구심이 치밀어 올라 남편 속을
슬그머니 떠보곤 했다. 그러다 한수는 광업소를 그만둔 뒤 자영(自
營)해 보겠다고 중석 광산을 하나 사들였다. 그리곤 지녔던 동·부
동산은 물론 집이며 선산까지 팔아 광산에 집어넣었다. 끼니거리가
없어 자신에게 남은 마지막 보석 반지까지 팔아야 했을 때 한수의
아내는, 나만 이렇게 빈털터리가 되는 게 아닐까, 그년은 여전히 몸
에다 보석을 휘감고 있는데 나만 거지꼴이 되는 게 아닐까 싶어 새
삼스레 속이 지글지글 끓었다.

올케에게서 빈 밍크와 악어백으로 치장하고, 용두동 개천가의
개구멍만 한 쪽문을 밀고 들어서, 한달음에 문자의 살림 속을 읽고
난 그녀는 그동안 공연히 가슴을 태웠다 생각하니 우습고 허전했
다. 남편이 가져다주었음 직한 것은 정말 아무것도 눈에 띄지 않았
다. 한때 방방마다 놓아두었던 그 흔한 텔리비전 한 대도 없고 보면,
남편의 그녀에 대한 사랑이란 건 대수롭지 않은 게 분명했다.

그러나, 한수의 아내는 애 엄마가 순순히 아기를 내놓더냐고 남편이 물어보자 매처럼 사납게 눈을 부릅떴다.

"순순히 안 내놓음, 지년이 별수 있어요? 호적에도 못 오른 년이 새끼를 낳아 놓고 할 말 하겠다고 들면 그게 되려 뻔뻔스럽지. 어쨌든 눈물 한 방울 안 흘리고 새끼만 잠자코 들여다보더니 딱 한마디 합디다. 아기가 한밤중에 깨어서 우는 습관이 있으니 그럴 때는 숟갈로 보리차를 몇 모금 떠먹이라나 어쩌라나."

한수는 그 얘기를 듣는 순간 아내에겐 들리지 않게 "하여간 맹추라니까. 제 속으로 난 자식인데 그렇게 맥없이 뺏겨?" 하고 중얼거리다가 단단한 쇠꼬챙이에 명치를 치받힌 듯 입을 다물었다. 갑자기 그 소리 없는 조용함이 간담을 서늘하게 하는 그 무엇으로 그의 가슴에 와닿았던 것이다.

한수가 십 년 전 처음 문자의 자취방으로 드나들기 시작했을 때는 한겨울이었다. 유난히도 눈이 잦았던 그해 겨울을 문자는 거의 지붕 위에서 살다시피 보냈다. 눈이 쌓인 채로 놔두면 그 물이 언제까지나 콘크리트 천정으로 스며들어 곳곳에서 낙수가 지곤 했다. 오르내릴 사닥다리도 변변치 않았고 고압선이 길게 늘어져 있어 위험하기 짝이 없는데도, 문자는 부삽을 들고 날개가 달린 듯 지붕으로 오르내렸다. 식당을 한다는 주인집 내외가 비죽이 웃으며 대청마루에 선 채 구경 삼아 쳐다보고 있거나 말거나, 그녀는 빨갛게 상기된 얼굴로 마치 춤추듯 가볍게 눈을 퍼서 지붕 아래로 집어 던졌다. 어쩌다 지나가던 행인이 흙탕물이 튀었다고 화를 내면, 날으듯 뛰어내려 그의 바짓가랭이를 털어 주며 만족할 때까지 몇 번이나 사과하고 나서 또다시 지붕으로 올라가곤 했다.

또한, 헛간이나 다름없는 문자의 부엌에는 수도가 없었기 때문에 안집 마당에 있는 수도에서 일일이 물을 길어다 먹었다. 안집 마당으로 가자면 부엌 뒷문으로 나가서 높고 가파른 계단을 내려가야 했다. 이전에 세 든 사람들에겐, 그 계단이 죽지 못해 오르내리는 굴욕의 사다리로 여겨졌었다. 그 가난한 여인들은 자신이 양손에 물바께쓰를 들고 낑낑거리며 계단을 오르는데, 주인집 여자가 비죽이 웃으며 자기의 뒷모습을 주시하는 것이 무엇보다 싫었다.

그러나 똑같은 방을 빌어 사는 처지이면서도 문자는 그녀들과 전혀 달랐다. 그녀가 뒷문 앞에 나타날 때 보면, 무슨 좋은 일을 하다가 중단하고 나온 것처럼 항시 두 뺨이 발그레했다. 때로 그녀는 양손에 바께쓰를 든 것도 잊고 층계참에 서서 한참 동안씩 하늘을 쳐다보곤 했다. 그러고 난 뒤엔 두 뺨에 발그레한 빛이 안에서 불을 켠 것처럼 더욱 짙어졌다. 그녀가 계단을 내려오는 모습은 마치 몸속에 깃들어 있는 싱싱한 생명의 탄력이 음계를 밟고 있는 듯이 보였다.

그래서, 그 계단은, 그 위에 있는 아주 신비롭고 아름다운 세계를 그녀 혼자만 누리기 위해 외부로 나타난 부분을 일부러 조악(粗惡)하게 꾸며 논 것같이 보였다.

주인집과 그 집에 세 들어 사는 여느 식구들은 문자가 새벽같이 층계참에 나와 매운 연기를 마셔 가면서도 연탄 화덕에다 신나게 부채질을 활락활락 해 대며 때로는 콧노래까지 흥얼거리는 광경을 종종 볼 수 있었다. 그도 그럴 것이 그 부엌의 아궁이에선 물이 솟았기 때문이다.

아궁이뿐만 아니라, 지붕이며 방고래를 고쳐 달랠 만한데도 문자가 혼자 힘으로 잘 참아 나가자, 주인집은 고마와하기는커녕 오히려 그녀에게 물세 불세까지도 터무니없이 물리었다. 그래도 문자는 한마디도 따지지 않고 달라는 대로 선선히 내주었다. 마치 큰 여유가 있어 그만한 일은 불문에 붙이는 것처럼.

때문에 한집에 세 들어 사는 여인들은 문자의 살림 형편이 겉보기보다는 훨씬 알심 있을 거라고 추측했다. 어느 날 그녀들은 자기들끼리 짜고 불시에 문자를 찾아갔다. 방 안을 찬찬히 둘러본즉, 물이 스며든 천정은 페인트칠이 일어나 너덜거렸고, 녹슨 손잡이가 달린 캐비닛 이외에 이렇다 할 세간이라곤 아무것도 없었다. 그녀들로서는 문자의 두 뺨에 서린 발그레한 홍조와 노래를 몸에 휘감고 있는 듯한 그 발랄한 생기가 어디에서 연유하는지 더욱 몰라졌다. 그녀들은 문자가 수돗가에 나왔다가 떠나고 난 뒤에, 향기 좋은 꽃으로 가슴을 꾹 눌렀다가 뗀 것 같은 그 느낌을 어떻게 설명해야 할지 알 수 없었기 때문에, 그중 누가 엄지손가락으로 돌았다는 시늉을 해 보이면 거기에 전적으로 동의하는 듯 폭소를 터뜨렸다.

그녀들이 이미 확인한 바와 같이 문자는 남다른 무엇을 소유했던 게 아니었다. 그녀로선 무엇을 하든 그 일을 하면서 사랑하는 사람을 생각한 것뿐이었다. 콩나물을 다듬든, 연탄불을 피우든, 지붕 위의 눈을 치우든 그를 생각하노라면 어딘가 높은 곳에 등불을 걸어 둔 것처럼 마음 구석구석이 따스해지고, 밝아 오는 것을 느꼈다. 그 따스함과 밝은 빛이 몸 밖으로 스며 나가 뺨을 물들이고, 살에 생기가 넘치게 하는 것을 그녀 자신은 오히려 깨닫지 못했다.

한수가 그녀에게 오는 것은 단지 일요일 밤뿐이었지만, 그는 항시 그녀의 시렁 위에 걸려 있는 등불이나 다름없었다. 시장에서 물건을 깎다가도 그녀는 '그가 만약 이 사실을 안다면' 하고 깎는 일을 그만두었고, 남과 다툴 뻔하다가도 그를 떠올리면 분노가 촉

촉하게 가라앉았다.

이렇게 해서 월요일, 화요일…… 토요일을 보내는 사이에 그는 그녀의 존재 자체를 조금씩 연금(鍊金)시켜, 이윽고 일요일이 되었을 땐 그녀의 손길이 닿기만 해도 닿는 것은 무엇이든지 금빛 물이 들었다.

문자는 그가 미처 문을 두드리기도 전에 이미 그의 발걸음 소리를 알아듣고 미리 나가서 그를 맞아들였다. 그녀가 그의 옷을 벗기면 그 옷이 금빛으로 물들었고, 양말을 벗기면 양말이 그러했다. 뜨거운 물이 담긴 대야를 가져와 그의 발을 씻기면 그 발 역시 금빛이 났다.

그녀가 그를 위해 마련한 저녁상은, 가난한 자가 일주일 내내 거친 솔과 젖은 걸레로 마룻바닥을 힘들여 닦아서 번 돈으로 성전(聖殿) 앞에 켤 양초를 사는 것같이 마련된 것이었다.

한수는 그녀가 살코기를 집어 줄 때마다 입을 딱 벌려 받아먹기만 할 뿐, 자기도 그녀의 입에 그 고기를 먹여 주려는 생각은 한 번도 해 보지 않았다. 한수의 마음은 무디고 이기적이어서 온 방 안에 가득 찬 금빛을 보지 못했고, 가만히 있어도 그 침묵이 노래임을 알지 못했다. 심지어는 그녀의 몸을 만지면서도 잘 익은 과육에서 나는 것과 같은 향기가 자기 손가락에 묻어나는 것도 몰랐다.

그는 마치 돈 없는 주정뱅이가 어쩌다가 값싼 술집을 발견하고도 긴가민가하여 자꾸 주머니 속의 가진 돈을 헤아려 보듯이 문자가 과연 자기가 줄 수 있는 것만으로도 만족하고 자기와 살아 줄 것인지를 알고자 끊임없이 탐색의 눈초리를 번득였다. 그는 이미 아내와 자식들이 있었으므로, 그가 문자와 더불어 지낼 수 있는 시간은 그가 빼어 내도 그의 아내가 눈치채지 못할 만큼의 시간에 한정

되어 있었다. 그는 또한 여당 소속 국회의원의 비서라는 그럴싸한 직업을 가지고 있었지만 수입은 보잘것없었다. 그래서 그는 문자에게 생활비 같은 것을 보태 줄 처지가 못 되었다.

그는 문자로부터 어떤 요구도 받은 적이 없으면서, 항시 이 여자가 내가 줄 수 있는 한도 밖의 것을 요구해 오면 어쩌나 하고 불안해했다. 그는 문자가 화장도 하지 않고, 모양도 내지 않고, 집 안에 값나가는 물건을 사 놓으려 하지도 않는 걸로 봐서, 욕심 없는 성격이라는 것을 간파했으면서도 여전히 경계를 게을리하지 않았다.

그러던 차에 그가 모시고 있던 K 의원이 장관으로 발탁되었고, 그의 도움으로 광산과 출신의 한수는 반관반민의 동동광업소 소장으로 임명되었다.

그의 수입은 이제 문자에게 정식으로 딴살림을 시킬 수 있을 만큼 풍족해졌다. 그는 멋진 새집을 사서 이사를 했고, 그의 아내와 자식들은 좋은 옷을 입었고, 가만히 앉아 심부름하는 사람들의 시중을 받았고, 과일과 케익은 미처 먹지 못해 곰팡이가 필 정도로 지천이었다.

그럼에도 그는 문자에겐 아무것도 나누어 주지 않았다. 사과 하나, 귤 하나도. 이따금 그는 문자에게 가져가려고 무심히 과일 바구니 하나를 집어 들었다가도 도로 내려놓았다. 일단 그녀에게 무엇을 주기 시작하면, 혹시나 끝없이 요구의 손길을 뻗쳐 오지 않을까 겁이 났다.

문자는 여전히 그에게 아무것도 요구하지 않았다. 주인집에서 방값을 올리자 그녀는 자기 힘으로 구해 보다가 끝내는 방을 옮겼다. 그사이 물가가 많이 올라서 문자가 그에게 예전과 같은 저녁상을 차려 내기 위해서는 자기가 일주일 살 몫에서 더 많이 쪼개 내야 했다. 그녀는 버스를 두 번 타는 대신 한 번만 타고 나머지는 걸었다. 그리고 점심도 라면으로 때웠다.

반대로 한수의 몸에서는 날이 갈수록 기름이 번지르하게 흘렀다. 그는 매번 올 때마다 구두를 갈아 신었고, 와이샤쓰와 넥타이와 커프스버튼과 내의까지도 달라졌다. 양복도 가지각색으로 늘어났다.

어느 날 문자는 시계를 보고 자리에서 일어나는 그의 내의 자락을 꽉 움켜쥐며 "가지 말아요. 오늘 밤만은 함께 있어 줘요." 하고 등에 얼굴을 묻었다. 그러나 이내 잡은 옷자락을 맥없이 놓아주는 순간, 울컥 울음이 넘어오는 것을 간신히 참았다. 예전에는 문자의 손길이 닿는 것마다 금빛으로 물들었던 것이 이제는 그녀의 가슴을 미어지게 할 때가 많았다. 그녀는 그에게 옷을 입혀 주려고 옷걸이에서 양복을 걸어 내다 그 속주머니에 찔려진 두툼한 돈뭉치를 보고도 목이 메었고, 보자기에 싸서 아랫목에 묻어 두었던 그의 구두를 꺼내다가 밑창에 새겨진 고급 상표를 보고도 가슴이 미어졌다.

그녀의 맘속에서는 끝없는 해일(海溢)이 일고, 번개가 치고, 폭풍이 몰아치는 종말 같은 나날이 계속되었다. 아무도 없는 강가나 깊은 산속에 가서 목 놓아 울고만 싶은 슬픔이 그녀의 두 뺨에서 발그레한 홍조를 차츰차츰 스러지게 했다.

또다시 집값이 올라 하루 종일 방을 구하러 다니다 돌아오던 길에 문자는 소주 두 병을 샀다. 안주도 없이 단숨에 소주 두 병을 비우고 나서 그녀는 의식을 잃었다. 눈을 떴을 때 그녀는 자기가 눈부신 아침 햇살과 끈적거리는 오물 속에 누워 있음을 발견했다.

새로이 눈물이 괴어 올라 눈앞이 어룽졌다. 그녀는 이를 악물었다. 그때 그녀 속에서 낙타 한 마리가 벌떡 몸을 일으켜 세우며 외쳤다.

"고통이여, 어서 나를 찔러라. 너의 무자비한 칼날이 나를 갈가리 찢어도 나는 산다. 다리로 설 수 없으면 몸통으로라도, 몸통이 없으면 모가지만으로라도. 지금보다 더한 고통 속에 나를 세워 놓더라도 나는 결코 항복하지 않을 거야. 그가 나에게 준 고통을 나는 철저히 그를 사랑함으로써 복수할 테다. 나는 어디도 가지 않고 이 한자리에서 주어진 그대로를 가지고도 살 수 있다는 것을 보여 줄 테야. 그래, 그에게뿐만 아니라 내게 이런 운명을 마련해 놓고 내가 못견디어 신음하면 자비를 베풀려고 기다리고 있는 신(神)에게도 나는 멋지게 복수할 거야!"

회사에도 못 나가고 그녀는 이틀을 꼬박 누워 앓았다. 그 이튿날은 일요일이었다. 문자는 일어나서 아무런 일도 없었던 것같이 그를 맞기 위해 목욕을 하고, 시장에 다녀와서 은행알을 깠다.

그날 저녁 그의 넥타이를 받아 옷걸이에 걸다가 문자는 그것에 꽂혀 있는 진주 넥타이핀을 발견했다. 그러나 그녀의 가슴은 이전처럼 미어지지 않았다. 마침내 그녀의 맘속으로부터 그가 가진 모든 것이 무관해졌던 것이다. 그가 누리는 모든 것이 그녀와 무관해졌다.

문자는 오로지 곁에서 담담한 맘으로 지켜볼 뿐이었다. 그의 끝없는 욕망이 그의 집 문전에 줄을 잇는 업자들의 선물 상자와 돈봉투를 딛고 자꾸자꾸 높아지는 것을.

어느 날 새벽에 라디오와 TV에서는 베토벤의 영웅 교향곡 2악장을 끝없이 되풀이하여 들려주었다. 계엄령이 선포되었고 국회와 내각이 해체되었다. 그런 뒤 두 달도 못 되어서였다. 한수는 수염이

덥수룩하고 초췌해진 얼굴로 비틀거리며 문자에게 나타났다. 몸을 가누지 못할 만큼 취해 방바닥에 퍼질르고 누운 그에게서 문자는 하나씩 옷을 벗겨 냈다. 갑자기 그가 문자의 옷자락을 움켜쥐며 목 쉰 소리로 울먹였다.

"난, 이제 아무것도 아냐, 우리 집 문전엔 인적이 끊겼어. 그렇지만 너까지 날 괄시하면 죽여 버릴 테다."

이모가 목욕 중이었으므로 문자는 거실에 앉아 기다려야 했다. 그녀가 앉아 있는 소파는 보드라운 깃방석 같았고, 아라비아풍의 두툼한 양탄자가 깔려 있어 발밑도 포근했다. 모든 것이 포근하고 쾌적했다.

천장에서부터 내려뜨려진 하얀 망사 커튼 너머로 뜰의 나무들이 세찬 바람에 휘청거리는 것이 보였다. 이곳에서는 추운 바깥 날씨조차도 아프고 시린 것이 아니라 쾌적하고 달콤하게 느껴졌다. 음산한 하늘에서 차츰 먹빛이 배어났다.

욕실에서 타일 바닥을 때리는 상쾌한 물줄기 소리가 들려왔다. 문자는 갑자기 등이 시리고 몸이 저렸다. 그러한 자기 자신에게 그녀는 이렇게 타일렀다.

"약한 사람들은 자신의 삶을 보드라운 소파와 양탄자와 금칠을 한 벽난로와 비싼 그림과 쾌적한 침대 위에 세운다. 그런 뒤엔 그 물질로 해서 알게 된 쾌적한 맛에 길들여져 그들은 이내 물질의 노예가 된다. 그들의 갈망은 끝없이 쓰다듬는 손길에 의해서 잠을 잘 잔 말의 갈기와 같다. 허지만 내 정신의 갈기는 만족을 모르는 채 항시 세찬 바람에 펄럭이기를 갈망한다."

주방쪽에서 슬리퍼 끄는 소리가 났다. 아줌마가 주스 쟁반을 들고 왔다.

"오랜만이에요, 아줌마."

"좀 자주 놀러 오시잖구. 애기는 잘 커요?"

"네."

"어쩌면 엄마를 고렇게 쏙 빼다 박은 것 같죠?"

"어떻게 아세요?"

"사진을 봤어요. 저기 사진이 있잖아요."

아줌마는 거실의 한쪽 벽을 가리켰다. 문자는 아줌마가 주방으로 되돌아갈 때까지 기다렸다가 장식장 앞으로 갔다. 다섯 살이 된 옥조가 생일을 맞았으므로, 문자는 한수에게 부탁하여 아이를 데려와서 하룻동안 함께 지냈었다. 사진은 그날 이모 집에서 찍은 것이었다.

옥조는 이종들의 팔에 안겨 밝게 웃고 있었다. 옥수수처럼 고른 치열이 하얗다 못해 푸르렀다. 문자는 사진틀을 꺼내어 손에 들고, 먼지가 낀 양 손바닥으로 닦고 또 닦았다.

한수의 아내가 아기를 데리러 나타나기 며칠 전부터 문자는 밤마다 아기를 빼앗기는 꿈을 꾸었다. 때로는 아기를 안고 검은 옷의 괴한을 피해 산으로 들로 쫓겨 다니기도 했고, 때로는 아기를 이미 빼앗겨 실성한 듯이 찾아다니다 잠이 깨기도 했다. 잠이 깨어 보면 꿈속에서 질렀던, 자기 목소리 같지 않은 비명의 여운이 그저도 귓가에 맴돌고 있었다.

불을 켜고, 그 바람에 불빛에 눈이 시려 아기가 눈두덩이를 옴찔옴찔 움직이는 것을 확인하고도 그녀는 여전히 그것이 꿈일까 봐 겁이 났다.

아기를 보고, 또 보는 동안 악몽의 환영은 멀어지는 것이 아니라 더욱더 그녀를 옭죄었다. 당장 아기를 데리고 먼 곳으로 도망치고만 싶었다. 어느 순간 갑자기 문자는 누구에겐지 모르게 무릎을 꿇고 울음 섞인 목소리로 탄원했다.

"그러면 왜 안 된다는 거지? 나는 그동안 너무 힘들었어. 연명할 것만 남기고 나는 늘 빈손으로 지냈어. 내 손은 무엇을 움켜쥐는 버릇을 잊어버린 지 오래야. 하지만 이제 내 속으로 난 혈육만큼은 놓치고 싶지 않아. 위안받기를 거부하는 일이 이제는 너무 힘들어! 고통스러워!"

그러자 그녀 속에서 또다시 낙타가 우뚝 몸을 일으켰다.

"너는 할 수 있어. 도달하기 위한 높은 것을 맘속에 지님으로써 너는 고통스러울지 모르지만, 그 고통이 너를 높은 곳에 이르게 하는 사닥다리가 되는 거야."

그래도 문자는 고개를 가로저으며 계속 신음했다.

그러나 이제 딸의 사진을 보고도 문자는 담담하게 미소 지을 수 있었다.

타일 바닥을 때리던 줄기찬 물소리가 그치고 나서 욕실 문이 열렸다. 뜨거운 물의 쾌적함에 한껏 도취된 듯 이모의 눈빛은 약간 몽롱했고 우유빛 살갗에는 분홍색이 감돌았다. 그녀는 브러시로 잘 염색된 갈색 머리카락을 빗어 내리며 소파가 있는 데로 걸어왔다. 깃이 깊이 패인 비단 겉옷 사이로 나이를 멈춘 듯 피둥피둥하고 탄력 있어 보이는 앞가슴이 물결쳤다.

문자는 옥조의 사진을 가만히 제자리에 세워 놓고 돌아섰다.

"옥조는 끝내 그 집에다 놔둘 거니?"

거침없는 이모의 말투는 반드시 문자를 믿거라 해서만은 아닌 듯했다. 문자는 무릎 위에 두 손을 가지런히 모아 쥐고, 다지고 또

다져서 표면이 탄탄하게 굳어진 땅과 같은 표정이 되며 짧게 대답
했다.

"네."

"왜? 그 집에서 안 내놓겠대?"

"아뇨. 그쪽에서는 데려가래요."

"그럼 잘됐다. 옥조만 데려오고 나서 그 사람과는 연을 끊어라.
그 사람은 이제 운이 다했어. 끌면 끌수록 너만 손해라는 걸 알아
야 해."

"……옥조는 안 데려올 거예요, 이모."

"너 참 이상한 애다. 네 새낀데 가엾지도 않니?"

"가엾어요. 그리고 너무너무 데려오고 싶어요. 하지만, 나는
그 아이를 데려옴으로써 나 자신을 만족시키고 싶지 않아요. 옥조
를 내놓을 때 이미 그 아이는 제 맘에서 떠나갔어요. 그렇다고 그 아
이를 사랑하지 않는다는 얘기가 아녜요. 제가 옥조를 사랑하는 맘
은 여느 엄마들이랑 달라요. 얼마 전 징기스칸에 관한 전기를 보았
어요. 그는 금나라를 치고 나서, 그 낯선 나라의 낯선 사람에게 자
기 아들을 버리고 떠나더군요. 징기스칸으로 하여금 영원한 영웅
이 되게 한 것은 아들을 버림으로써 사랑까지도 밟고 지나갈 수 있
었던 바로 그 힘이었던 것 같아요. 소유에 대한 집념과 마찬가지
로 혈육 역시도 초극(超克)되어야 할 그 무엇이라 여겨져요. 나는
꼭 누구랑 끊임없이 대결하는 긴장 상태 속에서 살고 있는 것 같
아요."

"무슨 소린지 한마디도 모르겠구나. 주스나 마셔라. 아줌마. 나
는 당근주스로 갖다줘."

문자는 이모의 살찌고 나태해 보이는 손을 가만히 바라보았다.

뜨거운 물속에서 나른해졌던 손은 건조해지자 끝이 쪼글쪼글해졌고, 청회색 메니큐어 칠도 벗겨져 얼룩덜룩했다. 재미 삼아 손톱으로 메니큐어 칠을 긁어내던 이모가 불현듯 생각난 듯이 목소리를 높였다.

"얘, 참 그렇잖아도 내가 전화할까 했는데 네 발로 왔으니 잘됐다. 너 이제 그쯤에서 결혼하면 어떻겠니? 마땅한 사람이 있단다. 시집가서 지금 옥조 아빠한테 쏟는 정성의 반의 반만큼만 남편한테 쏟아도 너는 귀염받고 잘 살 거야."

설마 이 얘기를 하자고 오라 했던 건 아니겠지. 문자는 초조해져 창밖을 살폈다. 이제는 뜰의 나무들까지도 먹빛으로 변해 있었다. 한수는 집을 나서고 있을지도 몰랐다.

"어떠니? 그렇게 해 볼래? 나이는 쉰 살이고 애가 둘 있지만 할머니가 데리고 있댄다. 압구정동에 아파트가 한 채, 또 과천 가는 어디에도 목장을 할 만한 산도 있다더라. 직업은 변호사야. 한쪽 눈이 짜부러진 게 큰 흠이지만, 흠으로 치면 너한테도 그만한 게 있으니 쌤쌤이지 뭐."

이모는 문자에게서 좋은 반응을 기대했으나, 그녀는 수심 찬 얼굴로 창밖만 바라보고 있었다. 돈 때문에 저러지 싶었지만 이모는 자기 쪽에서 먼저 돈 얘기를 꺼내고 싶지는 않았다. 이모는 나오지도 않는 하품을 짝 찢어지게 했다. 겸연쩍은 한순간을 그렇게 해서 넘겼다.

하품 소리에 문자는 창밖에서 이모에게로 눈길을 돌렸다. 하품 때문에 질척해진 눈가를 본 순간 그녀는 이유 모를 분노를 느꼈다. 그러나 다음 순간 그녀는 자기 속의 낙타가 그 분노를 지긋이 밟고 지나가는 것을 느꼈다.

"이모, 내가 부탁드린 거 어떻게 됐어요?"

"돈 말이니?"

"네."

"나한테 없다고 했잖아. 하지만 아줌마가 나한테 맡겨 둔 거라도 가져갈 테면 가져가. 이자를 줘야 하는데 괜찮겠니? 오 부다."

"네. 좋아요."

그러고도 이모는 선뜻 일어나려 하지 않았다. 손톱으로 메니큐어 칠을 긁어내는 데 자지러져 있으면서 그녀는 여전히 흥얼흥얼 잔소리를 늘어놓는다.

"너 내 말 허술하게 듣지 마라. 이모라고 두 눈이 시퍼렇게 살아 있으면서 조카가 결혼한 것도 아니고, 그렇다고 안 한 것도 아닌 그런 상태로 일생을 지내게 할 수야 없지 않니? 지하에 계신 느이 엄마가 알아 봐라, 날 얼마나 원망하겠니? 그리고 너 매일 돈에 쪼들리는 거 지겹지도 않니? 그 변호사한테 시집만 가 봐라. 팔자가 획 바뀔 텐데."

"네, 알아요."

이모가 이미 대답에는 신경을 쓰고 있지 않다는 것을 알고 문자는 맞장구만 쳤다.

"하여간 어렸을 때부터 네 속엔 괴물이 들어앉아 있었어. 가다가 진창이 있으면 돌아가야 할 텐데, 너는 발이 빠지면서도 돌아갈 줄 모르는 고집장이야."

"네. 알아요."

문자는 문자대로 다른 데 정신이 팔려 있었다. 리비아를 여행하고 온 사람이 쓴 글 중에 이런 귀절이 있었다.

리비아는 국민소득이 일인당 1만 달러였고, 인구는 삼백만밖

133

에 되지 않았다. 그 나라 정부의 절대 과제 중 하나는 인구를 늘리는 일이었다. 그래서 정부에서는 다산(多産)을 권장하는 한편, 사막의 오지에 사는 사람들을 도시로 끌어내기 위해 돈다발로 유혹한다. 푹신한 양탄자에 에어컨 장치에 안락한 침대에 꼭지만 틀면 수돗물이 콸콸 쏟아져 나오는 집에서 편안히 살게 해 줄 테니 제발 도시로 나오라고 간청한다.

그러나 사막에서 살아온 유목민의 상당수가 그 유혹을 뿌리치고 더 깊이 사막 속으로 들어간다. 대부분의 인간은 시달리는 것, 즉 갈증을 몹시 두려워한다. 그런데 그들만은 갈증뿐인 사막 속으로 더 깊이 파고든다. 사막의 갈증. 돌멩이조차도 타고 부숴져서 모래로 변한 죽음의 땅. 해가 뜨면 땅과 하늘 사이는 분홍색 열안개의 도가니가 된다. 해가 지면 그 추위 또한 살인적이다. 사막 속의 인간이 열사(熱死)와 동사(凍死)로부터 자기를 보호할 것은 그의 살갗뿐이다. 그들은 무엇 때문에 이 갈증의 길을 스스로 택해서 가는가.

리비아에는 조상 적부터 전해져 내려오는 전설 같은 지도가 있다. 그 지도에는 사막의 땅속 깊은 곳으로 흐르는 푸른 물길이 그려져 있다. 그들은 이 길을 신(神)의 길이라고 부른다.

사막의 오지에서 나오지 않는 사람들만은 이 푸른 물길이 어디에 있는지 안다고 한다.

문자는 이모에게 다시 한번 더 돈 얘기를 상기시켜야 했다. 이모가 돈을 가지러 방으로 들어간 사이에 문자는 옥조의 사진을 한번 더 봐 두려고 장식장 앞으로 갔다.

가엾은 자식. 엄마가 네게 지운 짐이 너무 가혹하지? 하지만 너도 네 힘으로 네 속에서 낙타를 끌어내야 한다. 엄마가 너의 삶을 안락한 강변도 있는데 굳이 고통의 늪가에다 던져 놓은 이유를 그 낙타가 알게 해 줄 거야. 그것이 사랑이란 것을 알게 해 줄 거야.

문자는 이모가 건네준 돈을 받아 가방에 넣고 나서 아줌마에게 고맙다는 인삿말이라도 하려고 주방 쪽으로 돌아섰다.

"얘, 얘, 넌 그냥 가라. 아줌마한텐 나중에 내가 얘기해 줄게."

당황한 이모가 문자를 만류했다. 문자는 어리둥절한 채 이모가 허둥거리며 쇼핑백에다 주워 담아 주는 과일을 받아 들었다.

"저어……"

셈을 치르려던 문자는 상점 주인의 망설이는 얼굴을 쳐다보았다.

"저어, 아까 아저씨가 들어가시면서 오징어 한 마리하고 고량주 두 병을 가지고 가셨어요."

"네, 알겠어요. 그건 얼마죠?"

"가만있거라 보자, 천팔백 원이군요."

찬거리를 들고 문자는 상점에서 나왔다. 다닥다닥 붙어 있는 집들의 노란 창문들이 그녀로 하여금 한층 더 지치고 피곤하여 쉬고 싶은 생각을 간절하게 했다. 그러나 한수가 와 있으니 쉴 수도 없으리라. 그는 요즘 들어 부쩍 허물어진 모습에 주사(酒邪)까지 늘고 있었다.

문자는 높고 가파른 언덕을 올라갔다. 가는 도중에 그녀는 고목나무 아래서 다리를 쉬었다. 언제나 다름없이 신선한 영감이 가슴을 뿌듯하게 차올랐다.

그 고목은 몸뚱아리가 온전치 못한 불구의 몸임에도 늠름한 키에 풍성한 가지를 지니고 있었다. 그의 가지 하나하나가 모두 하늘

135

을 어루만지려는 갈망의 손으로 보였다. 저토록 높은 데까지 갈망의 손을 뻗치기 위해서는 아마도 그의 뿌리는 자기 키의 몇 배나 깊이 땅속으로 더듬어 들어갔을 것이다. 생명수를 찾아 부단히, 차고 견고한 흙 속으로 하얀 의지를 뻗친 나무의 뿌리가, 자신의 발밑에 맞닿아 있다는 것을 생각하면 문자는 시린 삶의 아픔이 가시는 듯한 위안을 느꼈다.

문자는 미처 집에 닿기도 전에 대문 안에서 얼굴만 내밀고 자기를 기다리고 있던 주인집 여자를 만났다. 가슴이 철렁했다. 역시 그랬다.

"아유 속상해 죽겠어. 색시 저기 좀 봐요. 저기다 또 오줌을 누었어요. 개도 그렇진 못할진대, 남의 집 얼굴이나 다름없는 문간에다 찌린내를 진동치게 해 놓는다니. 우리는 둘째치고 담벼락 주인이 알고 쫓아올까 봐 무섭군요."

"정말 죄송해요, 아주머니. 지금 당장 씻어 내겠어요."

문자는 부엌 겸 자기 방 출입문으로 들어가서 찬거리랑 가방을 내려놓고 대야에 물을 퍼 담았다. 주인집 여자는 여전히 눈꼬리에 독을 묻혀 가지고 서서 문자를 흘겨보았다.

지칠 대로 지친 육체에 굴욕의 비수가 꽂히자 감미로운 동요가 일어났다.

"고통의 사닥다리를 오르는 일이 다 쓸데없는 짓이라면? 이 길의 끝에 아무것도 없다면? 모든 것이 다 조작된 의미라면? 아픔과 고통의 끝이 또다른 아픔과 고통의 연속으로 이어진다면……."

그럼에도 그녀의 팔은 오랫동안 낙타의 지칠 줄 모르는 다리가 되어 왔던 까닭에 걸레질을 멈추지 않았다.

문자가 담장을 말끔히 씻어 놓고 안으로 들어가려니, 주인집 여자가 그제서야 다소 누그러진 음성으로 그녀를 붙잡아 세웠다.

"색시, 잠깐만 기다려요. 편지 온 게 있어요."

잠시 후에 주인집 여자는 푸른 항공 엽서 하나를 들고 나왔다. 그것을 건네주며 그 여자는 밑도 끝도 없이 씩 웃었다. 그 웃음은 또다시 문자의 가슴을 철렁하게 했다. 틀림없었다.

"이사 온 지 육 개월도 안 됐는데 이런 말 하기가 뭣하지만, 이해해 줘요. 우리 아들이 방을 따로 쓰겠다고 자꾸 보채는구려. 복덕방비는 이쪽에서 물어 줄 테니 다른 데 방을 좀 봐 보려우?"

"네, 알겠어요."

문자는 선선히 대답하고 안으로 들어갔다. 발등이 터진 한수의 헌 구두를 집어 한쪽으로 가지런히 세워 놓고 방문을 열었다. 한수는 골아떨어져 자는 중이었다. 빈 고량주 병이 머리맡에 나뒹굴었다. 그의 머리는 덥수룩하게 자라 귀를 덮었고 와이샤쓰 깃은 때에 절어 있었다. 새우처럼 등을 구부리고 자는 모습을 바라보고 있는 동안, 문자에겐 이제야말로 내가 이 사람을 진정으로 사랑하는 게 아닐까 하는 생각이 스쳐 갔다.

손에 들려진 편지 생각이 난 것은 그다음 일이었다. 편지는 뜻밖에도 미국에 간 오빠로부터 온 것이었다. 문자는 저녁을 지으려는 생각이 앞서 편지를 대강대강 읽었다.

"이건 무슨 편지야?"

밥상을 차리는데 방 안에서 그의 목소리가 들려왔다.

"오빠에게서 온 거예요."

"내용이 뭔데?"

"날 보고 들어오래요. 자기가 하는 수퍼마켓이 너무 잘돼서 손이 모자란대요."

"쳇, 지금까지 소식 한 장 없다가 겨우 손이 모자라니 와서 도와 달라구? 당장 회답을 써 보내, 웃기지 말라구. 물주만 만나 봐. 그까짓 수퍼마켓 같은 건 열 개라도 차릴 수 있어."

탁, 하고 성냥불 긋는 소리가 들려왔다. 그가 짜증이 난 것은 편지의 내용 때문이라기보다, 돈을 구했는지 못 구했는지 빨리 말해 주지 않기 때문이라고 헤아려졌다.

밥상을 차리다 말고 문자는 방 안으로 들어갔다. 한수는 핏발이 선 눈길을 얼른 모로 빗겼다. 문자는 가방에서 돈을 꺼내 그에게 내밀었다. 그는 돈을 받는 즉시 담배를 신문지 귀퉁이에 눌러 끄고 벌떡 일어났다.

"저녁 다 됐어요."

"지금 몇 신데 저녁 타령이야. 다 늦게 들어와 가지구."

문자는 잠자코 그에게 웃도리와 외투를 입혀 주었다. 순간순간 그의 모질고 이기적인 성격을 엿볼 때마다 문자는 맘속으론 울고 입술로는 웃었다.

그가 단추를 채우는 동안 문자는 먼저 부엌으로 나와서 그가 신기 좋게 구두를 가지런히, 그리고 약간 벌려 놓아 주었다. 밥을 푸다 만 밥솥에서 김이 서려 올라 자욱했다. 문득 쓰라린 비애를 느꼈으나 그녀는 조용히 웃었다.

한수는 문자가 문밖에서 배웅하고 있다는 것을 알면서도 곧장 뚜걱뚜걱 계단 아래로 내려갔다. 그는 언덕을 내려가 잠시 후엔 시야에서 사라졌다.

그러나 문자에겐 그가 자기 시야에서 끝도 없이 멀어지고 있을 뿐인 것으로 느껴졌다. 그는 이미 한 남자라기보다, 그녀에게 더한층 큰 시련을 주기 위해 더 높은 곳으로 멀어지는 신의 등불처럼 여

겨졌다. 그리하여 그녀는 그것에 도달하고픈 열렬한 갈망으로 온몸
이 또다시 갈기처럼 펄럭였다.

—《한국문학》11권 5호, 1983년 5월;

서영은, 『황금 깃털』(나남, 1984)

신달자(愼達子·1943~)

신달자는 1943년 경남 거창에서 태어나 부산 남성여자고등학교, 숙명여자대학교 국어국문학과와 동 대학원을 졸업했다. 1964년 여성지 《여상》에 시 「환상의 밤」이 당선되었고 1972년 《현대문학》에 「발」, 「처음 목소리」 등의 작품으로 박목월의 추천을 받아 본격적인 작품 활동을 시작했다. 1973년 첫 시집 『봉헌문자』를 현대문학사에서 출간했다. 첫 시집의 서문에서 박목월은 신달자의 시가 "아픔의 침묵 속에/ 헌신하는/ 발의 진실"(「발」)을 계시하고 인간적 공감을 환기한다고 평가했다. 이후 시집 『겨울축제』(1976), 『고향의 물』(1982), 『모순의 방』(1985), 『아가』(1986), 『아가 2』(1988), 『새를 보면서』(1988), 『백치슬픔』(1989), 『사랑을 위하여』(1991), 『시간과의 동행』(1993), 『아버지의 빛』(1999), 『어머니 그 삐뚤삐뚤한 글씨』(2001), 『오래 말하는 사이』(2004), 『열애』(2007), 『종이』(2011), 『살 흐르다』(2014), 『북촌』(2016), 『간절함』(2019), 『전쟁과 평화가 있는 내 부엌』(2023) 등을 펴냈다. 유안진, 이향아 등과 '문채' 동인으로 활동하며 여러 권의 동인 시집을 냈고 감각적인 아름다움을 드러내는 시를 써서 독자층을 넓혔다. 소설 창작도 했는데, 장편소설 『물 위를 걷는 여자』(1990)는 사회적 편견 속에서 살아가는 주인공의 내면 심리를 섬세하게 그려 대중적인 인기를 끌었다. 그 밖에도 다수의 수필집을 발간했다. 평택대학교 국문과 교수, 명

지전문대학교 문창과 교수, 한국시인협회장 등을 역임했다. 대한민국문학상, 시와시학상, 현대불교문학상, 한국시인협회상, 영랑시문학상, 공초문학상, 김준성문학상, 대산문학상 등을 수상했고 은관문화훈장을 받았다.

신달자는 감각적이고 심미적인 시로 대중의 사랑을 받았다. 수필집 『나이 마흔에 생의 걸음마를 배웠다』(2008)에 서술되었듯이 뇌졸중으로 쓰러진 남편을 24년 동안 수발한 사실, 시어머니와 어머니의 죽음, 본인의 암 투병 등 잇따른 불행 속에서도 희망을 잃지 않고 삶과 문학에 대한 열정으로 이겨 낸 시인의 생애가 문학에 투영되어 있다. 고통 속에서도 삶의 희망을 끌어올리는 생명력과 사랑의 힘에서 신달자 시의 여성문학사적 의미를 찾을 수 있다.

이경수

그리움

찾아 낼 수 없구나
문닫힌 방안에
정히 빗은 내 머리를
헝클어 놓는 이는.

뼈속 깊이깊이 잠든 바람도
이밤 깨어나
마른 가지를 흔들어 댄다.

우주를 돌다돌다
내 살갗밑에서 이는 바람
오늘밤 저 폭풍은
누구의 미친 그리움인가

아 누구인가

꽁꽁 묶어 감추었던
열길 그 속마음까지 열게 하는 이는.

— 신달자, 『봉헌문자』(현대문학사, 1973)

신달자

강은교(姜恩喬·1945~)

강은교는 1945년 함경남도 홍원군 풍산리에서 태어나 100일 만에 어머니의 등에 업혀 이미 월남한 아버지를 찾아 서울로 이주 했다. 월남 후 서울 생활, 이후 한국전쟁기에 아버지를 따라 정착한 부산에서의 체험 등 유랑의 경험은 시인의 이방인 의식과 허무주의적인 실존적 세계관, 즉 비극적이고 해체적인 실존적 세계관을 형성하는 데 큰 영향을 끼쳤다고 알려진다. 일제강점기에는 독립운동을 하고 해방 이후에는 정부 고위 관료를 지냈던 아버지의 영향으로 비교적 안온한 가정에서 지적인 문학청년기를 보낼 수 있었다. 이후 경기여고와 연세대학교 영문과에 입학해 수학한다. 시인 스스로가 고백하듯 니체, 하이데거, 릴케, 딜런 토머스, 제임스 조이스, 카프카, 포크너 등에 심취한 문학도였던 강은교는 1968년《사상계》 신인문학상 공모에 「순례의 잠」이 당선되면서 등단한다. 1969년 2월에 윤상규, 임정남, 김형영, 정희성, 석지현 등과 1970년대 대표 시 동인인 '70년대' 활동을 한다. 1970년 샘터사에 입사해 일하며 첫 시집 『허무집』(1971)을 출간했다. 이후 『풀잎』(1974), 『빈자일 기』(1977), 『소리집』(1982) 등 시집과 산문집 『추억제』(1975), 선집 『순례자의 꿈』(1988)을 출간했다. 동아대학교 국어국문학과를 거쳐 문예창작학과 교수를 역임, 현재는 같은 학과 명예교수다.

강은교의 첫 시집 제목 '허무집'처럼, 강은교는 1970년대 광폭

한 개발독재, 자본주의화된 사회에서 죽음을 기반으로 한 허무주의적인 형이상학적 존재론으로 전체주의적 관념의 주입에 저항하고 존재론적인 초극을 이루어 내려는 인간 중심의 사유를 형상화한다. 이 사유에는 당대 여성들을 늘 주변인으로 소외시켜 온 폭압적 인식에 균열을 내려는 시도가 자리 잡고 있었다.

또한 시집 『풀잎』에서 「바리데기 여행 노래」 연작시 다섯 편을 통해 신화 속에 묻혀 있던 여성 서사를 주술적으로 현재화하려는 시도를 한다. 이 모티프는 1996년 시집 『어느 별에서의 하루』에서도 이어져 '바리데기, 가장 일찍 버려진 자이며 가장 깊이 잊혀진 자의 노래'라는 부제가 달린 여섯 편의 바리데기 주제의 시를 통해 부활한다. 바리데기 신화는 죽은 혼령을 저승에 보내는 제의의 일부이다. 시인은 가부장제의 억압에 고통받는 당대 여성 주체들과 격동, 1970~1980년대를 지나 깊은 이념적 회의에 빠진 1990년대 피폐한 존재성을 구원하고자 이를 차용했다. 강은교 시의 이러한 비의적 상상력은 시인이 한국의 역사적 상황을 결코 등한시하지 않았다는 점과 동시에 인간의 상처를 극복하려는 시인의 의지가 얼마나 절실한 것이었는가를 잘 보여 준다. 시대를 넘어선 인간에 대한 근본적인 통찰과 인식은 강은교 시가 가진 거대한 파장력의 근원이다.

박지영

自轉자전 1

날이 저문다.
먼 곳에서 빈 뜰이 넘어진다.
無限天空무한천공 바람 겹겹이
사람은 혼자 펄럭이고
조금씩 파도치는 거리의 집들
끝까지 남아있는 햇빛 하나가
어딜까 어딜까 都市도시를 끌고 간다.

날이 저문다.
날마다 우리나라에
아름다운 女子여자들은 떨어져 쌓인다.
잠속에서도 빨리빨리 걸으며
寢床침상밖으로 흩어지는
모래는 끝없고
한 겹씩 벗겨지는 生死생사의

저 캄캄한 數世紀수세기를 향하여
아무도
자기의 살을 감출 수는 없다.

집이 흐느낀다.
날이 저문다.
바람에 갇혀
一平生일평생이 落果낙과처럼 흔들린다.
높은 지붕마다 남몰래
하늘의 넓은 시계소리를 걸어놓으며
曠野광야에 쌓이는
아, 아름다운 모래의 女子여자들

부서지면서 우리는
가장 긴 그림자를 뒤에 남겼다.

—《사상계》, 1968년 1월;
강은교, 『허무집』(70년대동인회, 1971)

비리데기의 旅行여행노래

게 누가 날 찾는가 날 찾이리 없건마는
어느 누가 날 찾는가
베려라 베리데기 던져라 던지데기
깊은 山中산중 퍼버려라 퍼버려라
— 黃泉巫歌中황천무가중 「비리데기」의 一節1절

一曲1곡. 廢墟폐허에서

일어나자 일어나자
저 하늘은
네 무덤도 감추고
꽃밭에서는
사람 걷는 소리 들린다.
오늘 아침 바람은

148

어느 쪽에서 부는지
한 모랭이 두 모랭이
삼세 모랭이 지나가면
사람 걷는 소리는
山산 쓰러지는 울음으로 변하고
누워있는 땅은 조금씩
아, 조금씩 흔들리는데
몸덥힐 햇빛도 없는 곳에서
길은 한 켠으로 넘어진다.
그리고 밤이 오면
저 무서운 꽃밭에서 들리는
누구 머리칼 젖히는 소리
옷고름이 탁 하고
저고리에서 떨어지는 소리
새벽에도 그치지 않고
잠 속에서는 더 크게 크게
그렇구나, 나는 어느새
몹쓸 곳에 누워 있다.
달빛도 멀리 지나가 버리는
무덤 위에서
가끔 반딧불 하나가
드러누운 빈 길로 달려나간다.
모래이불을 펴고
오늘밤도 돼지꿈이나 기다릴까.
山산이 바다로

다시 山산으로 설마
변하지는 않겠지만
한 마리의 배고픈 돼지는
만날 수 있으리라.
열두 모랭이 눈감고 기어가면
어디서 울고 있는 神靈신령님이라도
만나지 않으리.
꽃밭에서 아직
걷는 사람이여
어디에 누울까 누울까 말고
가벼히 떨어지는 옷고름 위에
하늘과 함께 나의 뼈를 뉘여다오.
가만히 소리나지 않게
발자욱도 없이 一世紀1세기를.

二曲2곡. 어제 밤

깨어진 거울 속에서 어제 밤은
바다로 가는 물을 보았다.
薔薇장미와 모래가 함께 나르는
저 쪽
옷과 신발도 버리고
맨몸으로 맨몸으로
물은 祖國조국을 떠나서 갔다.

祖國조국의 벌판에
아직 잠들지 않은 男子남자와
또 한 女子여자의
긴 키스소리는 끝없고
어디서 시든 피가
홀로 모래를 씻는데
죽은 이는 한 마디 말도 없이
아, 주저도 않고
虛空허공에 짧은
숨소리만 남긴다.
길 밖에서는 밤새도록
누가 중얼대고
중얼대다가 쓰러지고
가끔 神靈신령님의 살이 비치는
흰 구름이나 기다리면서
잊을 수 없어 잊을 수 없어
한 사발의 숭늉에 설탕과 精液정액을 섞는다.

그렇다 旅行여행이다.
가장 가까운 곳에서
눈물 하나가 바다를 일으킨다.
바다를 일으켜서는
또 다른 바다로 끄을고 간다.
부끄럽게 가만가만
暴風폭풍 속에서도 새우를 키우며

151

돌아오지 않으려고
바다에서 자는 물
부르튼 물의 아랫도리,
잠자리가 불편하다고
곳곳에서 女子여자들은
무덤을 가리키며 울었다.

그런데 또 누가 중얼대는군
아직 늦지는 않아.
그 사람의 목소리는 暴風폭풍에 실려
반짝이는 千個천 개의 지붕을 지나고
벌판을 지나고
드디어 어느 하루
우리나라에도 도착한다.

방황하는 數百人수백 인의 寢臺침대
마른 눈썹에 걸리는 이불들.

그렇다 旅行여행이다.

三曲3곡. 사랑

저혼자 부는 바람이
찬 머리맡에서 운다.

152

어디서 가던 길이 끊어졌는지
사람의 손은
빈 거문고 줄로 가득하고
창밖에는
구슬픈 승냥이 울음소리가
또다시
萬里_{만 리} 길을 달려갈 채비를 한다.

시냇가에서 대답하려므나
워이가이너 워이가이너

다음 날 더 큰 바다로 가면
晴天_{청천}에 빛나는 저 이슬은
누구의 옷 속에서
다시 자랄 것인가.

사라지는 별들이
찬 바람 위에서 운다.
萬里_{만 리} 길밖은
베옷 구기는 소리로 어지럽고
그러나 나는
시냇가에
끝까지 살과 뼈로 살아있다.

四曲4곡. 마을로 가다

설레는 잠의 저쪽에
마을이 있다.
가거라 마을로,
마을에서는 뱀 한 마리가
피의 하늘을 몸에 감고
새로 올린 靑청기와 지붕을
튼튼한 지붕의 풍경소리를 넘어간다.

　　　구름이 보여요.
　　　구름의 白髮백발이
　　　골목마다 흔들거려요.

마을로 들어가면
싸움하는 女子여자들의
핏자욱 맑은 뒷통수
대낮에도 일부러
돌아가는 강물의 몇 굽이
가끔 秒針초침 빠진 시간이
울타리 곁에서 조을다가
마당 가득히 헤매는
사람의 손톱과 부딪친다.

설레는 잠의 저 쪽

싸움하는 나라의 마을에는
이제 남은 煙氣연기 하나 없고
다만 누군가가 죽어서
벌써 여러 해나 고인 눈물을
꽃喪輿상여 위에 씻을 뿐.

그러니 네가 가거라 가거라.

五曲5곡. **캄캄한 밤**

비가 내린다.
밤이 온다.
여기서 天國천국이 가까워진다.
종일 걸어서 온 山산이
구름과 만나고
다시 아침이 올 때까지
한 채씩 집들은 넘어지면서
全國전국의 창문이 한꺼번에 열린다.
저 벌판을 데려다
寢臺침대에 눕히고
벌써 數世紀수세기나 地下지하로 가는 사람들은
어느 날 하루도
깊이 잠들지 못한다.
世界세계의 구석구석

찬 비는 내리고,
그러나 비는
마당가에서 끝나지 않는다.
內衣내의도 벗고
마지막 살마저, 뼈마저 벗고
안방 깊숙히 구들장 속으로
귀신같이 旅行여행한다.

누가 날 살리리
날 살릴 이 누가 있더냐

밥상 위에 놓아 둔 時間시간이 모두 젖어
그대의 눈은
빈 그릇을 만지며 울고
번개 기다리는 들에는
부끄럽고 부끄럽게
흩어져가는 어머니 어머니,

곧 쥐들이 일어나리라.
그대 등뒤에서
가장 오래 기어다니던
저 쥐가 이 땅을 정복하리라.
그래도 그냥 두어
어찌 하겠는가.
비가 내리고 밤이 온다.

누울 자리를 찾는 사람의

긴 발자욱 소리가

꽃밭에서 들려온다.

정말 天國_{천국}이 가까워진다.

— 강은교, 『허무집』(70년대동인회, 1971)

貧者日記 빈자일기
── 求乞 구걸하는 한 女子 여자를 위한 노래

우리는 언제나 거기서 머리를 조아리고 있었다. 혀와 혀를 불붙게 하며 눈물로 빛과 빛을 싸우게 하며 多情 다정한 고름 고름 속에 오래 서 있은 허리를 무너지게 하며, 黃沙 황사 날아가는 무덤 가장자리에서.

그곳 천정은 불붙은 태양이었고 바닥은 썩은 이빨의 늪이었다. 싸우는 이마 갈피로 등뼈 갈피 갈피로 언제나 鍾 종이 울렸다 식사 시간을 알리는 鍾 종이. 언제나 鍾 종이 울렸다 黃昏 황혼을 알리는 鍾 종이. 언제나 鍾 종이 울렸다 臨終 임종을 알리는 鍾 종이. 그러나 時間 시간은 언제나 그보다 먼저 흘러갔다. 늦은 손목 눈짓 사이에서, 번쩍이는 번쩍이는 허리띠, 黃金 황금 돛대들 사이에서 흘러가고 돌아오지 않았다.

그래 돌아오지 않았다. 누군가 굳은 피 한 점 던질 때까지, 누군가 쓸데없는 제 죽음 하나 내버릴 때까지, 우리가 헌 그 죽음 입고 검은 鍾종소리 한 겹 듣지 않을 때까지.

아아 돌아오지 말라 사랑하라, 그대 아버지가 그대에게 앵기는 毒독, 그대 나라가 그대에게 먹이는 毒독, 물의 毒독, 空氣공기의 毒독, 흙의 毒독.

다만 우리는 머리를 조아리고 있었다 여기서. 한 고름에 다른 고름을 접붙이며 즐겁게 즐겁게, 할 일은 그뿐, 求乞구걸하고 시들어 求乞구걸하는 일 뿐, 그러므로 결코 일어서지 않았다, 잠들지도 않은 채.

— 강은교, 『빈자일기』(민음사, 1977)

문정희(文貞姬·1947~)

문정희는 1947년 전남 보성에서 태어나 진명여자고등학교를 거쳐 동국대학교 국어국문학과와 동 대학원에서 수학했다. 진명여고 재학 시절 각종 백일장을 석권하며 문명을 날렸고, 첫 시집『꽃숨』(1965)을 낼 정도로 시를 쓰는 이들 사이에서 유명했다. 서정주의 문하에서 시를 배우고 동국대에 재학하던 1969년《월간문학》신인상에「불면」과「하늘」이 당선되어 시단에 나왔다. 이후 시집『문정희 시집』(1973),『혼자 무너지는 종소리』(1984),『새떼』(1975),『아우내의 새』(1986),『찔레』(1987),『하늘보다 먼 곳에 매인 그네』(1988),『꿈꾸는 눈썹』(1990),『제 몸속의 새를 꺼내 주세요』(1990),『별이 뜨면 슬픔도 향기롭다』(1992),『구운몽』(1994),『남자를 위하여』(1996),『오라, 거짓 사랑아』(2001),『양귀비꽃 머리에 꽂고』(2004),『다산의 처녀』(2010),『카르마의 바다』(2012),『웅』(2014),『작가의 사랑』(2018),『오늘은 좀 추운 사랑도 좋아』(2023) 등을 출간했다. 명성여고, 진명여고 교사, 동국대 교수 등을 역임했다. 현대문학상, 소월시문학상, 정지용문학상, 육사시문학상, 목월문학상 등을 수상했다.

문정희는 초기 시부터 여성의 몸과 욕망에 대한 지속적인 관심을 드러냈다. 여성의 몸이 가진 특권적 생산성에 주목하며 초기 시에서는 수동적인 여성성을 드러냈다면 이후로는 관능성 측면에서 주목을 받았다. 전통 서정시의 계보를 잇는 여성 시인들의 시가 수동적이고 모성적인 여성성을 형상화해 온 데 비해, 문정희의 시는 특유의 낭만성을 바탕으로 욕망에 솔직하고 활달하며 당당한 여성 주체를 표방하면서 독보적인 시 세계를 구축했다. 최근의 시에서는 젠더에 대한 대립적 관점에서 벗어나 천연덕스러운 어조로 품이 넓은 평화적 공존과 화해를 모색하는 태도를 드러내기도 한다.

여성 시문학사에서 문정희 시는 여성의 몸과 욕망을 솔직히 표현하는 여성적 글쓰기를 추구하고 주체적인 여성성을 정립해 왔다는 점에서 의미를 지닌다. 남성 중심의 가부장제 사회에서 짓눌려 유령 같은 존재가 되어 버린 여성들에게 살과 피라는 구체적인 육신을 부여하고 잃어버린 여성의 욕망을 환기했다. 여성의 몸과 욕망, 자궁으로 상징되는 생명력, 어머니-딸로 이어지는 여성의 역사에 대한 천착, 당당한 주체로서 여성의 생명력 등은 문정희 시의 지속적인 주제의식이자 여성 시인으로서 문정희 시가 개척해 온 독보적인 자리다.

이경수

새떼

흐르는 것이 어디 강물 뿐이랴
피도 흘러서 하늘로 가고
가랑잎도 흘러서 하늘로 간다.
어디서부터 흐르는지도 모르게
번쩍이는 길이 되어
떠나감 되어.

끝까지 잠 안든 시간을
조금씩 얼굴에 묻쳐 가지고
빛으로 咆哮ㅍㅎ하며
오르는 사랑아.
그걸 따라 우리도 모두 흘러서
울 이유도 없이
하늘로 하늘로 가고 있나니.

── 문정희, 『새떼』(민학사, 1975)

오정희(吳貞姬·1947~)

오정희는 1947년 서울에서 태어나 한국전쟁 때 피난해 정착한 인천의 중국인 거리에서 가난하고 결핍에 찬 유년 시기를 보냈다. 국민학교 시절부터 글쓰기에 눈을 떠 3학년 때 백일장 특선에 당선된 것을 계기로 소설가의 꿈을 키웠고, 중고등학교 시절 내내 지독한 문학병을 앓았다는 것이 작가의 회고다. 전쟁 후 사회의 모든 부면에 남아 있는 상처와 불안에 대한 감지, 어린 시절부터 탐독한 전후 작가들의 작품을 통한 문학 수업이 그의 문학 세계의 기원으로 남아 있다. 이화여고를 거쳐 서라벌예술대학 문예창작학과를 졸업했다. 1968년 대학 2학년 재학 중《중앙일보》신춘문예에 단편소설 「완구점 여인」이 당선되어 등단했다. 이후 『불의 강』(1977), 『유년의 뜰』(1981), 『바람의 넋』(1986), 『불꽃놀이』(1995) 등 다수의 작품집과 장편소설 『새』(1996)를 출간했으며 많은 작품이 영어, 독일어, 프랑스어 등으로 번역되었다. 이상문학상, 동인문학상, 오영수문학상, 독일 리베라투르상 등을 수상했다.

오정희는 등단 초기부터 「직녀」(1970), 「불의 강」(1977), 「저녁의 게임」(1978)에 이르며 고립된 내면이나 삶의 섬뜩한 편린들을 표현한 문제작들을 발표했다. 자전적인 유년기를 소재로 한 대표작 「중국인 거리」(1979)나 「유년의 뜰」(1980)에서는 전쟁 이후 삶의 부박함과 결핍, 일상화된 폭력이 소녀의 무감한 시선을 통해 그려져 개발독재의 성장에 가려진 빈곤의 기억을 독보적 문체로 상기시켰다. 1980년대 이후에는 일상에 잠복해 있는 죽음과 이별의 문제를 「별사」(1981), 「동경」(1982), 「옛우물」(1994) 등을 통해 그려 내기도 했다. 침투력 있는 시선, 정밀한 구성, 아름답고 치밀한 문체로 짜인 완성도 높은 단편들로 문학성을 평가받았다.

오정희는 1970년대 남성 중심 문단에서 인정받았던 강신재, 박경리, 박완서와 함께 한국문학사에서 가장 많은 주목을 받은 여성 작가로 꼽힌다. 주변적인 존재를 환기하고 일상에 잠복해 있는 심연에 접근하는 밀도 높은 단편소설로 한국 사회의 그늘을 드러낸 것으로 평가된다. 이는 주변화된 여성의 삶을 인상적으로 상기시키고 여성적 경험의 고통과 비애를 그릴 뿐만 아니라 미와 탈주의 가능성을 탐구하는 시선으로도 나아간다. 또한 단편소설 중심의 창작에서 치밀하게 직조된 문체를 보여 줌으로써 한국 소설 미학을 한 단계 성장시킨 작가로 평가된다. 오정희의 소설은 1990년대 폭발적으로 성장한 여성 작가들에게 직접적인 영향력을 끼친 가장 중요한 선례의 하나로 이해된다.

강지윤

中國人중국인 거리

　　시(市)를 남북으로 나누며 달리는 철도는 항만의 끝에 이르러서야 잘려졌다. 석탄을 싣고 온 화차(貨車)는 자칫 바다에 빠뜨릴 듯한 머리를 위태롭게 사리며 깜짝 놀라 멎고 그 서슬에 밑구멍으로 주르르 석탄가루를 흘려 보냈다.

　　집에 가 봐야 노루 꼬리만큼 짧다는 겨울 해에 점심이 기다리고 있는 것도 아니어서 우리들은 학교가 파하는 대로 책가방만 던져 둔 채 떼를 지어 선창을 지나 항만의 북쪽 끝에 있는 제분 공장에 갔다.

　　제분 공장 볕 잘 드는 마당 가득 깔린 멍석에는 늘 덜 건조된 밀이 널려 있었다. 우리는 수위가 잠깐 자리를 비운 틈을 타서 마당에 들어가 멍석의 귀퉁이를 밟으며 한 움큼씩 밀을 입안에 털어 넣고는 다시 걸었다. 올올이 흩어져 대글대글 이빨에 부딪치던 밀알들이 달고 따뜻한 침에 의해 딱딱한 껍질을 불리고 속살을 풀어 입안 가득 풀처럼 달라붙다가 제법 고무질의 질긴 맛을 낼 때쯤이면 철로에 닿게 마련이었다.

우리는 밀껌으로 푸우푸우 풍선을 만들거나 침목(枕木) 사이에 깔린 잔돌로 비사치기를 하거나 전날 자석을 만들기 위해 선로 위에 얹어 놓았던 못을 뒤지면서 화차가 닿기를 기다렸다.

드디어 화차가 오고 몇 번의 덜컹거림으로 완전히 숨을 놓으면 우리들은 재빨리 바퀴 사이로 기어 들어가 석탄 가루를 훑고 이가 벌어진 문짝 틈에 갈퀴처럼 팔을 들이밀어 조개탄을 후벼 내었다. 철도 건너 저탄장에서 밀차를 밀며 나오는 인부들이 시커멓게 모습을 나타낼 즈음이면 우리는 대개 신발주머니에, 보다 크고 몸놀림이 잽싼 아이들은 시멘트 부대에 가득 석탄을 팔에 안고 낮은 철조망을 깨금발로 뛰어넘었다.

선창의 간이음식점 문을 밀고 들어가 구석 자리의 테이블을 와글와글 점거하고 앉으면 그날의 노획량에 따라 가락국수, 만두, 찐빵 등이 날라져 왔다.

석탄은 때로 군고구마, 딱지, 사탕 따위가 되기도 했다. 어쨌든 석탄이 선창 주변에서는 무엇과도 바꿀 수 있는 현금과 마찬가지라는 것을 우리는 알고 있었고, 때문에 우리 동네 아이들은 사철 검정 강아지였다.

해안촌(海岸村) 혹은 중국인 거리라고도 불리어지는 우리 동네는 겨우내 북풍이 실어 나르는 탄가루로 그늘지고, 거무죽죽한 공기 속에 해는 낮달처럼 희미하게 걸려 있었다.

할머니는 언제나 짚수세미에 아궁이에서 긁어낸 고운 재를 묻혀 번쩍 광이 날 만큼 대야를 닦았다. 아버지의 와이셔츠만을 따로 빨기 위해서였다. 그러나 바람을 들이지 않는 차양 안쪽 깊숙이 넌 와이셔츠는 몇 번이고 다시 헹구어 푸새를 새로 하지 않으면 안 되었다.

망할 놈의 탄가루들. 못 살 동네야.

할머니가 혀를 차면 나는 으레 나올 뒤엣말을 받았다.

광석천이라는 냇물에서는 말이다. 물론 난리가 나기 전 이북에서지. 빨래를 하면 희다 못해 시퍼랬지. 어느 독(毒)이 그렇게 퍼렇겠니.

겨울방학이 끝나면 담임인 여선생은 중국인 거리에 사는 아이들을 불러 학교 숙직실로 데리고 갔다. 그리고 숙직실 부엌 바닥에 웃통을 벗겨 엎드리게 하고는 미지근한 물을 사정없이 끼얹었다. 귀 뒤, 목덜미, 발가락, 손톱 사이까지 탄가루가 없는 것을 확인하고서야 왕소름이 돋은 등어리를 찰싹찰싹 때리는 것으로 검사를 끝냈다. 우리는 킬킬대며 살비듬이 푸르르 떨어지는 내의를 머리부터 뒤집어썼다.

봄이 되자 나는 3학년이 되었다. 오전반이었기 때문에 한낮인 거리를 치옥이와 나는 어깨동무를 하고 천천히 걸어 집으로 돌아오고 있었다.

나는 커서 미용사가 될 꺼야.

삼거리의 미장원을 지날 때 치옥이가 노오란 목소리로 말했다.

회충약을 먹는 날이니 아침을 굶고 와야 해요. 선생의 지시대로 치옥이도 나도 빈속이었다.

공복감 때문일까, 산토닌을 먹었기 때문일까, 해인초 끓이는 냄새 때문일까, 햇빛도, 지나다니는 사람들의 얼굴도, 치마 밑으로 펄럭이며 기어드는 사나운 봄바람도 모두 노오랬다.

길의 양켠은 가건물인 상점들을 빼고는 거의 빈터였다. 드문드문 포격에 무너진 건물의 형해가 썩은 이빨처럼 서 있을 뿐이었다.

제일 큰 극장이었대.

조명판처럼, 혹은 무대의 휘장처럼 희게 회칠이 된 한쪽 벽만 고스란히 남아 서 있는 건물을 가리키며 치옥이가 소근거렸다. 그러나 그것도 곧 무너질 것이다. 나란히 늘어선 인부들이 곡괭이의 첫 날을 댈 위치를 가늠하고 있었다. 어느 순간 희고 거대한 벽은 굉음으로 주저앉으리라.

한쪽에서는 이미 헐어 버린 벽에서 상하지 않은 벽돌과 철근을 발라내고 있는 중이었다.

아주 쑥밭을 만들어 버렸다니까.

치옥이는 어른들의 말투를 흉내 내어 몇 번이고 쑥밭이라는 말을 되풀이했다.

사람들은 개미처럼, 열심히 집을 지어 빈터를 다스렸다. 반 자른 드럼통마다 조개탄을 듬뿍 써서 해인초를 끓였다.

치옥이와 나는 자주 멈춰 서서 찍찍 침을 뱉어 냈다.

회충이 약을 먹고 지랄하나 봐.

아냐, 회충이 오줌을 싸는 거야.

그래도 메시꺼움은 가라앉지 않았다. 끓어오르는 해인초의 거품도, 조개탄에서 피어오르는 연기도, 해조(海藻)와 뒤섞이는 석회의 냄새도 온통 노란빛의 회오리였다.

왜 사람들은 집을 지을 때 해인초를 쓰지? 난 저 냄새만 맡으면 머리털 뿌리까지 뽑히는 것처럼 골치가 아파.

치옥이는 내 어깨에 엇걸린 팔을 무겁게 내려뜨렸다. 그러나 나는 마냥 늑장을 부리며 천천히 걸어 해인초 냄새, 내가 이 시와 나눈 최초의 악수였으며 공감이었던 그 노란빛의 냄새를 들이마셨다.

우리 가족이 이 도시로 이사를 온 것은 지난해 봄이었다.

늬 아버지가 취직만 되면…… 어머니는 차곡차곡 쌓은 담뱃잎에 푸우푸우 입에 가득 문 물을 뿜는 사이사이 말했다. 담배잎을 꼭꼭 눌러 담은 부대에 멜빵을 해서 메고 첫새벽에 나가는 어머니는 이틀이나 사흘 후 초죽음이 되어 돌아오곤 했다.

간이 열이라도 담배 장사는 이제 못 해 먹겠다. 단속이 여간 심해야지. 늬 아버지 취직만 되면…….

미리 월남해서 자리를 잡았거나 전쟁을 재빨리 벗어난 친구, 동창 들을 찾아다니며 취직 운동을 하던 아버지가 석유 소매업소의 소장직으로 취직을 하고, 우리를 실어 갈 트럭이 온다는 날 우리는 새벽밥을 지어 먹고 이불 보따리와 노끈으로 엉글게 동인 살림 도구들을 찻길에 내다 놓았다. 점심때가 되어도 트럭은 오지 않았다. 한없이 길게 되풀이되는 동네 사람들과의 작별 인사도 끝났다.

해 질 무렵이 되자 어머니는 땅뺏기놀이나 사방치기에도 진력이 나 멍청히 땅바닥에 주저앉은 우리들을 일으켜 세워 읍내의 국수집에서 국수를 한 그릇씩 사 먹였다. 집을 나서기 전 갈아입은 옷이건만 한없이 흐르는 콧물로 오빠와 나 그리고 동생은 소매와 손등이 반들반들하게 길이 들었다.

날이 완전히 어두워졌어도 어머니는 젖먹이를 안고 이불 보따리 위에 올라앉은 채 트럭이 나타날 다릿목께만을 뚫어지게 노려보고 있었다.

트럭이 나타난 것은 저물고도 한참이 지난 후였다. 헤드라이트를 밝힌 트럭이 요란한 엔진 소리와 함께 다릿목에 모습을 드러내자 어머니는 차가 왔다, 라고 비명을 질렀다. 저마다 보따리 하나씩을 타고 앉았던 우리 형제들은 공처럼 튀어 일어났다. 트럭은 신작로에 잠시 멎고, 달려간 어머니에게 창으로 고개만 내민 조수가 무어라고 소리쳤다. 어머니는 되돌아오고 트럭은 다시 떠났다. 우리는 어리둥절해서 서로의 얼굴을 마주 보았다. 난간을 높이 세운 짐 간에 검은 윤곽으로 우뚝우뚝 서 있던 것은 소였다. 날카롭게 구부러진 뿔들과 어둠 속에서 흐르듯 눅눅하게 들려오던 되새김질 소리도 역력했다.

소들을 내려놓고 올 거예요, 짐을 부려 놓고 빈 차로 올라가는 걸 이용하면 운임이 절반이니까 아범이 그렇게 한 거예요.

어머니의 설명에, 아버지와 어머니에게 한 번도 이의(異意)를 나타내본 적이 없는 할머니는 뜨아한 표정으로, 그러나 어련히들 잘 알아서 하겠느냐는 듯 몇 번이고 고개를 주억거렸다.

그러나 트럭이 정작 우리 앞에 다시 나타난 것은 두어 시간 택이나 지난 후였다. 삼십 리 떨어진 시의 도살장에 소들을 부려 놓고 차 바닥의 오물을 닦아 내느라고 늦었다는 것이었다.

이삿짐을 다 싣고 마지막으로 어머니가 젖먹이를 안고 운전석의, 운전수와 조수의 틈에 끼여 앉자 트럭은 출발했다. 멀리 남행 열차의 기적 소리가 들리는 것으로 보아 자정 무렵이었다.

나는 이삿짐들 틈에서 고개만 내밀어 깜깜하게 묻힌, 점점 멀어져 가는 마을을 보았다. 마을과 마을 뒤의 야산과 야산의 잡목 숲은 한데 뭉뚱그려져 더 짙은 어둠으로 손바닥만 하게 너울대다가 마침내 하나의 점으로 털털대며 트럭의 꽁무니를 따라왔다.

읍을 벗어나자 산길이었다. 길이 나쁜 데다 서둘러 험하게 몰아 대는 통에 차는 길길이 뛰고 짐들 틈바구니에 서캐처럼 박혀 있던 우리는 스프링 장치가 된 자동 인형처럼 간단없이 튀어 올랐다.

할머니는 아그그그 뼈마디 부딪치는 소리를 어금니로 눌렀다. 길 아래는 강이었다. 차가 튀어 오를 때마다 하마하마 강물로 곤두박질치겠지 생각하며 나는 눈을 꼭 감고 네 살짜리 동생을 힘주어

끌어안았다.

봄이라고는 해도 밤바람은 칼끝처럼 매웠다. 물살을 가르며 사납게 웅웅대던 바람은 그 첨예한 손톱으로 비듬이 허옇게 이는 살갗을 후비고 아직도 차 안에 질척하게 고여 있는 쇠똥 냄새를 한소끔씩 걷어 내었다.

아까 그 소들, 다 죽었을까.

나는 문득 어둠 속에서 들려오던 소들의 눅눅한 되새김질 소리를 떠올리며 언니에게 물었다. 언니는 세운 무릎 사이에 얼굴을 깊이 묻은 채 대답이 없었다. 물론 지금쯤이면 각을 뜨고 가죽을 벗기고 내장을 훑어 내기에 충분한 시간일 것이다.

달은 줄곧 머리 위에서 둥글었고 네 살짜리 동생은 어눌한 말씨로 씨팔눔아아, 왜 자꾸 따라오는 거여어 소리치며 달을 향해 주먹질을 해 대었다.

차는 자주 섰다. 다섯 명의 아이들이 차례로 오줌이 마려웠기 때문이었다. 짐칸과 운전석 사이의 손바닥만 한 유리를 두들기면 조수가 옆 창문을 열고 고개를 내밀어 돌아보며 뭐야, 하고 소리쳤다.

오줌이 마렵대요.

조수는 손짓으로 그냥 누라는 시늉을 해 보였으나 할머니가 펄쩍 뛰었다. 마지못해 차가 멎고 조수는 아이들을 하나씩 안아 내리며 한꺼번에 다 눠 버려, 몽땅, 하고 퉁명스럽게 말했다. 우리는 길바닥에 쭈그리고 앉기가 무섭게 푸드득 몸을 떨며 오래 오줌을 누었다.

행정 구역이 바뀌거나 길이 굽이도는 곳에는 반드시 초소가 있어 한 차례씩 검문을 받아야 했다. 전투복을 입은 경찰이 트럭 위로 전짓불을 휘두를 때면 담배 장사로 간이 손톱만큼밖에 안 남았다는 어머니는 공연히 창밖으로 고개를 빼어 소리쳤다.

실컷 보시오, 암만 뒤져도 같잖은 따라지 보따리와 새끼들뿐이오.

트럭은 기름을 넣기 위해 한 차례 멎고 두 번 고장이 났으며 굽이굽이 수많은 검문소를 지나쳐 강과 산과 잠든 도시를 밤새도록 달려 날이 밝을 무렵 이 도시로 진입해 들어왔다. 우리가 탄 트럭의 낡은 엔진의 요란한 소리에 비로소 거리는 푸득푸득 깨어나기 시작했다.

바다를 한 뼘만치 밀어 둔 시의 끝, 해안 동네에 다달아 우리는 짐들과 함께 트럭에서 안아 내려졌다. 밤새 따라오던 달은 빛을 잃고 서쪽 하늘에 원반처럼 납작하게 걸려 있었다. 트럭이 멎은 곳은 낡은 목조의 이층집 앞이었는데 아래층은 길가에 연해 상점들처럼 몇 쪽의 유리문으로 되어 있었다. 그리고 흙먼지가 부옇게 앉은 유리에 붉은 페인트로 석유 배급소라고 씌어 있었다.

바로 앞으로 우리가 살게 될 집이었다.

나는 새삼스럽게 달려드는 차가운 공기에 이빨을 마주치며 언제나 내 몫인 네 살짜리 사내 동생을 업었다.

우리가 요란하게 가로질러 온, 그리고 트럭의 뒷꽁무니 이삿짐들 틈에서 호기심과 기대로 목을 빼어 바라본 시는 내가 피난지인 시골에서 꿈꾸어 오던 도회지와는 달랐다. 나는 밀대 끝에서 피어오르는 오색의 비누방울 혹은 말로만 듣던 먼 나라의 크리스마스트리처럼 우리가 가게 될 도회지를 생각하곤 했었다.

폭이 좁은 길을 사이에 두고 조그만 베란다가 붙은, 같은 모양의 목조 이층집들이 늘어선 거리는 초라하고 지저분했으며 새벽닭의 첫 날갯짓 같은 어수선한 활기에 차 있었다. 그것은 이른 새벽 부두로 해물을 받으러 가는 장사꾼들의 자전거 페달 소리와 항만의 끝에 있는 제분 공장의 노무자들의 발길 때문이었다. 그들은 길을 메우고 버텨 선 트럭과 함부로 부려진 이삿짐을 피해 언덕을 올라갔다.

지난밤 떠나온 시골과는 모든 것이 달랐음에도 불구하고 나는 잠시, 우리가 정말 이사를 온 것일까, 낯선 곳에 온 것일까 이상한 혼란에 빠졌다. 그것은 공기 중에 이내처럼 짙게 서려 있는, 무척 친숙하고, 내용은 잊혀진 채 분위기만 남아 있는 꿈과도 같은 냄새 때문이었다. 무슨 냄새였던가.

석유 배급소의 유리문을 밀어부치고 나온 아버지는 약속이 틀리다고 운전수에게 고래고래 소리를 지르고 운전수는 호기심과 어쩔 수 없는 불안으로 눈을 두릿두릿 굴리고 서 있는 우리들과 이삿짐들을 번갈아 가리키며 아버지에게 삿대질을 해 댔다.

목덜미에 시퍼렇게 면도 자국을 드러낸 됫박 머리에 솜이 비져 나온 노랑 인조 저고리를 입고, 아홉 살배기 버짐투성이 계집애인 나는 동생을 업고 이상하게 안절부절못하는 심사로 우리가 살게 될 동네를 둘러보았다.

우리의 이사 소동에 동네는 비로소 잠을 깨어 사람들은 들창을 열거나 길가에 면한 출입문으로 부스스한 머리를 내밀었다.

길을 사이에 두고 각각 여남은 채씩 늘어선 같은 모양의 목조 이층집들은 우리 집을 마지막으로 갑자기 끝났다. 그리고 우리 집에서부터 완만한 경사로 이루어진 언덕이 시작되었는데 그 언덕에는 바랜 잉크 빛깔이나 흰색 페인트로 벽을 칠한 커다란 이층집들이 길을 사이에 두고 나란히 마주 보고 서 있었다.

173

우리 집 앞을 지나는 길은 언덕으로 이어져 있고 언덕이 시작되는 첫째 집은 거의 우리 집과 이웃해 있었다. 그러나 넓은 벽에 비해 지나치게 작은, 창문이나 출입문이라고 볼 수 있는 문들은 모두 나무 덧문이 완강하게 닫혀져 있어 필시 빈집이거나 창고이리라는 느낌이 짙었다.

큰 덩치에 비해 지붕의 물매가 싸고 용마루가 밭아서 이상하게 눈에 설고 불균형해 뵈는 양식의 집들이었다. 그 집들은 일종의 적의로 냉담하고 무관심하게 언덕 아래를 내려다보며 서 있었다. 언덕을 넘어 선창으로 향하는 사람들의 발길에도 불구하고 언덕은 섬처럼 멀리 외따로 있었으며 갑각류의 동물처럼 입을 다문 집들은 초라하게 그러나 대개의 오래된 건물들이 그러하듯 역사와 남겨지지 않은 기록의 추측으로 상상의 여백으로 다소 비장하게 바다를 향해 서 있었다.

이삿짐을 다 부려 놓고도 트럭은 시동만 걸어 놓은 채 떠나지 않았다. 요구한 액수대로 운임을 받지 못한 운전수는 지구전에 들어간 듯 운전대에 두 팔을 얹고 잠깐 눈을 붙였다.

아이 시끄러워 또 난리가 쳐들어오나, 새벽부터 웬 지랄들이야.

젊은 여자의, 거두절미한 쇳소리가, 시위하듯 부릉대는 찻소리를 단번에 눌러 끄며 우리의 머리 위로 쨍하니 날아왔다. 어머니는, 그리고 우리는 망연해서 고개를 쳐들었다. 허벅지까지 맨살을 드러낸 채 겨우 군복 웃도리만을 어깨에 걸친 젊은 여자가 염색한 머릿털을 등 뒤로 너울대며 맞은편 집 이 층 베란다에서 마악 들어가려던 참이었다.

아버지는 차 바퀴 사이를 들락거리며 뻥뻥이를 치는 오빠의 덜미를 잡아 끌어내어 알밤을 먹였다. 그러고는 오르르 몰려선 우리들을 보며 일개 소대 병력이로구나 하며 기막히다는 듯 헛웃음을 쳤다.

새벽 구름이 걷히고 햇살이 조금씩 투명해지기 시작할 무렵에도 언덕 위 집들은 굳게 문을 닫은 채 잠에서 깨어나지 않았다. 시의 곳곳에서 밀려난 새벽의 푸르스름한 어두움은 비를 품은 구름처럼 불길하게 언덕 위의 하늘에 몰려 있었다.

어둠이 완전히 걷히자 밤의 섬세한 발 틈으로 세류(細流)가 되어 흐르던 냄새는 억지로 참았던 긴 숨처럼 거리 곳곳에서 피어오르기 시작했다.

아, 그제야 나는 그 냄새의 정체를 알 수 있었다. 그 냄새는 낯선 감정을 대번에 지우고 거리는 친숙하고 구체적으로 내게 다가왔다. 그것은 나른한 행복감이었고 전날 떠나온 피난지의 마을에 깔먹여진 색채였으며 유년(幼年)의 기억이었다.

민들레꽃이 필 무렵이 되면 나는 늘 어지럼증과 구역질로, 툇돌에 앉아 부걱부걱 거품이 이는 침을 뱉고 동생은 마당을 기어다니며 흙을 집어 먹었다. 할머니는 긴 봄 내내 해인초를 끓였다. 싫어 싫어 도리질을 해 대며 간신히 한 사발을 마시고 나면 나는 어쩔 수 없이 천지가 노오래지는 경험과 함께 춘곤(春困)과도 같은 이해할 수 없는 나른한 혼미 속에 빠져 할머니에게 지금이 아침인가 저녁인가를 때 없이 묻곤 했다. 할머니는 망할 년, 회 동하나 부다라고 대꾸하며 흐흐 웃었다.

나는 잊혀진 꿈속을 걸어가듯 노란빛의 혼미 속에 점차 빠져들며 문득 성큼 다가드는 언덕 위의 이층집들과 굳게 닫힌 덧창 중의 하나가 열리며 젊은 남자의 창백한 얼굴이 나타나는 것을 보았다.

어머니는 일곱 번째 아이를 배고 있어 나는 아침마다 학교에 가기 전 양재기를 들고 언덕 위 중국인들의 집 앞길을 지나 부두로 갔다. 싱싱한 굴과 조개만이 어머니의 뒤집힌 속을 달래 주었기 때문이었다. 나는 알 수 없는 두려움과 호기심으로 흘끗거리며 굳게 닫힌 문들 앞을 달음박질쳤다. 언덕받이로부터 스무 발자국 정도만 뜀박질하면 갑자기 중국인 거리는 끝나고 부두가 눈 아래로 펼쳐졌다. 내가 언덕의 내리받이에 이르러 가쁜 숨을 몰아쉬며 돌아볼 즈음이면 언덕의 초입에 있는 가게의 덧문을 여는 덜컹대는 소리가 들려왔다.

일주일에 한 번쯤 돼지고기를 반 근, 혹은 반의 반 근 사러 가는 푸줏간이었다. 어머니는 돈을 들려 보내며 매양 같은 주의를 잊지 않았다.

적게 주거든, 애라고 조금 주느냐고 말해라, 그리고 또 비계는 말고 살로 주세요, 해라.

푸줏간에서는 한쪽 볼에 힘껏 쥐어질린 듯 여문 밤톨만 한 혹이 달리고 그 혹부리에, 상기도 보이지 않는 손에 의해 끄들리고 있는 듯 길게 뻗힌 수염을 기른 홀아비 중국인이 고기를 팔았다.

애라고 조금 주세요?

키가 작아 발돋움질로 간신히 진열대에 턱을 올려놓고 돈을 밀어 넣는 것과 동시에 나는 총알처럼 내뱉았다.

고기를 자르기 위해 벽에 매단 가죽끈에 칼을 문질러 날을 세우던 중국인은 미처 무슨 말인지 몰라 뚱한 얼굴로 나를 바라보았다. 나는 비계는 말고 살로 달래라 하던 어머니의 말을 하기 전 중국인이 고기를 자를까 봐 허겁지겁 내쏘았다.

고기로 달래요.

중국인은 꾸룩꾸룩 웃으며 그때야 비로소 고기를 덥썩 베어 내었다.

왜 고기만 주니, 털도 주고 가죽도 주지.

푸줏간에 잇대어 후추나 흑설탕, 근으로 달아 주는 중국차 따위를 파는 잡화점이 있었다. 이 거리에 있는 단 하나의 중국인 가게였다. 우리 동네 사람들은 가끔 돼지고기를 사러 푸줏간에 갈 뿐 잡화점에는 가지 않았다. 우리에게는 옷이나 신발에 다는 장식용 구슬, 염색 물감, 폭죽놀이에 쓰이는 화약 따위가 필요치 않았기 때문이었다.

햇빛이 밝은 날에도 한쪽 덧문만 열린 가게는 어둡고 먼지가 낀 듯 침침했다.

그러나 저녁 무렵이 되면 바구니를 팔에 건 중국인들이 모여들었다. 뒷통수에 쇠똥처럼 바짝 말아 붙인 머리를 조금씩 흔들며 엄청나게 두꺼운 귓불에 은고리를 달고 전족한 발을 뒤뚱거리며 여자들은 여러 갈래로 난 길을 통해 마치 땅거미처럼 스름스름 중국인 거리를 향했다.

남자들은 가게 앞에 내놓은 의자에 앉아 말없이 오랫동안 대통 담배를 피우다가 올 때처럼 사라졌다. 그들은 대개 늙은이들이었다.

우리는 찻길과 인도를 가름짓는 낮고 좁은 턱에 엉덩이를 붙이고 나란히 앉아 발장단을 치며 그들을 손가락질했다.

아편을 피우고 있는 거야, 더러운 아편장이들.

정말 긴 대통을 통해 나오는 연기는 심상치 않은 노오란빛으로 흐트러지고 있었다.

늙은 중국인들은 이러한 우리들에게 가끔 미소를 지었다.

통틀어 중국인 거리라고 불리우는 동네에, 바로 그들과 인접해 살고 있으면서도 그들 중국인에게 관심을 갖는 것은 아이들뿐이었다. 어른들은 무관심하게 그러나 경멸하는 어조로 〈뙤놈들〉이라고 말했다.

우리는 그들과 전혀 접촉이 없었음에도, 언덕 위의 이층집, 그 속에 사는 사람들은 한없이 상상과 호기심의 효모(酵母)였다.

그들은 우리에게 밀수업자, 아편장이, 누더기의 바늘땀마다 금을 넣는 쿠리, 그리고 말발굽을 울리며 언 땅을 휘몰아치는 마적단, 원수의 생 간(肝)을 내어 형님도 한 점, 아우도 한 점 씹어 먹는 오랑캐, 사람 고기로 만두를 빚는 백정, 뒤를 보면 바지도 올리기 전 꼿꼿이 언 채 서 있다는 북만주 벌판의 똥 덩어리였다. 굳게 닫힌 문의 안쪽에 있는 것은, 십 년을 사귀어도 좀체 내뵈지 않는다는 깊은 흉중에 든 것은 금인가, 아편인가, 의심인가.

우리 집에서 숙제하지 않을래?

집 앞에 이르러 치옥이가 이불과 담요가 널린 이 층의 베란다를 올려다보며 나를 끌었다. 베란다에 이불이 널린 것은 매기 언니가 집에 없다는 표시였다. 매기 언니는 집에서는 담요를 씌운 침대 속에 들어가 있었다. 나는 맞은편의 우리 집을 흘긋거리며 망설였다. 할머니나 어머니는 치옥이네를 양갈보집이라고 불렀다. 그러나 이 거리의 적산 가옥들 중 양갈보에게 방을 세 주지 않은 것은 우리 집뿐이었다. 그네들은 거리로 면한 문을 활짝 열어 놓고 거리낌 없이 미군에게 허리를 안겼으며 볕 잘 드는 베란다에 레이스가 달린 여러 가지 빛깔의 속옷들과 때 묻은 담요를 널어 지난밤의 분방한 습기를 말렸다. 여자의 옷은 더욱이 속엣것은 방 안에 줄을 매고야

178

너는 것으로 알고 있는 할머니는, 천하의 망종들이라고 고개를 돌렸다.

치옥이의 부모는 아랫층을 쓰고 윗층의 큰방은 매기 언니가 검둥이와 함께 세 들어 있었다. 치옥이는 큰방을 거쳐 가야 하는 협실과도 같은 좁고 긴 방을 썼다. 때문에 나는 아침마다 치옥이를 부르러 가면 그때까지도 침대 속에 머리칼을 흩뜨리고 누워 있는 매기 언니와 화장대의 의자에 거북스럽게 몸을 구부리고 앉아 조그만 은빛 가위로 콧수염을 가다듬는 비대한 검둥이를 만났다. 매기 언니는 누운 채 손을 까닥거려 들어오라는 시늉을 했으나 나는 반쯤 열린 문가에 비켜서서 방 안을 흘끔거리며 치옥이를 기다렸다. 나는 검둥이가 우울한 남자라고 생각했다. 맥없이 늘어진, 두꺼운 가슴팍의 살, 잿빛 눈, 또한 우물거리는 말투와 내게 한 번도 웃어 보인 적이 없다는 것이 그러한 느낌을 갖게 한 것이다.

학교 갈 때는 길에서 불러라. 검둥이는 네가 아침에 오는 게 싫대.

치옥이가 말했으나 나는 매일 아침 삐걱대는 층계를 밟고 올라가 매기 언니의 방문 앞을 서성이며 치옥이를 불렀다.

매기 언니는 밤에 온다고 그랬어, 침대에서 놀아도 괜찮아.

입덧이 심한 어머니는 매사가 귀찮다는 얼굴로 안방에 드러누워 있을 것이고 오빠는 땅강아지를 잡으러 갔을 것이다. 할머니는 기다렸다는 듯 막 젖이 떨어진 막내동생을 업혀 내쫓을 것이었다.

커튼으로 햇빛이 가리운 어두운 방의 침대에 매기 언니의 딸인 제니가 자고 있었다. 치옥이는 벽장 문을 열고 비스켓 상자를 꺼내어 꼭 두 개만 집어 들고는 잘 닫아 다시 넣었다. 비스켓은 달고, 연한 치약 냄새가 났다.

이거 참 예쁘다.

내가 화장대의 향수병을 가리키자 치옥이는 그것을 거꾸로 들고 솔솔 겨드랑이에 뿌리는 시늉을 하며 미제야, 라고 말했다. 치옥이는 다시 벽장 속에 손을 넣어 부시럭대더니 사탕을 두 알 꺼냈다.

이거 참 맛있다.

응, 미제니까.

치옥이가 또 새침하게 대답했다. 제니가 눈을 말갛게 뜨고 우리를 보고 있었다.

제니, 예쁘지? 언니들은 숙제를 해야 하니까 조금만 더 자렴.

치옥이가 부드럽게 말하며 손바닥으로 눈꺼풀을 쓸어 덮자 제니는 깜빡이 인형처럼 눈을 꼭 감았다.

매기 언니의 방에서는 무엇이든 신기했다. 치옥이는 내가 매양 탄성으로 어루만지는 유리병, 화장품, 패티코우트, 속눈썹 따위를 조금씩만 만지게 하고는 이내 손댄 흔적이 없이 본디대로 해 놓았다.

좋은 수가 있어.

치옥이 침대 머릿장에서 초록색의 액체가 반쯤 남겨진 표주박 모양의 병을 꺼냈다. 병의 초록색이 찰랑대는 부분에 손톱을 대어 금을 만든 뒤 뚜껑을 열어 그것을 딸아 내게 내밀었다.

먹어 봐. 달고 화하단다.

내가 한 모금에 훌쩍 마시자 치옥이는 다시 뚜껑을 가득 채워 꿀걱 마셨다. 그리고 손톱을 대고 있던 금부터 손가락 두 마디만큼 초록색 술이 줄어들자 줄어든 만큼 냉수를 부어 뚜껑을 닫아 머릿장에 넣었다.

감쪽같잖니? 어떻니? 맛있지?

입안은 박하를 한입 문 듯 상쾌하게 화끈거렸다.

이건 비밀이야.

매기 언니의 방에서는 무엇이든 비밀이었다. 서랍장의 옷 갈피 쌈에서 꺼낸 빌로드 상자 속에는 세 줄짜리 진주 목걸이, 여러 가지 빛깔로 야단스럽게 물들인 유리알 브로우치, 귀걸이 따위가 들어 있었다. 치옥이는 그중 알이 굵은 유리 목걸이를 걸고 거울 앞에서 단호하게 말했다.

난 커서 양갈보가 될 테야, 매기 언니가 목걸이도 구두도 옷도 다 준댔어.

손끝도 발끝도 저리듯 나른히 맥이 풀려 왔다. 눈꺼풀이 무겁고 숨이 차 오는 건 방 안이 너무 어둡기 때문일까, 숨을 내쉴 때마다 박하 냄새가 하얗게 뿜어져 나왔다. 나는 베란다로 통한 유리문의 커튼을 열었다. 노오란 햇빛이 다글다글 끓으며 들어와 먼지를 떠올려 방 안은 온실과도 같았다. 나는 문의 쇠장식에 달아오른 뺨을 대며 바깥을 내다보았다. 그리고 다시 중국인 거리의 이층집 열린 덧문과 이켠을 보고 있는 젊은 남자의 얼굴을 보았다. 그러자 알지 못할 슬픔이, 비애라고나 말해야 할 아픔이 가슴에서부터 파상(波狀)을 이루며 전신으로 퍼져 나갔다.

왜 그러니? 어지럽니?

이미 초록색 물의 성질을, 그 효과를 알고 있는 치옥이 다가와 나란히 문에 매달렸다. 나는 고개를 저었다. 그럴 수밖에 없는 것이 나는 이층집 창문에서 비롯되는 감정을 알 수도, 설명할 수도 없었으며 그 순간 나무 덧문이 무겁게 닫혀지고 남자의 모습이 사라졌기 때문이었다.

유리 목걸이에 햇빛이 갖가지 빛깔로 쟁강쟁강 튀었다. 그중

181

한 알을 입술에 물며 치옥이가 말했다.

난 양갈보가 될 꺼야.

나는 커튼을 닫고 돌아와 침대에 누웠다. 그는 누구일까, 나는 기억나지 않는 꿈을 되살려 보려는 안타까움에 잠겨 생각했다. 지난가을에도 나는 그를 보았다. 이발소에서였다. 키가 작아 의자에 널판자를 얹고 앉아 나는 어머니가 일러준 대로 말했다.

상고머리예요. 가뜩이나 밉상인데 뒷박 머리는 안 돼요.

그런데 다 깎은 뒤 거울 속에 남은 것은 여전히 뒷박 머리였다.

이왕 깎은 걸 어떡하니, 다음번에 다시 잘 깎아 주마.

그러길래 왜 아저씨는 이발만 열심히 하지 잡담을 하느냔 말예요.

나는 바락바락 악을 썼다. 마침내 이발사는 덜컥 의자를 젖히며 말했다.

정말 접시처럼 발랑 되바라진 애구나, 못쓰겠어, 엄마 배 속에서 나올 때 주둥이부터 나왔니?

못 쓰면 끈 달아 쓸 테니 걱정 말아요. 아저씨는 손모가지에 가위부터 들고 나와 이발쟁이가 됐단 말예요?

이발소 안이 와아 웃음바다가 되었다. 나는 의기양양해서 사람들을 둘러보았다. 웃지 않는 건 이발사와 구석자리의 의자에 턱수건을 두르고 앉은 젊은 남자뿐이었다. 그는 거울 속에서 물끄러미 나를 보고 있었다. 나는 문득 그가 중국인 남자라고 생각했다. 길 건너 비스듬히 엇비낀 거리에서만 보았을 뿐 한 번도 가까이서 본 적이 없었으나 그 알 수 없는 시선의 느낌이 그러했다. 나는 목수건을 풀어 탁 거울 앞에 던져 놓았다. 그리고 또각또각 걸어 나가 두 손으로 허리를 짚고 문께에 서서 말했다.

죽을 때까지 이발쟁이나 해요.

그러고는 달음질쳐 집으로 돌아왔다. 아버지는 피난 시절의 셋방살이 혹은 다리 밑이나 천막에서 아이들을 끌어안고 밤을 새우던 기억에 복수라도 하듯 끊임없이 집 손질을 했다. 손바닥만 한 마당을 없애며, 바느질을 처음 배운 계집애들이 가방의 안쪽이나 옷의 갈피쩜마다 비밀 주머니를 만들어 붙이듯 방을 들이고 마루를 깔았다. 때문에 집 안에는 개미굴같이 복잡하게 얽힌 좁고 긴 통로가 느닷없이 나타나고, 숨으면 아무도 찾아낼 수 없는 장소가 꼭 한 군데는 있게 마련이었다.

나는 집으로 뛰어들어와 헌 옷가지나 묵은 살림살이 따위 잡동사니가 들어찬 변소 옆의 골방에 숨어 들어갔다. 빈 항아리의 좁은 아구리에 얼굴을 들이밀어도 온몸의 뼈가 물러앉는 듯한 센 물살과도 같은 슬픔은 사라지지 않았다.

그 뒤로도 나는 여러 차례 창을 열고 이켠을 보고 있는 그 남자의 시선을 느낄 수 있었다. 대개 배급소의 문밖에 쭈그리고 앉아 석간신문을 기다리고 있을 때였다.

제니, 제니, 일어나. 엄마가 왔다.

치옥이가 꾸며낸, 부드럽고 달콤한 목소리로 제니를 부르자 제니가 눈을 뜨고 일어나 앉았다. 치옥이가 아랫층에서 대야에 물을 떠 왔다. 제니는 비눗물이 눈에 들어가도 울지 않았다. 우리는 제니의 머리를 빗기고 향수를 뿌리고 옷장을 뒤져 옷을 갈아입혔다. 백인 혼혈아인 제니는 다섯 살이 되었어도 말을 못 했다. 혼자 옷을 입는 것은 물론 숟갈질도 못 해 밥을 떠넣어 주면 입 한 귀로 주르르 흘렸다. 검둥이가 있을 때면 제니는 늘 치옥이의 방에 있었다.

짐승의 새끼야.

할머니는 어쩌다 문밖이나 베란다에 나와 제니를 보고 신기하다는 듯 혹은 할머니가 제일 싫어하는, 털 가진 짐승을 볼 때의 혐오의 눈으로 보며 말했다. 나는 제니를 보는 할머니의 눈초리가 무서웠다. 언젠가 집에 쥐가 끓어 고양이를 한 마리 기른 적이 있었다. 고양이가 골방에서 새끼를 일곱 마리나 낳자 할머니는 고양이에게 미역국을 갖다주었다. 그러고는 똑바로 고양이의 눈을 쳐다보며 나비가 쥐 새끼를 낳았구나, 쥐 새끼를 일곱 마리나 낳았구나 하고 노래의 후렴처럼 몇 번이고 되풀이했다. 그날 밤 고양이는 새끼를 모조리 잡아먹고 대가리만 남겨 피 칠한 입으로 야옹야옹 밤새 울었다. 할머니는 기다렸다는 듯 일곱 개의 조그만 대가리들을 신문지에 싸서 하수구에 버렸다. 할머니가 유난히 정갈하고 성품이 차가운 것은 한 번도 자식을 실어 보지도 못했기 때문이라고 어머니는 말하곤 했다. 할머니는 어머니의 서모였다. 시집온 지 석 달 만에 영감님이 처제를 봤다지 뭐예요. 글쎄, 그래서 평생 조면(阻面)하시고 의붓딸에게 의탁하신 거지요. 어머니는 먼 친척 할머니에게 소리를 낮춰 수근거렸다.

제니는 치옥이의 살아 있는 인형이었다. 목욕을 시켜도, 삼십 분마다 한 번씩 옷을 갈아입혀도 매기 언니는 나무라지 않았다. 제니는 아기가 되고 때로 환자가 되고 때로 천사도 되었다. 나는 진심으로 치옥이가 부러웠다.

너도 동생이 있잖아.

치옥이가 의아하게 물었다.

의붓동생인걸.

그럼 늬네 친엄마가 아니니?

나는 마른침을 꿀꺽 삼켰다.

응, 계모야.

치옥이의 눈에 담박 눈물이 괴었다.

그렇구나, 어쩐지 그럴 거라고 생각했었어. 이건 비밀인데 우리 엄마도 계모야.

치옥이는 비밀이라고 했지만 치옥이가 의붓자식이라는 것을 모르는 사람은 동네에서 아무도 없었다. 우리는 비밀을 서로 지켜 주기로 손가락을 걸고 맹세했다.

그럼 너의 엄마도 널 때리고, 나가 죽으라고 하니?

응, 아무도 없을 때면.

치옥이는 바지를 내려 허벅지의 피멍을 보이며 단호하게 말했다.

난 나가서 양갈보가 되겠어.

나는 얼마나 자주 정말 내가 의붓자식이었기를, 그래서 맘대로 나가 버릴 수 있기를 바랐는지 몰랐다.

어머니는 일곱 번째 아이를 배고 있었다. 가난한 중국인 거리에 사는 우리들 중 아기는 한밤중 천사가 안고 오는 것이라든지 배꼽으로 방긋 웃으며 나오는 것이라는 것을 믿는 아이는 아무도 없었다. 여자의 벌거벗은 두 다리 짬에서 비명을 지르며 나온다는 것쯤은 누구나 다 알고 있었다.

런닝셔츠 바람의 지아이[1]들이 부대 안의 테니스 코트에 모여 칼 던지기를 하고 있었다. 동심원이 그려진 과녁을 향해 칼은 은빛 침처럼, 빛의 한순간처럼, 청년의 머리에 돋아난 새치처럼 날카롭

---

1   일반적으로 '미국 병사'를 속되게 이르는 말.

게 빛나며 공기를 갈랐다.

획획 바람을 일으키며 휘파람처럼 날아드는 칼이 동심원 안의 검은 점에 정확히 꽂힐 때마다 그들은 우우 짐승 같은 함성을 질렀고 우리는 뜨거운 침을 삼키며 아아 목젖을 떨었다.

목표를 정확히 맞추고 한 걸음씩 물러나 목표물과의 거리를 넓히며 칼을 던지던 백인 지아이가, 칼이 손안에서 튕겨져 나오려는 순간 갑자기 발의 방향을 바꾸었다. 칼은 바람을 찢는 날카로운 소리로 우리를 향해 날았다. 우리는 아악 비명을 지르며 철조망 아래로 납작 엎드렸다. 다리 사이가 뜨뜻하게 젖어 왔다. 그리고 잠시 후 고개를 들어 킬킬대는 미군의 손짓이 가리키는 곳을 하얗게 질린 얼굴로 바라보았다. 우리의 뒤 두어 걸음쯤 떨어진 곳에서 가슴에 칼을 맞은 고양이가 네 발을 허공에 쳐들고 반듯이 누워 있었다. 거의 작은 개만큼이나 큰 검정 고양이였다. 부대의 쓰레기통을 뒤지는 도둑고양이였을 것이다. 우리가 다가가 둘러섰을 때까지도 날카로운 수염발이 바르르 떨리고 있었다. 갑자기 오빠가 고양이를 집어 올렸다. 그리고 뛰었다. 우리도 뒤를 따라 덩달아 뛰기 시작했다. 젖은 속옷이 살에 감겨 쓰라렸다.

미군 부대의 막사가 보이지 않는 곳에 이르자 오빠가 헉헉대며 걸음을 멈추었다. 그리고 비로소 손에 들린 것이 무엇인지 깨달은 듯 진저리를 치며 내동댕이쳤다. 검은 고양이는 털썩 둔탁한 소리를 내며 땅바닥에 떨어졌다.

그걸 왜 갖고 왔니?

한 아이가 비난하는 어조로 말했다. 도전을 받은 꼬마 나폴레옹은 분연히 고양이의 가슴팍에 꽂힌, 끝이 송곳처럼 가늘고 날카로운 칼을 빼어 풀섶에 쓱쓱 피를 닦았다. 그리고 찰칵 날을 숨겨 주머니에 넣었다.

막대기를 가져와.

한 아이가 지난봄 식목일의 기념 식수 가지를 잘라 왔다.

오빠는 혁대를 끌러 고양이의 목에 감고 그 끝을 나뭇가지에 매었다. 그리고 우리는 묵묵히 거리를 지났다.

고양이는 한없이 늘어져 발이 땅에 끌리고 그 무게로 오빠의 어깨에 얹힌 나뭇가지는 활처럼 휘었다.

중국인 거리에 다달았을 때 여름의 긴긴 해는 한없이 긴 고양이의 허리를 자르며 비껴 기울고 있었다.

머리에 서릿발이 얹힌 듯 히끗히끗 밀가루를 뒤집어쓴 제분 공장 노무자들이 빈 도시락을 달그락거리며 언덕을 넘어 우리 곁을 지나쳐 갔다.

고양이의 검고 긴 몸뚱아리, 우리들의 끝없이 길고 두려운 저녁 무렵의 그림자를 밟으며 우리는 부두를 향해 걸었다. 그때 나는 다시 보았다. 이층의 덧문을 열고 그는 슬픈 듯, 노여운 듯 어쩌면 희미하게 웃는 듯한 알 수 없는 눈길로 우리의 행렬을 보고 있었다.

부두에 이르러 우리는 나뭇가지를 내려놓고 고양이의 목에서 혁대를 풀었다. 오빠는 퉤퉤 침을 뱉으며 자꾸 흘러내리려는 바지 허리를 혁대로 단단히 죄었다.

그리고 쓰레기와 빈 병과 배를 허옇게 뒤집고 떠 있는 썩은 생선들이 떠밀려 범람하는 방죽 아래로 고양이를 떨어뜨렸다.

해가 지고 있었으므로 우리는 공원으로 가기로 했다.

여느 때 같으면 한없이 올라가는 공원의 층계에 엎드려 층계를 올라가는 양갈보들의 치마 밑을 들여다보며, 고래 힘줄로 심을 넣어 바구니처럼 둥글게 부풀린 패티코우트 속이 맨다리뿐이라는 데

187

탄성을 지르거나 혹은 풀섶에 질펀히 앉아서 〈도라아보는 발거름마다 눈무울 젖은 내애 처엉춘, 한 마아는 과거사를 도리켜보올 때에 아아 산타마리아아의 종이이 우울리인다〉 따위 늙은 창부 타령을 찢어지게 불러 대었을 텐데 우리는 묵묵히 하늘 끝까지라도 이어질 것 같은 층계를 하나씩 올라갔다.

공원의 꼭대기에는 전설로 길이 남을 것이라는 상륙 작전의 총지휘관이었던 노장군의 동상이 있었다. 그곳에서는 시가지 전체가 한눈에 들어왔다.

선창에 정박해 있는 크고 작은 배들의 깃발이 색종이처럼 조그맣게 팔랑이고 있는 사이 기중기는 쉬지 않고 화물을 물어 올렸다. 선창에서 멀찌감치 물러나 섬처럼, 늙은 잉어처럼 조용히 떠 있는 것은 외국 화물선일 것이다.

공원 뒤쪽의 성당에서는 끊임없이 종을 치고 있었다. 고양이를 바다에 던질 때부터 아니 그 이전부터 우리 뒤를 따라오며 머리칼을 당기던 소리였다. 일정한 파문과 간격으로 한없이 계속되는, 극도로 절제되고 온갖 욕망과 성질을 단 하나의 동그라미로 단순화시킨 그 소리에는 한밤중 꿈속에서 깨어나 문득 듣게 되는 여름밤의 먼 우뢰 소리, 혹은 깊은 밤 고달프게 달려가는 기차 바퀴 소리에서와 같은, 이해할 수 없는 두려움과 비밀스러움이 있었다.

수녀가 죽었나 봐.

누군가 말했다. 끊임없이 성당의 종이 울릴 때는 수녀가 고요히 죽어 가는 것이라는 것을 우리는 모두 알고 있었다.

철로 너머 제분 공장의 굴뚝에서 울컥울컥 토해 내는 검은 연기는 전쟁으로 부서진 도시의 하늘에 전진(戰塵)처럼 밀려들고 있었다.

전쟁사에 길이 남을 것이라는 치열했던 함포 사격에도 제 모습을 고스란히 지니고 있는 것은 중국인 거리라고 불리우는, 언덕 위의 이층집들과 우리 동네 낡은 적산 가옥들뿐이었다.

시가지 쪽에는 아직 햇빛이 머물러 있는데도 낙진처럼 내려앉는, 북풍에 실린 저탄장의 탄가루 때문일까, 중국인 거리는 연기가 서리듯 눅눅한 어둠에 잠겨들고 있었다.

시의 정상에서 조망하는 중국인 거리는, 검게 그을린 목조 적산 가옥 베란다에 널린 얼룩덜룩한 담요와 레이스의 속옷들은, 이 시의 풍물(風物)이었고 그림자였고 불가사의한 미소였으며 천칭의 한쪽 손에 얹혀 한없이 기우는 수은이었다. 또한 기우뚱 침몰하기 시작한 배의, 이미 물에 잠긴 고물(船尾)이었다.

시의 동쪽 공설 운동장에서 때 이른 횃불이 피어올랐다. 잔양(殘陽) 속에서 그것은 단지 하나의 흔들림, 너울대는 바람의 자락이었다. 그리고 사람들은 와아와아 함성을 질렀다. 체코, 폴란드, 물러가라, 꼭둑각시, 괴뢰 집단 물러가라, 와아와아. 여름 내내 햇빛이 걷히면 한 집에서 한 명씩 뽑혀 나간 사람들은 공설 운동장에 모여 발을 구르며 외쳤다. 할머니는 돌아와 밤새 끙끙 허리를 앓았다.

중립국 감시 위원단 중 공산 측이 추천한 체코와 폴란드가 (그들은 소련의 위성 국가입니다) 그들의 임무를 저버리고 유엔군 측의 군사 기밀을 캐내어 공산 측에 보고하는 스파이가 되었기 때문입니다.

전체 조회에서 교장 선생님은 말했다.

무릎을 세우고 앉아 그 사이에 깊이 고개를 묻으면 함성은 병의 좁은 주둥이에 휘파람을 불어넣을 때처럼 아스라하게 웅웅대며 들려왔다. 땅속 깊숙이에서 울리는, 지층이 움직이는 소리, 해일의 전조로 미미하게 흔들리는 물살, 지붕 위를 핥으며 머무는 바람.

집으로 돌아왔을 때 어머니는 수채에 쭈그리고 앉아 으윽으윽 구역질을 하고 있었다. 임신의 징후였다. 이제 제발 동생을 그만 낳아 주었으면 좋겠다고 생각하며 나는 처음으로 여자의 동물적인 삶에 대해 동정했다. 어머니의 구역질에는 그렇게 비통하고 처절한 데가 있었다. 또 아이를 낳게 된다면 어머니는 죽게 될 것이다.

밤이 깊어도 나는 잠을 잘 수가 없었다. 마악 생기기 시작한 젖망울을 할머니가 치마 말기를 뜯어 만들어 준 띠로 꽁꽁 동인 언니는 홑이불의 스침에도 젖이 아파 가슴을 싸쥐며 돌아누워 앓았다. 밤새도록 간단없이 들려오는 야경꾼의 딱딱이 소리, 화차의 바퀴소리를 낱낱이 헤아리다가 날이 밝자 부두로 나갔다. 여전히 물결에 떠밀려 방죽에 부딪는 더러운 쓰레기와 썩은 생선들 사이에도, 더 멀리 닻 없이 떠 있는 폐선의 밑창에도 고양이는 없었다.

어느 먼 항구에서 아이들의 장대질에 의해 뼈가 무너진 허리 중동이를 허물며 끌어 올려질지도 몰랐다.

가을로 접어들어도 빈대의 극성은 대단했다. 해가 퍼지면 우리는 다다미를 들어내어 베란다에 널어 습기를 말리고 빈대 알을 뒤졌다. 손목과 발목에 고무줄을 넣은 옷을 입고 자도 어느 틈에 빈대는 옷 속에서 스멀대며 비린 날콩 냄새를 풍겼다. 사람들은 전깃불이 나가는 열두 시까지 대개 불을 켜 놓고 잠이 들었다. 불빛이 있으면 빈대가 덜 끓었기 때문이었다. 그러나 열두 시를 기점으로 그것들은 다다미 짚 속에서, 벌어진 마루 틈에서 기어 나와 총공격을 개시했다.

옅은 잠 속에서 손톱을 세워 긁적이며 빈대와 싸우던 나는 문득 나무토막이 부서지는 둔탁하고 메마른 소리에 눈을 떴다. 오빠는 어느새 바지를 줏어 입고 총알처럼 계단을 뛰어 내려가고 있었다. 바깥에서는 갑작스런 소음이 끓었다. 무슨 사건이 일어났구나, 나는 가슴을 두근대며 베란다로 나갔다. 불이 나간 지 오래되어 깜깜한 거리, 치옥이네 집과 우리 집 앞을 메우며 사람들이 가득 와글와글 떠들고 있었다. 뒤미처 늘어선 집들의 유리문이 드르륵 열리고 베란다로 나온 사람들이 무슨 일이냐고 소리쳤다. 죽었다는 소리가 웅성거림 속에 계시처럼 들렸다. 모여 선 사람들은 이어 부르는 노래를 하듯 입에서 입으로 죽었다는 말을 옮기며 진저리를 치거나 겹겹의 둘러싼 틈으로 고개를 쑤셔 넣었다. 나는 턱을 달달 떨어대며 치옥이의 집 이 층, 시커멓게 열린 매기 언니의 방과 런닝셔츠 바람으로 베란다의 난간을 짚고 아래를 내려다보고 있는 검둥이를 보았다.

잠시 후 요란한 사이렌을 울리며 미군 지프차가 달려왔다. 겹겹이 진을 친 사람들이 순식간에 양쪽으로 갈라졌다. 헤드라이트의 쏟아질 듯 밝은 불빛 속에 매기 언니가 반듯이 누워 있었다. 염색한, 길고 숱 많은 머리털이 흩어져 후광처럼 얼굴을 감싸고 있었다. 위에서 던져 버렸다는군.

검둥이는 술에 취해 있었다. 엠피가 검둥이의 벗은 몸에 군복을 걸쳤다. 검둥이는 단추를 풀어 헤치고 낄낄대며 지프에 실려 떠났다.

입의 한 귀로 흘러내리는 물을 짜증을 내는 법도 없이 찬찬히 닦아 주며 치옥이는 제니에게 물을 먹이고 있었다. 아무리 물을 먹여도 제니의 딸꾹질은 멎지 않았다.

고아원에 가게 될 꺼야.

치옥이가 말했다. 봄이 되면 매기 언니는 미국에 가게 될 꺼야, 검둥이가 국제결혼을 해 준대라고 말하던 때처럼 조금 시무룩한 말

191

투였다. 그 무렵 매기 언니는 행복해 보였다. 침대에 걸터앉은 검둥이의 발을 닦아 주는 매기 언니의, 물들인 머리를 높이 틀어 올려 깨끗한 목덜미를 물끄러미 보노라면 화장을 지운, 눈썹이 없는 얼굴로 나를 돌아보며 상냥하게 손짓했다. 들어와, 괜찮아.

제니는 성당의 고아원에 갔어.

이틀 후 치옥이는 빨갛게 부은 눈을 사납게 찡그리며 말했다. 매기 언니의 동생이 와서 매기 언니의 짐을 모조리 실어 가며 제니만을 달랑 남겨 놓았다는 것이다. 치옥이네 이 층은 꽤 오랫동안 비어 있었다. 그러나 나는 치옥이네 집에 숙제를 하러 가거나 놀러 가지 않았다.

아침마다 길에서 큰 소리로 치옥이를 불렀다.

또 아이를 낳게 된다면 어머니는 죽을 것이라는 예감이 신념처럼 굳어 가고 있었지만 어머니의 배는 치마 밑에서 조심스럽게 불러 가고 있었다. 대신 매운 손맛과 나지막하고 독한 욕설로 나날이 정정해지던 할머니가 쓰러졌다. 빨래를 하다가 모로 쓰러진 후 제정신이 돌아오지 않는 것이다. 할머니의 등에 업혀 살던 막내동생은 언니의 차지가 되었다.

대소변을 받아내게 되자 어머니와 아버지는 할머니를 할아버지가 있는 시골로 보내는 것에 합의를 보았다.

이십 년도 가는 수가 있대요. 중풍이란 돌도 삭인다니까요.

어머니는 작게 소근거렸다. 그러고는 조금 큰 소리로, 미우니 고우니 해도 늘마에는 영감님 곁이 제일이에요 했고, 이어 택시를 대절해서 모셔야 해요 하고 크게 말했다.

할머니는 다시 아기가 되었다. 나는 치옥이가 제니에게 하듯 아무도 없을 때면 할머니의 방에 들어가 머리를 빗기고 물을 입에 떠 넣기도 하고 가끔 쉬이를 했는지 속옷을 헤치고 기저귀 속에 살그머니 손끝을 대어 보기도 했다.

할머니가 떠나는 날 어머니는 할머니의 옷을 벗기고 새로 빤 옷을 갈아입혔다.

평생 자식을 실어 보지도 못한 몸이라 아직 몸매가 이렇게 고우시구나.

할아버지가, 할머니의 동생인 작은할머니와 그 사이에 낳은 자식들과 살고 있는 시골에 할머니를 모셔다 놓고 온 아버지는 한숨을 쉬며 더듬더듬 말했다.

못 할 짓을 한 것 같아, 그 집에서 누가 달가와하겠어, 개밥에 도토리지. 그런데 부부라는 게 뭔지…… 글쎄 의식이 하나도 없는 양반이 펄떡펄떡 열불이 나는 가슴을 풀어헤치고 영감님 손을 끌어당겨 거기에 얹더라니깐…….

그러게 내가 뭐랬어요, 역시 보내드리길 잘했지. 평생 서리서리 뭉쳐 둔 한인걸요.

어머니는 할머니가 쓰던 반닫이의 고리를 열었다. 평소에 할머니가 만지지도 못하게 하던 것이라 우리들의 길게 뺀 목도 어머니의 손길을 따라 움직였다. 어머니는 차곡차곡 쌓인 옷가지들을 하나씩 들어내어 방바닥에 놓았다. 다리 부분을 줄여 할머니가 입던 아버지의 헌 내의, 허드레로 입던 몸뻬 따위가 바닥에 쌓였다. 그리고 항라, 숙고사 같은 옛날 천의 옷이 나왔다. 점차 어머니의 손길에 끌려 나온, 지난날 할머니가 한두 번쯤 입고 아껴 넣어 두었을 옷가지들을 보는 사이 비로소 이제 할머니는 돌아오지 않는다, 이런 옷들을 입을 날이 없을 것이라는 생각이 들어 가슴 밑바닥에 바람이 지나가듯 서늘해졌다. 할머니는 언제 저 옷들을 입었을까, 언제 다시 입기 위해 아끼고 아껴 깊이 넣어 둔 걸까.

마지막으로 어머니는 수달피 배자를 들어내고 밑바닥을 더듬었다. 그리고 손수건에 단단히 싼 조그만 물건을 꺼냈다. 어머니의 손길이 그대로 잽싸게 움직이는 동안 우리 형제들은 숨을 죽여 뚫어지게 그것을 바라보았다.

어머니는 의아한 얼굴로 눈쌀을 찌푸려 손수건 속을 들여다보았다. 그 속에는 동강이 난 비취반지, 퍼렇게 녹이 슬어 금방 부스러져 버릴 듯한 구리 혁대 버클, 왜정 때의 백동전 몇 닢, 어느 옷에 달았던 것인지 모를 크고 작은 몇 개의 단추, 색실 토막 따위가 들어 있었다.

노친네도 참, 깨진 비취는 사금파리나 다름없어.

어머니는 혀를 차며 그것을 다시 손수건에 싸서 빈 반닫이에 던져 놓았다. 내의 따위 속옷은 걸렛감으로 내어 놓고 옷가지들은 어머니의 장에 옮겨 놓았다. 수달피는 고급품이어서 목도리로 고쳐 쓰겠다고 했다.

다음 날 나는 아무도 몰래 반닫이를 열고 손수건 뭉치를 꺼냈다. 그러고는 공원으로 올라가 장군의 동상에서부터 숲 쪽으로 할머니의 나이 수대로 예순다섯 발자국을 걸어 숲의 다섯 번째 오리나무 밑에 깊이 묻었다.

겨울의 끝 무렵 우리는 할머니의 부음을 들었다. 택시에 실려 떠난 지 두 계절 만이었다.

산월을 앞둔 어머니는 새삼스럽게 할머니가 쓰던, 이제는 우리들의 해진 옷가지들이 뒤죽박죽 되는 대로 쑤셔 박힌 반닫이를 어루만지며 울었다.

저녁 내내 아무도 찾아내지 못할, 골방의 잡동사니들 틈에서 숨을 죽이고 있던 나는 밤이 되자 공원으로 올라갔다. 아주 깜깜했지만 나는 예순다섯 걸음을 걷지 않고도 정확히 숲의 다섯번째 오리나무를 찾을 수 있었다.

깊은 땅속에서 두 계절을 묻혀 있던 손수건은 썩은 지푸라기처럼 축축하게 손가락 사이에서 묻어났다. 동강난 비취반지와 녹슨 버클, 몇 닢 백동전의 흙을 털어 가만히 손안에 쥐었다. 똑같았다. 모두가 전과 다름없었다. 잠시의 온기와 이내 되살아나는 차가움.

나는 다시 손안의 물건들을 나무 밑에 묻고 흙을 덮었다. 손의 흙을 털고 나무 밑을 꼭꼭 밟아 다진 뒤 일정한 보폭(步幅)을 유지하는 데 신경을 쓰며 장군의 동상을 향해 걸었다. 예순 번을 세자 동상이었다. 나는 고개를 갸웃했다. 분명히 두 계절 전 예순다섯 걸음의 거리였다. 앞으로 다시 두 계절이 지나면 쉰 걸음으로도 닿을 수가 있을까, 다시 일 년이 지나면, 그리고 십 년이 지나면 단 한 걸음으로 날으듯 닿을 수 있을까.

아직 겨울이고 깊은 밤이어서 나는 굳이 사람들의 눈을 피하지 않고도 쉽게 장군의 동상에 올라갈 수 있었다. 키를 넘는, 위가 잘려진 정사면체의 받침돌에 손톱을 박고 기어올라 장군의 배 위에 모아 쥔 망원경 부분에 발을 딛고 불빛이 듬성듬성 박힌 시가지를 내려다보았다. 지난해 여름 전진(戰塵)처럼 자욱이 피어오르던 함성은 이제 들려오지 않았다. 다만 조용했다. 귀 기울여 어둠 속에 부드럽게 흐르는 소리를 좇노라면 땅속 가장 깊은 곳에서 숨어 흐르는 수맥이라도 손끝에 닿을 것 같은 조용함이었다.

나는 깜깜하게 엎드린 바다를 보았다. 동지나해²⁾로부터 밤새

2   동중국해.

위 불어오는 바람, 바람에 실린 해조류의 냄새를 깊이 들이마셨다. 그리고 중국인 거리, 언덕 위 이층집의 덧문이 열리며 쏟아져 나와 장방형으로 내려앉는 불빛과 드러나는 창백한 얼굴을 보았다. 차가운 공기 속에 연한 봄의 숨결이 숨어 있었다.

나는 따스한 핏속에서 돋아 오르는 순(筍)을, 참을 수 없는 근지러움으로 감지했다.

인생이란……

나는 중얼거렸다. 그러나 뒤를 이을 어떤 적절한 말도 떠오르지 않았다. 알 수 없는, 다만 복잡하고 분명치 않은 색채로 뒤범벅된 혼란에 가득 찬 어제와 오늘과 수없이 다가올 내일들을 뭉뚱거릴 한마디의 말을 찾을 수 있을까.

다시 봄이 되고 나는 6학년이 되었다. 오빠는 어디서인지 강아지를 한 마리 얻어와 길을 들이는 중이었다. 할머니가 없는 집 안에 개는 멋대로 터럭을 날리고 똥을 쌌다.

나는 일 년 동안 키가 한 뼘이나 자랐고 언니가 쓰던, 장미가 수놓여진 옥스포드천의 가방을 들게 된 것은 지난해부터였다.

우리는 겨우내 화차에서 석탄을 훔치고 밤이면 여전히 거리를 쥐 떼처럼 몰려다니며 소란을 떨었으나 때때로 골방에 틀어박혀 대본집에서 빌려온 연애소설 따위를 읽기도 했다.

토요일이어서 오전 수업뿐이었다. 회충약을 먹는 날이니 아침을 굶고 와요, 배가 부른 회충은 약을 받아먹지 않아요.

사람들은 이제는 집을 훨씬 덜 지었으나 해인초 끓이는 냄새는 빠지지 않는 염색 물감처럼 공기를 노랗게 착색시키고 있었다. 햇빛이 노랗게 끓는 거리에, 자주 멈춰 서서 침을 뱉으며 나는 중얼거렸다.

회충이 지랄을 하나 봐.

치옥이는 깡통에 파마약을 풀고 있었다.

제분 공장에 다니던 치옥이의 아버지가 피댓줄에 감겨 다리가 끊긴 후 치옥이의 부모가 치옥이를 삼거리의 미장원에 맡기고 이 거리를 떠난 것은 지난겨울이었다. 나는 매일 학교를 오가는 길에 미장원 앞을 지나치며 유리문을 통해 치옥이를 보았다. 치옥이는 자꾸 기어올라가는 작은 스웨터를 끌어당겨 바지허리 위로 드러나는 맨살을 가리며 미장원 바닥에 떨어진 머릿칼을 쓸고 있었다.

나는 미장원 앞을 떠났다. 수천의 깃털이 날아오르듯 거리는 노란 햇빛으로 가득 차 있었다. 언제였지, 언제였지, 나는 좀체로 기억나지 않는 먼 꿈을 되살리려는 안타까움으로 고개를 흔들며 집을 향해 걸었다. 그리고 집 앞에 이르러 언덕 위의 이층집 열린 덧창을 바라보았다. 그가 창으로 상체를 내밀어 나를 손짓해 부르고 있었다.

내가 끌리듯 언덕 위를 올라가자 그는 창문에서 사라졌다. 그리고 잠시 후 닫힌 대문을 무겁게 밀고 나왔다. 코허리가 낮고 누른 빛의 얼굴에 여전히 알 수 없는 미소를 띠고 있었다.

그는 내게 종이 꾸러미를 내밀었다. 내가 받아 들자 그는 몸을 돌려 안으로 들어갔다. 열린 문으로 어둡고 좁은, 안채로 들어가는 통로와 갑자기 나타나는 볕바른 마당과, 걸음을 옮길 때마다 투명한 맨발에 찰랑대며 묻어 오르는 햇빛을 보았다.

나는 골방에 들어가 문을 잠근 뒤 종이 뭉치를 끌렀다. 속에 든 것은 중국인들이 명절 때 먹는 세 가지 색의 물감을 들인 빵과, 용이 장식된 엄지손가락만 한 등이었다.

나는 그것들을 금이 가서 쓰지 않는 빈 항아리 속에 넣었다. 안

방에서는 어머니가 산고(産苦)의 비명을 지르고 있었으나 나는 이층으로 올라갔다. 그리고 숨바꼭질을 할 때처럼 몰래 벽장 속으로 숨어 들어갔다. 한낮이어도 벽장 속은 한 점의 빛도 들이지 않아 어두웠다. 나는 차라리 죽여 줘라고 부르짖는 어머니의 비명과 언제부터인가 울리기 시작한 종소리를 들으며 죽음과도 같은 낮잠에 빠져들어갔다.

내가 낮잠에서 깨어났을 때 어머니는 지독한 난산이었지만 여덟 번째 아이를 밀어내었다. 어두운 벽장 속에서 나는 이해할 수 없는 절망감과 막막함으로 어머니를 불렀다. 그리고 옷 속에 손을 넣어 거미줄처럼 온몸을 끈끈하게 죄고 있는 후덥덥한 열기를, 그 열기의 정체를 찾아내었다.

초조(初潮)였다.

—《문학과지성》10권 1호, 1979년 3월;
오정희, 『유년의 뜰』(문학과지성사, 1981)

어둠의 집

　그 여자는 꼭 한 잔 분량의 물을 주전자에 부었다. 손짐작은 대개의 경우 정확했다. 찻물을 가스레인지 위에 얹는 동안에도 한 손에는 미농지의 설명서를 들고 있었다. 물이 끓을 동안 머리 염색약의 설명서를 읽을 작정이었다. ……섭씨 삼십 도 정도의 미지근한 물에 적량의 약을 풀고……

　그 여자는 설명서의 잔글씨에 바짝 눈을 들이대고 한 손으로 가스의 점화 스위치를 눌렀다. ……과민성이나 알레르기성 피부를 가지신 분은…… 불을 꺼요.

　짧고 날카로운 호각 소리, 성마른 외침, 골목을 뒤흔들며 튀어 오르는 발소리에 이어 느닷없이 공습경보가 울렸다.

　집과 골목의 사이사이에서 산발적으로 튀어 오르는 호각 소리 ─ 그것은 마치 평화로운 마을에 잠입한 비적 떼들의 서로 부르고 응답하는 신호처럼 들렸다 ─ 어지럽고 다급한 발소리에 그 여자는 집 뒤 야산의 전주에 매달린 스피커가 낮 동안 몇 차례 방송한 것이 야간 등화관제 실시를 알리는 것이었음을 깨달았다.

……시민들은 불을 끄고 라디오에 귀를 기울여 훈련에 임하시기 바랍니다.

지금도 스피커는 같은 내용의 방송을 되풀이하고 있었다.

그 여자는 좀 거친 손짓으로 가스 불을 껐다. 마악 김을 올리던 물이 시그르르 약한 소리로 잦아들었다. 그것은 마치 가스가 새는 소리 같아 그 여자는 공연히 연결 밸브의 이음매에 불안한 눈길을 던졌다.

방과 부엌은 물론 마루에도 환히 켜 놓은 전등은 이 층으로 오르는 계단의 중간까지 빛을 던지고 집 안은 어느 곳 한군데 그늘진 곳이 없이 밝았다.

불을 꺼요.

필시 민방위 요원일 사내가 거칠게 구둣발로 대문을 차며 소리쳤다.

그 여자는 곤두박질치듯 뛰며 차례로 전기 스위치를 내렸다.

정기적으로 실시되는 것은 아니었으나 그 여자가 기억하는 한 몇 차례인가 등화관제 훈련이 있었다. 예비 사이렌이 울리면 아들과 딸은 불을 끄고 이 층의 제 방으로부터 후닥닥 층계를 서넛씩 건너뛰어 내려와 안방으로 들어왔다. 누구든 어두운 방에 혼자 앉아 이십 분이나 혹은 그보다 조금 더 긴 시간을 보내려 하지 않았다.

갑자기 빛이 사라지면 포격과 살상이 무자비하게 행해지는 바깥세상으로부터 안전하게 대피하고 있다는 것, 그들은 한 동아리이며 둥지 속의 알처럼 안전하다는 사실을 어둠은 새삼 상기시켰고 설혹 생활 속에 느닷없이 뛰어든 고의적인 어둠의 또 다른 면모에 남몰래 전율한다 해도 그것은 술래가 숨은 아이들을 찾아 나설 때까지의, 열을 셀 동안의 순간에 불과한 짧은 시간일 뿐이었다.

    어둠 속에서 울리는 목소리는 평소 그들이 알고 있던 자신들의 목소리가 아닌 듯 귀에 설어 그들은 약간의 외경마저 느끼며 소리 죽여 소곤거렸고, 그 여자는 곧잘 대동아 전쟁 말기의, 등화관제가 잦았던 한 시절을 떠올리곤 했다. 당시 그 여자는 관립 여학교 기숙사에 있었다. 창마다 불빛이 사라진 뒤 쉴 새 없이 울리는 공습경보를 들으며 그녀들이 나누던 것은, 규율이 엄격한 관립 여학생들에게는 금지된 장난이었던 비밀한 사랑 이야기였었다.

    한숨과 비탄과 이룰 수 없는 사랑과 어떤 최악의 상황을 갖다 대어도 좋을 청춘의 꿈들은 어둠 속에서 반딧불처럼 떠돌고 열일곱 살 다감한 소녀들은 사랑과 죽음과 배반으로 찬란히 약속된 미래의 날들을 그려 보곤 했었다.

    사랑은, 뜨겁고 아름답게 사는 방법이었다. 그 여자는 가만히 미소를 지었다.

    남편과 아들은 마침 그 시간이 텔레비전 권투 중계 시간만 아니라면 등화관제에 불평하지 않았다.

    그러나 오늘 밤 그 여자는 혼자였다. 어두운 방 안에 우두커니 서서 그 여자는 잠깐 혼자 있다는 사실에 이유가 분명치 않은 당황함과, 예고 없이 불쑥 찾아온 방문객을 대할 때처럼 피해 의식에 사로잡혔다.

    남편은 오늘 저녁 중동의 임지로 떠나는 직원의 송별연이 있다고 말했다. 몇 해째 남편의 귀가는 늦고 납득할 만한 이유 역시 늘 있어 그 여자는 남자들의 사회생활이라는 것에 대범하려 애써 왔다. 고등학교 졸업반인 아들은 학교 수업 외의 과외를 받느라 밤이 늦어서야 올 것이고 딸은 오늘 밤 돌아오지 않을 것이다. 등화관제만 아니라면 여느 날과 다름없는 저녁이었다.

그 여자는 거의 식욕을 느끼지 않는 저녁 식사를 뜨는 둥 마는
둥 마치고, 차를 한잔 마신 후 텔레비전 드라마나 보면서 손님 치를
날의 상차림에 대해 생각하거나, 부쩍 세기 시작한 머리에 시험 삼
아 염색을 해 볼까 하던 차였다.

남편의 생일은 닷새 뒤로 다가왔고 그 여자는 남편의 가까운
친구들을 몇 쌍 초대할 계획이었다. 남편에게는 비밀이었다. 남편
의 놀라움은 그 여자에게 신선한 기쁨이 될 것이다.

그것은 신혼 시절, 그들이 곧잘 벌이곤 하던 숨바꼭질의 숨 가
쁨과 긴장을 불러일으켰다.

그들이 신접살림을 꾸민 곳은 남편 쪽으로 먼 친척이 되는 사
람의, 포격으로 반나마 부서진 집이었다. 그녀로서는 한 번도 본 적
이 없는 그들은 피난길에 폭사를 했다는 풍문만으로 돌아오지 않
았다.

남편의 퇴근 시간은 대개 일정했고 대문 앞에 와 멎는 발소리
를 들으며 숨는대도 시간은 충분할 만큼 자신이 숨을 새로운 장소
를 낮 동안 물색해 두었건만 그 여자는 남편의 업무가 끝나리라 짐
작되는 시간부터 숨어 들어가 있곤 했다.

남편은 집 안팎을 빙글빙글 돌다가 옷장 속, 아궁이, 벽시계 뒷
뚜껑, 책상 서랍까지 열며 애처롭게 부르고 으름장을 놓기도 했다.

제발 나와 줘, 난 도저히 못 찾겠어. 내가 뭘 사 왔는지 알아?
안 나오면 다 버릴 테야.

남편의 발소리가 멀어지면 그 여자는 숨어 있던 광이나 장독대
의 빈 독에서 나와 함부로 깔린 사금파리에 발을 베이며 마당을 가
로질러 뛰어 다른 곳으로 숨어들었다. 반쯤 부서진 집이었기에 숨
을 곳은 얼마든지 있었고, 주인이 돌아오지 않는 빈집에 그들이 포

격과 남의 손을 피해 땅속 깊이 묻고 떠난 사기그릇들은 사금파리 조각으로 몇 해를 두고 흙을 비집고 나왔다. 낮 동안 폐가의 볕바른 마당은, 사금파리에 쟁강쟁강 튀어 오르는 햇빛으로 꽃밭이었다. 남편이 일터로 나간 후 헝클어진 머리로 마루 끝에 앉아 마당 가득 찬 오색의 찬란한 빛을 보노라면 그 여자는 곧잘 경미한 두통과 함께 고즈넉이 잠긴 이 집과 자신이 어느 순간 햇빛 속에 완전히 함몰되어 기화해 버릴 듯한 위구심과 오래전 이 집에 살았던 사람들의 너울대는 흰 옷자락을 한끝 흘긋 본 듯한 비현실감에 빠지곤 했다. 그리고 그 여자는 발견당할 때의 두려움, 발견당하고자 하는 욕구로 조바심치며 어두운 광에서 변소, 지붕이 휑하니 날아간 다락, 빈 독 속으로 더욱 깊이깊이 숨을 장소를 찾았다. 그러나 남편은 이처럼 승부가 빠하고 단순한 놀이에 곧 싫증을 내었다.

어린애들처럼 밤낮 숨바꼭질만 하겠어? 배가 고프고 피곤해.

남편의 쉰다섯 번째 생일을 위해 그 여자는 순은의 수저 열 벌을 마련하고 질 좋은 포도주도 여러 병 준비했다. 아름답고 풍성한 식탁이 될 것이다.

그 여자는 무릎을 싸안고 어둠 속에 동그마니 앉았다. 어둠 속에서 무엇을 해야 할지 몰랐다. 밥이 식을 텐데……

허기로 늙은이처럼 음산한 표정을 지으며 돌아올 아들을 생각하다가, 아, 정전은 아니지, 금방 안심이 되어 방구석에 놓인 보온 밥통의 전기 가동 신호를 보았다. 밥이 식을 염려는 없다고 생각하면서도 그 여자의 눈길은 어둠 속에 떠 있는 빨간 점에서 떠나지 않았다.

눈도 깜박이지 않고 그것을 응시하던 그 여자는 눈이 시고 눈물이 비어져 나올 때야 자신의 행동의 무의미함에 혀를 차며 눈길을 돌렸다.

여름 같으면 아직 박명이 머물 시간이건만 방 안은 아주 어둡고 십사 인치 텔레비전의 텅 빈 화면이 검푸른빛으로 불투명하게 떠 보였다. 거울은 더욱 검었다. 무릎걸음으로 다가가 다만 어둡고 깊을 뿐 아무것도 되비치지 않는 거울을 바라보던 그 여자는 문이 열리는 듯한 기척에 뒤를 돌아보았다. 문바람에 커튼이 펄럭이는 듯했기 때문이었다. 착각이었을까. 커튼은 움직이지 않은 채 바깥 하늘빛의 반사로 어둠이 조금 엷을 뿐 문은 닫혀 있었다. 그런데도 어깨로 으쓱 한기가 느껴졌다. 나이 탓이다. 나이를 먹으면 신경도 약해지는 법이니까. 그 여자는 소리 내어 말했다.

그러나 누군가 방 안으로 들어온 듯한 느낌, 그 기분 나쁜 한기는 집요하게 등줄기로 파고들었다.

손에 차갑게 땀이 차고 가슴이 조이는 듯 답답해졌다. 손이 시릴 정도의 실내 온도는 아니었다. 긴장 때문이라는 것을 그 여자는 잘 알고 있었다.

아무것도 보일 리 없는 방 안을 샅샅이 둘러보던 그녀의 눈길이 방의 윗목에 놓인 소철과 동백 화분에 멎었다.

저 화분들 때문에 방 안 공기가 탁해진단 말야, 식물은 밤에는 탄산가스를 내뿜는다는데…… 저것들이 방 안의 산소를 모조리 잡아먹기 때문에 숨도 못 쉬겠어.

그 여자는 마치 방 안을 채운 탄산가스의 두터운 층을 확인하려는 듯 크게 숨을 쉬고 손을 내밀어 허공을 휘저었다. 그 여자는 일거리를 찾은 것이 구원처럼 생각되었다. 곧 등화관제가 끝나리라는 것을, 창문을 조금만 열면 금시 환기가 되리라는 것을 알면서도 그 여자는 끙끙대며 화분을 들어 마루로 내놓았다. 화분은 보기보다 꽤 무거웠다. 두 개의 화분을 옮기는 사이에 한기는 가셨다.

　하마터면 질식할 뻔했잖아.

　그 여자는 큰 소리로 말하면서 커튼을 젖히고 밖을 내다보았다.

　그 여자의 집은 꽤 지대가 높은 곳에 자리 잡고 있어 하늘의 유난히 청정하고 푸르른빛을 직각으로, 혹은 예각으로 가르며 솟아오른 지붕들의 묵상하듯 잠잠한 모습들이 빤히 눈에 들어왔다.

　똑, 똑, 똑…… 천장으로부터 작은 소리가 일정한 간격으로 들렸다.

　그 여자는 낯을 찌푸렸다. 슬래브 지붕에 쌓인 눈이 미처 치우기 전에 녹아 천장으로 떨어지는 소리였다.

　비나 눈이 오면 방수 처리가 허술한 낡은 슬래브 지붕으로 물기가 스몄다.

　그 여자는 이 겨울 들어 벌써 몇 차례나 넉가래를 들고 지붕 위에 올라가 눈을 치웠다. 눈을 치우는 것은 늘 그녀의 몫이었다. 가족들을 떠올리자 그 여자는 자신이 그들의 악의적인 유기에 의해 이 어둡고 쓸쓸한 집에 홀로 있게 된 것만 같은 생각이 들었다. 아니, 이처럼 뚜렷하고 생생한 느낌이 그녀 자신 홀로 버림받고 있다는 감정에서 구해 주기를 바랐다.

　눈과 비가 잦은 계절이니만치 겨울이나 넘기고 방수 처리를 하든가 아예 집을 옮기도록 하자는 남편의 말을 따른 게 잘못이었다고 그 여자는 원망스럽게 생각했다. 요즘 들어 누수는 부쩍 심해져 가끔 벽에서도, 냄비나 숟가락 따위 집기에서도 찌르르 전기가 통했다. 지붕으로 스민 물이 천장 위로 얽혀 지나는 전깃줄을 적셔 누전이 되는 것이다. 전류는 결코 보이지는 않으나 물처럼 집 안을 휘돌며 흐르고 있다.

오늘 아침에도 딸애는 세면기의 물을 틀다가, 전기가 와요, 자 지러지는 비명을 질렀다. 온 집 안이 흐르는 전류에 무방비 상태로 포위되어 있는 것이다.

물 떨어지는 소리는 계속 들렸다.

이처럼 불을 켤 수 없는 상황에서는 어쩔 도리가 없다는 것을 알면서도 그 여자는 일어나 방문을 열었다.

침수가 심한 곳을 찾아 그 부분의 하드보드 한 장을 뜯어낸 후 그곳에 흡수력 좋은 헝겊을 찬찬히 감은 긴 막대를 들이밀어 물기를 닦아 낸다는 것은 그 여자가 임시방편으로 사용하는 방법이었다. 또한 자신이 살아 있음으로 해서 싸워야 하는 알 수 없는 불안 따위에서 벗어나는 길은 노동에 매달리는 길뿐이라는 것 역시 오랜 세월 동안 스스로 터득한 깨달음이었다.

막대는 현관의 신발장 옆에 세워져 있을 것이다.

슬리퍼는 늘 방문 앞에 가지런히 벗어 두는 습관이었으나 발에 꿰지지 않았다. 급히 불을 끄느라 허둥대는 동안 어디에선가 벗겨져 버린 모양이었다.

마루가 차가워 발가락을 움츠리고 좁은 마루를 채운 탁자와 의자 따위에 부딪히지 않도록 더듬거렸다. 어둠 속에서 시각보다 촉각이 더 믿을 만하다는 것은 새로운 발견이었다. 장님들만 봐도 그렇지 않아?

그 여자는 조금 의기양양하게 말했다. 그럼에도 불구하고 소리를 죽여 마루를 지날 동안 불기 없는 마루의 썰렁함이, 동굴처럼 시커멓게 입을 벌리고 있는 이 층으로 오르는 계단이 그 여자의, 혼자 버림받고 있다는 감정을 더욱 부채질했다.

괜찮아. 곧 끝날 텐데.

그 여자는 달래듯 크게 말했다. 어둠 속에서 그것은 이상하게도 외설스럽게 들렸다. 아마 그 여자 자신 누군가 이미 이 집 안에 들어와 있어 자신의 행동을 낱낱이 엿보고 있다는 느낌에 사로잡혀 있는 탓인지도 몰랐다.

그 여자는 마루의 끝에 있는 목욕탕의 문을 열었다. 역시 아무도 있을 리 없었다. 그 여자는 문밖에서 손만 내밀어, 변기의 수세 장치를 눌렀다. 쏴아, 기운찬 소리를 내며 물이 쏟아졌다. 그르르르, 그 여자는 물 내려가는 소리에 귀를 모으다가 목욕탕의 문을 닫았다. 조금 주저하면서 현관 옆에 붙은 방문의 손잡이를 돌렸다. 아이들이 각기 제 방을 갖기 전 함께 쓰던 방으로 아이들이 이 층으로 올라간 후 서재나 응접실로 쓸 계획이었으나 지금껏 헌 옷이 든 구석 옷장, 이제는 보지 않는 낡은 참고서, 동화책, 부서진 장난감 따위 잡동사니들이 들어찬 창고였다. 몇 해 전까지만 해도 아이들은 이 방에서 그녀의 헌 치마나 낡은 커튼 따위를 뒤집어쓰고 유령놀이를 하곤 했었다. 쓰지 않는 방의 냉기 속에 축축이 썩어 가는, 잊혀진 그 모든 것들의 냄새가 섞여 있었다. 과거의 냄새일까.

그 여자는 막대를 찾으러 나왔던 자신의 건망증에 고개를 흔들며 문을 닫았다.

물소리는 이제 천장의 어디랄 것도 없이 곳곳에서 들려왔다.

신경과민이야. 약간의 침수로 온 가족이 졸지에 통닭구이가 될 리야 있겠어.

그 여자는 머리카락을 쓸어 올리며 작게 웃음소리를 내었다. 그러다가 문득 웃음을 그치고 손을 내리고는 마치 악수를 거절당한 양 내민 손을 주체하지 못해 쉴 새 없이 주먹을 폈다 오므렸다 하는 동작을 반복했다. 그것은 공포에 빠진 자의 불가항력, 불가사의한

207

힘에 대한 무력하고 무의미한 저항과도 같았다.

이러한 긴장감은 그 여자에게 결코 생소한 것이 아니었다.

최초의 기억은 개수대에 철철 넘치던 물이었다. 설거지를 하기 위해 물을 틀어 놓고 아무런 생각 없이 개수대에 물이 차기를 기다리던 사이 그 여자는 손마디가 뻣뻣해 오는 긴장을 느꼈다. 물은 넘치고 부엌 바닥으로 흘렀다. 물이 끓어오름에 따라 그 여자의 몸속 혈관도 부풀어 오르고 끝내는 파열하게 될 것만 같았다. 아마 간질 발작이 오려나 보다. 한 번도 발작을 일으킨 적이 없을뿐더러 그런 병이 자신 속에 잠재해 있으리라는 의심마저 해 본 적이 없이 살아온 그녀의 머리에 순간적으로 떠오른 생각은 바로 그것이었다. 잠깐이라도 정신을 놓치면 발작을 일으키게 될 것이다. 그 여자는 정신을 집중시키기 위해 눈을 부릅뜨고 한없이 쏟아지는 물줄기만을 노려보았다. 자신의 내부에 도사린 무엇인가가 이윽고는 자신을 폭발시킬 비등점을 향해 끓어오르고 있었다.

엄마, 왜 그래요?

부엌문을 짚고 선 딸이 겁에 질린 목소리로 부르며 그 여자를 바라보았다.

왜 그러니?

그 여자는 눈은 부릅뜬 채 얼굴만 돌려 딸에게 물었다.

안색이 나빠요.

딸애는 여전히 겁으로 꽉 질린 목소리로 간신히 대답했다. 그제야 그 여자는 눈을 몇 차례 껌벅이고는 수도를 잠그고 앞치마를 벗어 부엌 바닥에 흥건히 괸 물을 닦았다.

한번은 여름, 뜰에서였다. 그 여자는 가위로 잔디를 자르고 있었다. 그닥 넓은 뜰이 아니어서 가위질로도 충분했기 때문이었다.

쨍쨍한 햇빛 아래 가위를 놀리던 그 여자의 손등으로 푸른 물이 튀었다. 그리고 순간 무엇인가 거의 눈높이까지 날아올랐다가 떨어졌다. 목이 잘린 버마재비의 몸이 퍼덕거리는 것이었다. 그 여자는 그때 자신의 몸 안에서 끓어오르는 걷잡을 수 없는 힘을 느꼈다. 그것은 어쩌면 상대가 확실치 않은 분노일지도 몰랐다. 그 여자는 믿어지지 않는 생명력으로 퍼덕이는 그것을 향해 앉은걸음으로 뭉싯대며 사납게 가위질을 해 대었다. 입안에 단침이 고이고 가위 밑에서 잔디는 톱밥처럼 부스러지거나 뿌리째 뽑히기도 했다.

엄마아, 좀 올라오세요. 보여 드릴 게 있어요.

오래전부터 보고 있었던 듯 이 층 제 방의 창틀에 걸터앉은 딸이 쨍한 목소리로 불렀다.

뭐가 있다구?

그 여자가 마주 대꾸하며 이 층으로 올라가자 딸은 그때까지 그녀가 들고 있던 가위를 살며시 빼앗아 피아노 위에 얹고 풀물이 든 헌 면장갑을 벗기며 상냥하게 말했다.

아무것도 아니에요. 너무 더운데 일하시면 나쁠 것 같아 쉬시라고 불렀어요.

무언가 탐색하는 듯 불안해 보이는 딸의 눈길을 피해 그 여자가 내려다본, 방금 그 여자가 떠나온 뜰은 사방 한 자 정도의 넓이로 마구 잔디가 쥐어뜯긴 채 마치 기계충 앓는 머리처럼 벌건 흙을 내보이고 있었다.

그 여자는 조심스레 난간을 찾아 짚고 층계를 올랐다. 오래 살아온 집, 하루에도 수차례 오르내리는 곳이면서도 그 여자는 자칫 발을 헛디딜 것만 같은 위구심으로 더듬대며 한 발씩 옮겼다.

이 층은 아이들이 커 감에 따라 올린, 방 두 개뿐인 간단한 구조물이었다. 처음 자기 방을 갖게 되었을 때 그 무렵 사춘기에 접어들던 딸애는 행복하다고 말했었다.

문 앞에 '입실 금지'니, '금남' '금녀' 등을 서투른 한문으로 써 붙이고 혹은 '요 노크' 따위 뒤에 붉은 매직펜으로 느낌표를 세 개씩 붙이거나 아들이 해적선 표시를 본떠 뼈가 엇갈린 해골 모양을 그려 붙이던 것을, 반드시 책상 서랍과 문을 잠그고 다니던 시절을 생각하고 그 여자는 미소를 지었다. 아이들은 그렇게 자란다. 그리고 어느 때부터인가 그 애들은 문을 잠그는 일을 소홀히 하기 시작했다. 이제 비밀은 일기장이나 마른 꽃, 네잎클로버가 붙여진 편지묶음, 우정의 맹세 따위에 있는 게 아니라는 뜻이겠지.

그 여자는 딸의 방문을 열었다. 벽의 한 면에 둔중하게 자리 잡은 피아노의 열린 건반이 희끄무레하게 눈에 들어왔다.

서둘러 나갔다는 표시이리라.

어젯밤 그 여자는 딸이 치는 피아노 소리를 들었다. 그 여자의 바람에도 불구하고 별다른 재질도 취미도 보이지 않아 일찍 피아노 공부를 중단했던 그 애가 피아노를 치는 일은 거의 없었다. 그런데도 어젯밤 그 애는 간단한 소나타나 사랑과 이별의 슬픔을 노래한 가곡들을 싫증도 내지 않고 밤이 깊도록 되풀이해서 쳤다.

딸애는 사랑에 빠져 있는 것이다. 딸에게서는 결코 어떤 귀띔도 암시도 없었지만 그 여자는 서툴지만 한껏 감정을 실은 피아노 소리를 들으며 밤 깊도록 잠을 이룰 수 없었다.

방 안에서는 성숙한 여인의 체취가 비리게 느껴졌다. 그 여자는 자신의 순간적인 이런 느낌을 나무랐다. 도미솔 도미솔 도파라 파솔. 그 여자는 무심한 손짓으로 건반을 누르며 세게 페달을 밟았다. 오래 버려둔 피아노에서는 시격시격 바람 새는 소리가 심했다.

목욕이 잦은 딸은 요즈음 거의 매일 새벽마다 젖은 머리칼을 늘이고 들어섰다. 머리는 젖어서 더욱 검푸르고 피부는 싱싱했다. 파자마 바람으로 식탁에 앉아 조간신문을 읽던 남편은 그런 딸을 조금은 낯설게, 놀랍고 찬탄하는 눈길로 바라보곤 했다.

딸애는 오늘 저녁 돌아오지 않을 것이다.

오늘 밤 근무가 있어요.

딸은 대학의 간호학과 졸업반이고 마지막 학기는 실습으로 채워진다고 했다.

넌 지난주에도 밤 근무를 했잖니?

직원도 아닌 학생에게 야간 근무를 맡긴다는 것에 납득이 안 갔지만 그 여자는 자신 없이 물었다.

실습 일자가 모자라서 그래요. 먼젓번 감기를 앓느라고 사흘을 빠졌잖아요. 이틀을 거푸해야 될 것 같아요.

그럼 낮에는 시간이 비겠구나. 내일도 밤 근무라면 아침 일찍 들어와 좀 자 두도록 해야잖니?

그 여자는 또 조심스럽게 말했다.

거긴 간호사 숙소가 있으니까…… 왔다 갔다 하는 게 더 피곤해요.

딸은 머리칼을 쓸며 약간 상체를 젖히는 자세로 그 여자를 바로 보지 않고 말했다. 빨리 이 소용없고 귀찮은 실랑이를 끝내고 싶어 하는 조바심이 엿보였다.

꼭 사내 앞에서처럼 구는군.

그 여자는 머리를 매만지는 딸의, 멋을 잔뜩 부린 손놀림을 못마땅하게 바라보았다.

딸이 잠깐 방을 나간 사이 그 여자는 다급한 손짓으로 책상 위

211

에 놓인 가방을 뒤적거렸다. 핸드백보다 조금 큰, 간단한 여행에 알맞은 가방은 지퍼가 열린 채 분홍빛의 잠옷이 비죽 나와 있었다.

가방 안에는 상표도 뜯지 않은 잠옷 외에도 세면도구, 휴대용 화장품, 그리고 맨 밑바닥에는 납작한 갑이 들어 있었다. 피임약이었다. 한 달 치 스물다섯 개의 알 중 이미 아홉 개가 빠져 있었다.

딸은 그 여자의 고통스럽게 찡그린 이마, 치마폭에 감추인 채 쉴 새 없이 쥐었다 폈다 하는 손을 모른 체 백의 지퍼를 닫고 가볍게 집을 나갔다.

딸이 오늘 밤, 사내에게 몸을 내어 주리라는 사실이 그 여자에게 몸의 어느 한군데를 날카로운 비수로 찔리는 듯한 아픔과 분노를 느끼게 했다. 그 여자는 자신이 딸의 나이 때 이미 아이를 낳고도 밤마다 콧수염을 기른 클라크 게이블과 춤을 추는 꿈을 꾸었더랬다는 기억을 되살리며 분노를 삭이려 했다. 전쟁은 끝이 났어도 어지러운 시절이었다. 밤에 만난 남녀가 아침이면 헤어졌다.

그 여자는 비참한 심정으로 위로의 손길을 찾듯 아들의 방문을 열고 들어갔다. 그러고는 의자에 앉아 책상 서랍을 열었다. 어둠 때문에 서랍 속에 들어찬 물건들을 볼 수 없었지만 일정한 손놀림으로 서랍을 뺐다 닫았다 하며 삐그덕거리는 소리를 듣는 사이 그 여자가 아이를 가졌을 때의, 표면적인 어떤 조짐도 나타나기 이전, 예감이나 혹은 육감으로 느낄 수 있었던 수태의 기미, 그 놀라움과 기쁨으로 가득 찼던 시절의 다사로운 정이 되살아나고 아들에 대해 솟아오르는 부드러운 애정으로 눈에 눈물이 괴었다.

그 여자는 서랍을 더듬어 그 안에 든 조그만 트랜지스터 라디오를 켰다. 수도의 서쪽 상공에 가상 적기가 나타났다. 화재가 일어난 빌딩 꼭대기에 모여 있던 시민들은 안전 요원의 안내로 신속하고 침착하게 비상계단으로 내려오고 있다. 아나운서는 숨 가쁘게 중심가의 상황을 알리고 있었다.

그 여자는 라디오를 껐다. 소리가 사라지자 어둠이 더욱 진하게 두껍게 느껴졌다.

이렇게 어두워서야……

그 여자는 한숨을 쉬었다. 아직도 집 안에는 페인트 냄새가 남아 있었다.

지난 주일 손수 페인트 통과 붓을 들고 사다리를 올라가는 그 여자에게 딸은 볼멘소리로 말했었다.

소용없어요. 너무 낡은 집이에요. 이사를 가요. 제발 새집으로요. 밤에는 벽이 조금씩 갈라지고 그 사이로 모래 흘러내리는 소리도 들리는 것 같아요.

딸의 말이 옳다는 것을 알면서도 그 여자는 집 안팎을 돌며 꼼꼼한 페인트칠로 낙서와 흠집과 얼룩을 지우고 석회를 개어 갈라진 벽 틈을 메웠다. 그러나 머지않아 또다시 벽은 균열을 시작하고 어쩔 수 없이 옮겨 갈 새집을 물색하게 되리라.

오래 살아온 집이었다. 남편이 부장으로 승진하던 해에 샀으니 벌써 십 년 전이고 그때 이미 집은 퍽 낡아 있었다.

똑, 똑, 천장 반자로 물 떨어지는 소리가 새삼 불안스레 신경을 자극했다.

아래층에서 마루를 저벅거리며 돌아다니는 발소리가 들리는 것도 같았다.

내일 당장 지붕에 방수액을 바르도록 해야지.

큰 소리로 말하고 그 여자는 아들의 방을 나왔다.

층계를 반쯤 내려가다 말고 그 여자는 난간을 짚고 멈추어 섰다. 오래 살아온 탓에 자신의 몸처럼 익숙한 집이면서도 어쩐지 한 발도 내밀 수 없었다. 층계에서 내려다보이는, 아침마다 그 여자가 엎드려 닦는 마루는 더욱 어둡고 의자며 탁자 따위가 입체감 없이 납작하게 떠올라 부유하는 위로 천장의 물소리, 벽시계의 초침 소리가 기름방울처럼 끈끈히 힘겹게 떨어지고 있었다. 집 자체가 어둠 속에 녹아 흐르고 낱낱이 해체되어 떠도는 듯한 느낌에 그 여자는 눈앞이 어지러웠다. 갑자기 그 여자가 마시려 했던 한 잔의 차 맛이 그렇게 떠올라 조바심 나게 했다.

곧 등화관제가 끝나고 불을 켜면 집은 다시 제 면모로 돌아오리라. 어둠은 곧 끝날 것이다. 두려움에서 헤어나기 위해 위로하듯 자신에게 타일렀다. 그러나 그것은 그 여자가 자신의 삶에 대해 가끔 혼자 중얼거리는, 어차피 끝나게 되어 있다는 체념적인 어조와 너무도 흡사해 섬뜩 놀라면서도 동시에 그렇게 말할 때의 편안함, 자기를 내던져 버린 자의 세상에 대한 조소, 경멸 따위가 되살아났다.

해방이 되고 외지에 나가 있던 그 여자가 북쪽 고향 집에 돌아왔을 때 그곳에는 이미 외국군이 주둔하고 있었다. 늙은이거나 어린애거나 여자라면 얼굴에 검댕이를 칠하고, 문밖 출입을 삼가야 하는 것이 상식이었다. 바깥에 인기척만 나면 그 여자의 어머니는 딸을 다락 속에 밀어 넣었다. 로스케가 온다.

지켜야 할 것은 목숨보다 정조였다. 피부가 희고 털이 붉은, 불같이 뜨겁고 독한 술을 마신다는 북쪽 추운 나라 거구의 사내들이 원하는 것은 시계와 여자였다. 털이 수북한 팔뚝에 대여섯 개씩 시계를 차고도 그들은 끊임없이 손을 내밀었다.

다와이, 다와이.

그날 어둠 속에 난입했던 것은 일곱 명의 사내였던가, 여덟 명의 사내였던가.

킬킬대는 웃음 끝에 독한 술내를 풍기며 그들은 알지 못할 말들을 주고받았다. 그때도 그 여자는 눈을 크게 뜨고 이를 악물었다. 모든 건 어차피 끝나게 마련이다.

영원히 소멸되지 않고 떠다니는 고통에 가득 찬 심장이 있을까. 육체가 소멸한 뒤에, 그것은 물과 불과 공기와 흙이 되어 떠돌 뿐 세상의 눈 밝은 자 뉘라서 그걸 알랴.

그러면서도 그 여자는 지난 세월 동안 출근하는 남편, 문밖으로 나가는 아이들을 향해 손을 흔들며 다시 저들을 볼 수 있을까, 지금의 작별이 추억의 한 순간으로 남게 되는 것은 아닐까, 미래의 어느 날, 나는 사고가 있던 날 역시 여느 날과 다름없었던 아침이었다고 회상하며 평온한 기류 속에 숨어 있던 불행한 사건의 전조를 알리는 어떤 암시를 캐내어 보려고 애쓰게 되지나 않을까 따위들을 아득하게 생각하곤 했다.

층계참에서 그 여자는 잠깐 뒤를 돌아보았다. 문풍지 떠는 소리인가, 소년들을 멀고 먼 바다로 몰고 간 마법사의 피리 소리인가 아니면 딸애의 말대로 갈라진 벽 틈으로 잠입하는 보이지 않는 바람 소리인가. 그 여자는 쓸쓸히 생각했다. 사내 앞에서 옷을 벗은 딸을 생각하는 것은 고통스러웠다.

안방의 닫힌 문 안쪽에서 소리 죽여 소곤대는 사람들의 말소리가 들리는 것 같았다. 그 여자는 가끔 빈집에서 울리는 말소리, 웃음소리, 이 집 안에 먼저 살았던 사람들의, 일상적으로 일어나게 마련인 작은 사건 따위를 떠올리며 진저리를 치곤 했다. 그 여자의 가족이 이사 오자 앞서 살았던 사람들의 생활은 마치 질 좋은 도료로 가리워지듯 그녀 가족들의 일상에 의해 말끔히 사라졌으나 혼자 있는 시간이면 그것들은 빈집에서 생생히 되살아났다. 그 여자는 아이들이 학교에 가고 난 뒤면 그 소리의 소재와 흔적을 찾아 집 안팎을 샅샅이 뒤지곤 했다. 이빨 빠진 접시, 다리나 팔이 빠져나가고 가엾게도 머리칼이 다 뽑혀 버린 인형, 망가진 소꿉놀이, 벽이나 기둥, 문의 틈서리 등 눈에 잘 띄지 않는 곳에서 희미한 얼룩, 흠집 따위를 찾아낼 때마다 그 여자는 마치 범죄자의 그것같이 비밀스러운 흥분이 끓어오름을 느끼곤 했다.

그러나 일주일 전 그 여자는 손님을 치를 계획으로 그것들을 말끔히 지우고 새로 페인트를 입혔다.

열 명이나 초대를 하다니…… 괜한 짓이야. 게다가 여자들까지. 돌아가서는 쓸데없이 흉이나 잡겠지.

그 여자는 짐짓 귀찮고 부질없다는 표정으로 절레절레 고개를 흔들었다. 그러나 손님 치를 일에 대한 걱정이 그 여자에게 갑작스런 생기를 주었다.

그 여자는 자신이 손님을 치르는 일 따위의 번잡한 일을 벌이기 좋아하는 성미가 결코 아니라고 믿고 있었다. 그러나 손님을 청할 이유는 항상 있었고 잦은 손님 초대는 이미 생활에서 빼지 못할 습관 중의 하나가 되었다.

그 여자는 안방 문을 열었다. 어두운 방 안을 눈으로 살피며 열 사람이 편안히 앉을 수 있는 넓이인가를 헤아렸다.

그 여자의 집에 초대받는 손님들은 대개 점잖고 예의가 발라 술병이 비는 것을 확인하고야 마지못해 자리를 뜨는 사람들이 아니었다. 그들은 항상 가장 적당한 시간에 돌아갈 줄을 알았다.

손님들이 돌아간 뒤 그 여자는 지저분하게 뒤섞인 안주며 기름기가 허옇게 굳어진 냄비, 싱싱한 맛을 잃은 채 불결하게 변색된 생선, 볼품없이 시들어 늘어진 야채, 조심성 없이 함부로 담뱃재를 턴 접시들에 한숨을 쉬며 아직 술이 남아 있는 술병에서 재빨리 한 잔 따라 마셨다. 그러고는 방 안에 서린 독한 담배 연기처럼 아직 머물러 있는 취기, 취기의 허장성세, 낭자한 웃음소리, 친밀하고 은근한 속삭임들을 되살리려는 공연한 노력으로 귀를 기울이거나 거울을 향해 활짝 웃으며 우아하게 손을 내저어 보였다.

그 여자는 더럽고 어지럽게 흩어진 식탁을 향해 한껏 부드러운 목소리로 입을 열었다.

……애들이란 그렇게 크는 게 아니겠어요…… 나이는 속일 수 없나 봐요. 저는 요새 불면증이랍니다. 아니 술은 못해요.

그 여자는 가볍게 손을 내저으며 술을 한 잔 따라 단숨에 들이켰다……

한 모금만 마시면 그냥 어지러운걸요. 손님들이 돌아가시고 나면 설거지를 해야 할 텐데, 그릇들을 다 깨라구요. 하긴 요즘엔 술 담배 못 하는 여자가 없다고는 하데요. 유명한 여자들 좌담회 때는 차 대신 맥주를 내놓는다잖아요?

그 여자는 또 한 잔 술을 따라 마셨다.

……잠을 못 자면 머리가 아파서 견딜 수가 없어요. 갱년기 증상이라구요? 그럴 수도 있겠지요. 하지만 저는 평생 만성적인 두통에 시달려 왔는걸요. 의학 사전에는 두통이란 뇌 신경의 경련이라고 써 있더군요. 생각해 보세요. 머리카락보다도 가는, 머릿속에 빽빽히 얽힌 줄들이 끊임없이 떨고 있다는 건 끔찍하지 않아요? 남편은 제 불면증이 자기 탓인 줄 알고 미안해해요. 하지만 뭐 이미 그런 걸 중요시할 나이는 아니잖아요? 벌써 그러냐구요? 작은애를 낳은 직후 남편이 디스크를 앓았고 그 뒤부터니까 꽤 여러 해 전부터지

요. 바람을 피우는 게 아니냐구요? 호호, 그렇기라도 하다면……

그 여자는 술을 홀짝 들이켰다. 비방이라구요? 아, 노인네나 우리 남편 같은 사람에겐 동녀가 회춘제라고 하더군요. 숫처녀 말이에요. 자신 있으면 댁의 쥔 양반들에게 한번 권해 보세요. 나 역시 권하긴 하죠. 그이는 말 같지 않은 소리라고 일소에 부칩디다. 하지만 나 몰래 그런들 또 어떻겠어요. 남편의 외도에 속을 태울 나이는 아니잖아요.

그 여자는 또 한 잔 술을 따라 마셨다.

술요? 얼마든지 있답니다. 재떨이는 거기 있군요. 하긴 저도 한때 세상의 모든 여자들을 질투했었지요. 유쾌한 모임이었다니 감사합니다. 사실 우리 나이에 이르면 이렇게 이해관계 없이 허심탄회하게 모여 속을 여는 것이 스트레스 해소에 좋다고 하더군요. 이건 사회심리학자들의 학설이죠. 그 여자는 또 한 잔 마셨다. 남편은 언제나 제게 미안해하고 저는 그러면, 난 여자로선 끝이에요, 그런 일도 한땐가 봐요라고 남편을 위로하며 애들 어릴 때처럼 남편의 머리를 안아 주죠. 그러곤 어린애들처럼, 정다운 오뉘처럼 나란히 눕는답니다. 그래도 여자란 할 수 없나 봐요. 난 종종 클라크 게이블과 춤을 추는 꿈을 꾼답니다. 옛날 사람이지만 정말 섹시하고 매력이 있어요.

그 여자는 화끈거리기 시작하는 눈가를 누르며 또 한 잔 마셨다.

집이 조용한 주택가라 좋겠다구요? 말도 마세요. 종일 집에 있노라면 왜 그렇게 벨을 눌러들 대는지…… 검침원, 우유 배달부, 신문 구독 요청, 또 월부책 장사…… 난 물론 절대로 문을 열어 주지 않아요. 죽은 듯이 기척도 내지 않죠. 귀찮을 거라구요? 그것보다도…… 이건 우리끼리의 얘기지만……

그 여자는 병을 거꾸로 기울여 마지막 방울까지 따라 마셨다.

도둑이 무섭다기보다는…… 하긴 쉰 살 먹은 여자가 강간을 무서워하다니 우습게 들리기도 하겠지요. 커튼을 바꿨다구요? 먼젓번 모임에는 안 오셨던가? 그때 바꿨던 건데…… 그땐 말도 마세요. 손님들이 얼마나 취했던지…… 우린 그날 「과수원 길」이란 아이들 노래를 불렀죠. 남편은 엉망으로 취해서 노래를 부르다 울어 버렸지요. 나 역시 눈물이 나왔어요. 눈송이처럼 흰 사과꽃이 날리는 과수원 길, 어쩌면 머리카락에 이슬처럼 맺히는 봄비가 내리는 날인지도 모르죠. 젖은 대기 속에서 풍기는 엷은 사과꽃 향기, 그런 것들은 어쩌면 영원한 향수 같은 게 아닐까요?

그 여자는 술병을 들어 보다가 이미 비었음을 알고는 아쉬운 듯 내려놓았다.

이상하지요. 전 사과꽃 핀 과수원에 대한 추억은커녕 가까이 지나친 적도 없는데 말이에요. 하도 좋아 레코드를 샀어요. 한번 들어 보시겠어요. 후렴의 고음 부분은 영원히 돌아갈 수 없는 시절을 암시하듯 정말 눈물이 난답니다. 네, 다음에 들으시겠다구요?

그 여자는 술병을 들어 흔들며 불빛에 비추어 보았다. 술병에는 이미 한 방울의 술도 남아 있지 않았다.

그들은 사라졌다. 웃음소리도, 과장된 몸짓도 사라졌다. 그 여자는 한층 더 깊어진 어둠 속에서 망연히 서 있었다. 마루문을 통해 꽃불처럼 현란히 터지는 거리의 불빛들이 보였다. 야산의 전주에 매달린 스피커가 왕왕대기 시작했다.

……가상 적기는 격추되었다. 등화관제는 끝났다. 몇 개의 차량이 불타고 가옥이 파괴되었으나 훈련이 잘된 시민들은 공습에 대비해 미리 지하도나 대피소로 피신해 인명 피해는 없었다. 야간 등

219

화관제 훈련은 성공적으로 완료되었다……

담장 밖에 누군가 와 서 있는 것 같았다. 아니 어쩌면 이미 집 안에 들어와 있는지도 몰라. 그 여자는 한기가 드는 어깨에 재킷이라도 걸치는 시늉으로 으쓱 어깨를 치켜올리며 쓸쓸히 생각했다.

골목을 올라오는 발소리가 들렸다. 약간 뒤꿈치를 끄는 듯한 발소리가 아들의 것임을 여자는 익히 알 수 있었다. 어쩐 일일까. 아들이 돌아오기에는 이른 시각이었다.

벨이 길게 울렸다. 그 여자는 먼저 불을 켜고 문을 열어 주어야 한다고 생각하면서도 우두커니 서 있었다.

벨이 서너 차례 계속 울리고, 엄마, 어디 있어요. 아들이 거칠게 문을 흔들며 소리쳤다.

그 여자는 느릿느릿 마루의 전등 스위치를 올렸다. 불이 들어오기까지의 일 초나 이 초, 혹은 그보다 짧은 순간 그 여자는 어둠 속을 섬광처럼 지나치는 무엇을 보았다. 그것은 무언가 차갑고 날카로운 이물스러움이 그녀의 생애를 꿰뚫고 지나간 느낌이기도 했다. 아마도 일생을 동반해 온 벗이었을까. 그것은 바로 그녀보다 앞서 이 집에서 웃고 숨 쉬며 떠들며 살아갔던 사람들, 아니 그들보다 앞서 살았던 사람들, 또한 그 여자의 흔적, 비탄, 막연한 불안과 분노, 비애 따위를 한 번의 페인트칠로 말끔히 지우고 천연덕스럽게 살아갈, 미래의 사람들의 가면처럼 냉혹하고 창백한 얼굴들이었다.

—《뿌리깊은나무》49호, 1980년 3월;
오정희, 『유년의 뜰』(문학과지성사, 1981)

김승희(金勝熙·1952~)

  김승희는 1952년 전라남도 광주에서 태어나 광주 서석국민학
교, 전남여자중학교에 진학했고 이때 이상의 문학에 매료되었다.
숙명여자고등학교를 거쳐 1970년에 서강대학교 영문학과에 입학
했다. 1973년《경향신문》신춘문예 시「그림 속의 물」이 당선되며
활동을 시작했다. 1979년 서강대학교 대학원 국문학과에 입학해 현
대시를 전공하고, 같은 해 첫 시집『태양미사』를 출간했다. 1994년
《동아일보》신춘문예에 소설「산타페로 가는 사람」이 당선되어 화
제가 되기도 했다. 1995년 8월에 미국 캘리포니아대 버클리 캠퍼스
객원 부교수로 한국 현대시를 가르쳤다. 1998년 1월부터 1년간 미
국 캘리포니아대학교 한국학과 전임강사를 지냈다. 1999년 3월에
귀국하여 서강대학교 문학부 국어국문학과 교수로 부임했으며, 고
정희상, 올해의 예술상 등을 수상했다.
  김승희는 첫 시집인『태양미사』와 두 번째 시집『왼손을 위한
협주곡』(1983)에서 태양을 소재로 한 시를 주로 쓰며 태양을 향한
동경으로 영원성에 도달하고자 하는 열망을 드러낸다. 자칫 관념성
에 매몰될 수 있는 주제의 시편들에서도 김승희는 감각적 이미지를
적절히 활용해 자신의 절대적 지향을 세련되게 표현했다. 세 번째
시집인『미완성을 위한 연가』(1987)와 네 번째 시집『달걀 속의 생』
(1989)에서는 고통받는 여성들의 삶을 집중적으로 그려 낸다. 김승

희는 파격적이라 할 만큼 적극적인 저항의 목소리로 '여성적인 시'에서 '여성주의적인 시'로 이행하는 움직임을 보였다. 시집 『어떻게 밖으로 나갈까』(1991)와 『세상에서 가장 무거운 싸움』(1995)에서는 상대적으로 저항 정신이 사그라든 1990년대 분위기에서 남성 중심 사회에 편입되는 여성들을 비롯해 일상에 잠식되는 현대인들에 주목했다. 시집 『빗자루를 타고 달리는 웃음』(2000)과 『냄비는 둥둥』(2006)에서는 이를 세계적인 문제로 확장해 여성 연대의 지평을 넓혔다.

김승희는 남성 중심의 사회가 강요하는 전통적인 모성에 대해서는 부정적이지만 모성 자체에 대해서는 수용적인 모습을 보인다. 그는 자신이 깊이 천착했던 '태양' 못지않게 '어머니'에 주목하며 어머니의 삶에서 어머니가 되는 딸의 삶까지 이어지는 계보를 짚어낸다. 어머니-딸로 대대로 이어져 온 여성의 고통을 드러내며 이를 삶의 동력으로 삼았다는 데 김승희 시의 의의가 있다. 김승희는 남성의 전유물로 치부되던 지성을 적극적으로 활용해 남성 중심 사회를 통찰하면서도 허무주의에 매몰되지 않았다. 또한 뚜렷한 연대 의식을 갖고 여성의 삶을 섬세하게 형상화해 독자적인 시 세계를 구축했다.

성현아

그림 속의 물

사랑스런 프랑다스의 소년과 함께
벨지움의 들판에서
나는 藝術예술의 말(馬)을 타고
알 수 없는 그림을 그리고 있었다.

그림은 손을 들어
내가 그린 그림의 얼굴을
찢고 또 찢고
울고 있었고.

나는 당황한 現代현대의 이마를 바로잡으며
캔버스에
물빛 물감을 칠하고, 칠하고.

나의 의학상식으로서는

그림은 아름답기만 하면 되었다.
그림은 거칠어서도 안 되고
또 주제넘게 말을 해서도 안 되었다.

소년은 앞머리를 날리며
귀엽게, 귀엽게
나무피리를 깎고
그의 귀는 바람에 날리는
銀은잎삭.
그는 내가 그리는 그림을 쳐다보며
하늘의 물감이 부족하다고,
화폭 아래에는
반드시 江강이 흘러야 하고
또 꽃을 길러야 한다고 노래했다.

그는 나를 탓하지는 않았다.
現代현대의 고장난 수신기와 목마름.
그것이 어찌 내 罪죄일 것인가.
그러나 그것은 내 罪죄라고
소년은 조용히
칸나를 내밀며 말했다.

칸나 위에 사과가 돋고
사과의 튼튼한 果肉과육이
웬일인지 힘없이

224

툭, 하고 떨어지는 것이 보였다.

소년은 나에게 江강을 그려달라고 부탁했다.
江강은 깊이 깊이 흘러가
떨어진 사과를 붙이고
싹트고
꽃피게 하였다.
그리고 그림엔 노래가 돋아나고
울려 퍼져
그것은 벨지움을 넘어
멀리멀리 아시아로까지 가는 게 보였다.
소년은 江강을 불러
내 그림에 다시 들어가라고 말했다.
화폭 아래엔 江강이 흐르고
금새 금새
환한 이마의 꽃들이 웃으며 일어났다.

피어난 몇 송이 꽃대를 꺾어
나는 잃어버린 내 친구에게로 간다.
그리고 江강이 되어
스며들어
친구가 그리는 그림
그곳을 꽃피우는 물이 되려고 한다.
물이 되어 친구의 꽃을 꽃피우고
그리고 우리의 죽은 그림들을 꽃피우는

넓고 따스한 바다가 되려고 한다.

— 김승희, 『태양미사』(고려원, 1979)

태양미사

어둠이 태양을 선행하니까
태양은 어둠을 살해한다.
현실이 꿈을 선행하니까
그리고 꿈은 현실을 살해한다.
구름의 벽 뒤에서
이제는 태양을 산책하는 독수리여,
나는 감히
신비스런 미립자의 햇빛 파장이
나의 生생을 태양에 연결시킬 것을
꿈꾸도다.
나의 生생이 재떨이가 되지 않기 위하여
나의 生생이 가면의 얼음집이
되지 않기 위하여
나는 감히 상상하도다.
영원한 궤도 위에서 나의 불이

김승희

태양으로 회귀하는 것을.
언제나, 그리고 영원토록.

나의 生命생명과 저 방대한 生命생명을
연결해 달라,
어떤 방적기계
어떤 안개의 無무 속에서
우리의 실은 풀려지는 것인가?
어떤 증발
어떤 채무자인가, 우리들은?

나는 감히 상상하도다,
어둠이 태양을 선행하니까
그리하여 태양이 어둠을 살해하듯,
현실이 꿈을 선행하니까
그리하여 꿈이 현실을 살해하기를.
나는 감히
꿈꾸도다,
나의 生생이 안개의 먹이로 환원되는 것을
나는 바라지 않기에
살기 위해 더 많이 사랑할 것을
오직 나는 바라기에
나는 감히 상상하도다,
영원의 궤도 위에서 나의 불이
태양으로 회귀하는 것을.

그리하여 *存在*존재의 실(絲)패를 태양에 감으며
신비스런 미립자의 햇빛 파장이
나의 生생을 태양에 귀의시킬 것을.

— 김승희, 『태양미사』(고려원, 1979)

석정남(石正南·1956~)

석정남은 1956년 충북 충주에서 태어나 국민학교 졸업 후 상경해 양장점, 피복 공장, 전자회사 등에서 일했으며, 1975년 친구의 소개로 인천 동일방직에 입사했다. 요리 강습, 꽃꽂이, 한문 등을 배울 수 있다는 친구의 말에 산업 선교회에 나가게 되었으며, 동료들과 함께 클럽 활동을 하면서 노동조합과 노동법에 대해 알게 되었다. 이후 산업 선교회 모임을 탈퇴하기도 했지만 회사, 정부, 본사의 노조 파괴 공작에 맞선 동료들의 격렬한 투쟁을 지켜보며 다시 산업 선교회 모임과 노조에 합류했다. 1978년 계속되는 탄압 끝에 100명이 넘는 동일방직 노동자가 해고되는데, 석정남은 '동일방직 사건'을 연극에 올리고, 소식이 끊어진 해고자들 간의 연결 고리를 만들기 위해《동지회보》를 만드는 등 복직 투쟁에 나섰다.

석정남의 글이 세상에 알려진 것은 잡지《대화》에「인간답게 살고 싶다」(1976년 11월),「불타는 눈물」(1976년 12월)이 '어느 여공의 일기'라는 부제로 실리면서부터다. 이 일기에는 문학에 대한 동경과 작가가 되어 이름을 남기고 싶다는 꿈, 현실에서 꿈을 이룰 수 없다는 문학소녀의 고뇌가 반복적으로 등장한다. 이후 장편 수기『공장의 불빛』(1984)에서는 일명 '나체 시위'와 '똥물 사건'으로 알려진 동일방직 노동자들의 민주 노조 운동, 해고자 복직 투쟁을 중점적으로 다뤘다. 문학에 대한 석정남의 강한 열망은 소설 창작으로도 이어진다. 그녀는 해고된 후 블랙리스트에 올라 번번이 직장을 잃는 여성 노동자들의 현실을 다룬 자전적 소설 「장벽」(1985)을 발표한다. 또한 《노동문학》에 발표한 소설 「불신시대」(1988)에서는 과거 노동운동에 참여했다가 이제는 평범한 주부가 된 여성이 수배 중인 친구로 인해 이웃과 경찰의 감시 대상이 되는 이야기를 그려 냈다.

석정남의 글에는 노동 현실에 대한 고발만큼이나 문학에 대한 열망, 현실적 조건과 노동운동의 이상 사이에서 갈등하는 내면, 동료와의 갈등이 두드러진다. 또한 석정남은 전투적인 남성 노동자상이나 노동계급의 단결과 승리를 재현하는 당대 노동 문학의 전형적인 서사 문법에서 벗어나, 사회적으로나 문학적으로나 주목받지 않았던 1970년대 여성 노동자들의 투쟁 이후의 삶을 서사화한다. 일을 하고 밥을 먹고 잠을 자는 무의미한 시간의 굴레에 갇힌 삶을 '돼지'에, 문학의 세계를 '별'에 비유했던 석정남은 공장 기숙사에 딸린 도서실에서 책을 읽고 어렵게 혼자만의 시간을 마련해 글을 썼다. 이처럼 고통스러운 노동을 마치고 돌아와 꿈을 실현하기 위해 분투했던 석정남의 삶과 글에서 문학을 매개로 진정한 자신을 찾아 나섰던 1970년대와 1980년대 여성 노동자의 형상을 발견할 수 있다.

정고은

人間인간답게 살고 싶다
불타는 눈물

작품 소개

1976년 11월과 12월 월간 《대화》에 연재된 수기 「인간답게 살고 싶다」, 「불타는 눈물」은 1984년 『공장의 불빛』으로 개작되어 출간되었다. 이 책에서는 파업, 해고 투쟁 과정을 비중 있게 서술하도록 개작한 『공장의 불빛』이 아닌, 공식 역사(노동사)가 포착하지 않은 사적 기억을 담은 「인간답게 살고 싶다」와 「불타는 눈물」의 일부를 수록한다. 발췌문은 고향에 대한 그리움, 문학을 하고 싶다는 열망, 동료 여성 노동자와의 감정적 연대, 의미 있는 삶을 살고 싶다는 자기 계발 의지를 드러내는 부분들이다.

이선옥

人間인간답게 살고 싶다

3 나에겐 어울리지 않는 꿈

1974년 3월 1일

나는 장래에 어떤 사람이 될까? 종일 그런 생각으로 하루를 보냈었다. 나는 진정으로 文學家문학가 되고 싶은데 모든 환경은 너무나 엉뚱하다. 내가 이런 공장 구석에서 썩게 될 줄을 그 누가 알았더냐? 문학가, 화가, 내가 문학가나 화가가 될 수 있을까? 내 소망 중 하나도 이루어질 것 같지 않다. 그렇다면 나는 아무것도 이루지 못하고 늙어 갈 것인가. 그렇다면 너무 아쉽다. 아, 지금보다 좀더 나은 생활을 할 수 없을까? 누구든 나를 좀 이용해 주었으면 좋겠다. 돈 같은 건 바라지 않는다. 나에게 그림을 그리게 해서 팔아먹든 어쩌든 나의 취미를 이용해 줬으면 좋겠다. 小說家소설가가 되었으면 더욱 좋겠다. 그렇게 되면 나는 나의 일생도 책으로 엮어 보아야지. 아, 신경질 난다. 나는 왜 이렇게 주제넘게 어울리지 않게 꿈이 화려할까?

3월 14일

우리 회사의 장래가 어떻게 되려고 이러는지 알 수가 없다. 만약에 회사가 문을 닫게 된다면 나는 어디로 가야 하나? 우리 집도 서울로 이사 오기로 했는데 그렇게 되면 내가 돈을 벌어야 살 수 있을 텐데…… 이제 시다로 들어갈 수는 없고 새삼 걱정이 된다. 요즘은 미싱사도 시다도 많이 필요하지 않나 보다. 그리고 제품점이 눈에 띄게 줄어드는 것은 현실이 보증하는 사실이다. 인구 많은 서울에서 배움이 부족한 내가 설 땅은 어디냐? 나의 책임은 무겁다. 내년 이때쯤 나는 우리 집의 家長 가장 노릇을 해야 된다. 家長 가장의 월급이 8,000~9,000원을 가지고 어떻게 한 가정이 살 수 있을까? 어떻든 빨리 미싱 기술자가 되어야 한다.

(182~183쪽)

4 돈을 벌고 싶어요, 돈을

4월 25일

어서 취직을 하고 싶다. 출근 시간에 늦을까 부지런히 서두르던 지난날이 몹시 그리워진다. 그런 때가 어서 왔으면 좋겠다. 12시가 넘어서야 문을 잠근다. 夜勤者 야근자 號室 호실은 꼭 거지 집 같다. 그러나 어쩔 수 없이 그곳에 갇혀 있어야만 된다. 그런데 영복이가 나에게 편지를 준다. 정자에게서 온 것이다. 엄마와 정자의 편지가 각각 한 장씩 들어 있었다. 「얼마나 고생이 되니? 월급도 조금 타는데 집으로 돈을 부치느라고 힘이 겨웁지? 아버지께서 어디에서 돈을 가지고 오셔서 쌀을 샀다.」 왜 그런지 막 울고 싶다. 왜 이렇게 항상 경제적인 곤란을 받고 살아야 되나? 엄마, 돈을 많이 벌고 싶어요. 많이 벌어서 엄마도 드리고 아버지도 기쁘게 해 드리고 싶어요. 그러나 돈을 벌기는커녕 저에겐 지금 100원의 적은 돈도 없어요. 밥값도 없는데 어쩌면 좋죠? 엄마, 그러나 저의 이런 가엾은 사정은 까맣게 몰라 주세요.

4월 26일

오늘은 종일 詩시를 썼다. 헬만 헷세. 하이네. 윌리엄 워즈워드. 바이런. 괴에테. 푸쉬킨. 이 얼마나 훌륭한 이들의 이름인가? 나는 감히 상상도 못 할 만큼 그들은 훌륭하다. 아, 나도 그들의 틈에 끼고 싶다. 비록 화려한 영광을 받지 못할지라도 함께 걷고 싶다. 아아, 그러나 그럴 수도 없는 어려운 일을 내가 괴롭게 원하고 생각한들 무슨 소용이 있으리오. 나 같은 건 어림도 없다. 내 최고의 실력을 다해 지은 이것도 결국은 보잘것없는 낙서에 지나지 않는다. 감히 내가 저 위대한 이들의 흉내를 내려 하다니. 이거야말로 짐승이 웃고 저 하늘의 별이 웃을 것을 모르고……. 아무 지식도 배움도 없는 나는 도저히 그런 영광을 가질 수 없다. 이대로 그날 그날 천하게 밥이나 처먹으며 사는 거지. 그리고 끝내 돼지같이 죽는 거야.

(188쪽)

9 茶房차방의 레지로

12월 21일

1974년도 어느덧 다 가고 며칠 있으면 1975년! 365일이라는 수많은 날 동안 난 무엇을 했을까? 작년에 결심했던 것을 이루었는 가? 부끄럽게 아무것도 한 일이 없다. 보험을 넣어 가면서 돈 5만 원만 벌겠다던 나의 결심은 한 해가 끝나 버리려는데도 아무 소식 이 없다. 아무 보람 없이 사라져 간 1974년이 허무하기만 하다. 인 생도 꼭 이것과 같을 것이라고 생각한다. 덧없이 청춘을 보내고 이 럭저럭 밥이나 먹고 똥이나 싸다 보면 어느새 늙어 버릴 것이다. 그 때는 지금의 나처럼 「아! 한평생을 어떻게 살았든가?」고 망각을 안 타까워하겠지. 그때는 이미 모든 것이 때가 늦을 것이다. 모든 것을 알았을 때는 죽어 가야 하는 비참한 시기! 나는 좀 더 뜻깊은 인생 을 살아가리라. 재물이란 하늘에 뜬구름과 같다고 했다. 난, 어떻게 든 영원히 살아 있는 「나」가 되고 싶다. 아니 죽어서도 살 그러한 일 을 하고 싶다. 단 몇 작품만이라도 좋으니 文學作品 문학작품을 남기 고 싶다. 남이 읽고 언제까지라도 잊지 않고 기억해 줄 그런 글을 쓰 고 싶다. 그래서 나는 그런 업적을 남기기 위하여 앞으로 험하디험 한 먼 곳에 있는 행운을 잡기 위하여 죽도록 노력하리라.

12월 23일

우선 새해의 꿈은, 모든 면에 좀 더 좀 더 적극적인 정남이가 되자, 이것이다. 올해는 작년처럼 그렇게 「어떠한 일이 있어도 돈을 벌겠다」라는 시시한 생각은 하지 않겠다. 물론 절약하는 마음을 게 을리하겠다는 건 아니다. 생활에도 충실하고 그러면서 무슨 책이든 책을 많이 읽겠다. 책을 많이 읽고 독후감을 쓰고 또 나대로 뭐 좀 써 보리라 생각한다. 내년만은 결코 헛되이 보내지 아니하리라. 그 리고 나의 직장 역시 냉정하게 생각해 보지 않을 수 없다. 심각한 문 제다. 새해엔 좀 더 지금보다 똑똑한 내가 되어 모든 일에 실수가 없도록 하자.

(202~203쪽)

—《대화》, 1976년 11월

불타는 눈물

전쟁이 일어나도 나만은 꽃을 심으리

1975년 5월 7일 수 맑음

맛없는 음식이라도 열심히 먹어야 한다. 영양분 없는 음식이라도 먹지 않는 것보다는 나을 것 같다. 많이 먹어서 몸을 건강하게 해야 한다. 난 가끔 지나치게 자신이 위대한 존재인 것 같은 착각을 할 때가 있다. 어찌 되었든 건강해야 한다. 난 오래오래 살면서 많은 것을 보고 느끼고 배우고 또 그것을 기록하여 뭔가 훌륭한 것을 만들어야겠다는 생각이 든다. 산 역사가 되기 위해서는 무엇보다도 나 자신의 건강이 제일인 것 같다. 2백 살 정도 살고 싶다. 전쟁이 일어난다 해도 어떻게든 살아남아서 평화를 부르짖으며 글을 쓰겠다. 잿더미 위에 씨를 뿌려 곡식을 가꾸고, 삶의 의욕을 잃은 비참한 백성들을 위로하고 그들에게 용기와 힘을 주겠다. 그러기 위해서는 나는 그 얼마나 많은 삶의 경험들을 해야 할 것인가.

내 꿈이 흔적도 없이 사라져도 좋다. 아니 나의 육신이 갈갈이

찢겨짐으로서 이 땅에 전쟁이 없어진다면 이 한 목숨 서슴치 않고 버리련만. 내가 지금 전쟁으로 인하여 죽어 버린다면 너무나 아쉽다. 적으나마 우리 회사 도서실의 그 숱한 황금과 보석들을 모두 가슴에 안아 본 후에라면 모르지만. 아! 무서운 때가 오고 있다. 훌륭한 책들을 부지런히 읽어야겠다.

1975년 5월 12일 월 맑음

이곳에서의 생활은 그저 평탄하다. 그런대로 좋다. 첫째 끼니 걱정을 하지 않아 좋다. 그러나 작품을 쓰지 못하여 마음은 한없이 괴로움에 떨어진다. 죽도록 일만 하고 밥 먹고 잠자고. 이런 일은 너무나 무의미하다. 이건 뭐 밥을 먹기 위해서 사는 벌레나 마찬가지의 생활이다. 나는 가끔 詩시라는 형식의 글을 써 놓고 훌륭한 작품이라는 착각에 빠져 스스로 기뻐할 때가 있다. 그러나 나중에 다시보면 정말 보잘것없는 글이라는 것을 알고 나의 무능력에 대한 깊은 실의에 빠진다. 노력이 부족한 탓일까. 원래가 문학적으로 미개하기 때문일까. 너무 배움이 없어서일까.

(205쪽)

서로 이해하여 건전한 사회를

1975년 5월 16일 금 맑음

참새(쬐그만 복희)는 추석에 한복을 해 입는다고 한다. 나는 제발 그 꿈이 이루어지길…… 하고 말해 주었다.

요즘의 나의 생활은 매일매일이 별다름 없이 단조롭지만, 즐거움으로 차 있다. 아침 일찍 일어나 작업장에 들어가 일을 한다. 2시면 작업은 끝이 나고 식사를 하고는 숙사에 돌아온다. 몸을 씻은 후이 행복한 103호에서 윤희 언니랑 선자 언니, 복스럽고 귀염성 있는 정순 양, 순진한 우리 참새, 그리고 막내와 함께 모두 어울려 재미있게 지낸다. 신나게 떠들고 웃고 춤추고 노래하고, 그야말로 우리들 세상이 된다. 이렇게 한바탕 떠들고 논 후엔 저마다 잠자리에 들어가 책을 본다. 연애소설을 읽는 사람, 소년중앙이나 여성지 같은 월간지를 보는 사람, 문학 소설을 읽는 사람 등등이다. 요즘 나는 어울리지도 않게 노벨상 수상작을 읽는다고 골치를 썩힌다.

어제는 월급을 탔다. 나는 만이천 원 내지 삼천 원을 예상했는데 만육천 원이 나와서 너무 기뻤다. 써야 할 곳은 많지만 눈 딱 감고 이천 원을 저금했다.

(206쪽)

교복을 입으면 귀여울 꺼야

1976년 2월 27일 금 구름

어젯밤 예숙이가 자신의 詩시 2편을 가지고 와서 나에게 보여주었다. 요즈음은 흔히들 그런 문법으로 시를 구상하는가 보다. 주간지나 잡지책 같은 데도 보면 어려운 문자로 된 시들뿐이다. 나로서는 도저히 이해를 못 할 정도로 어렵다. 소월 詩시처럼 마음의 나래를 달아 준다든가, 하이네 詩시처럼 낭만적이고 아름다운 것을 느끼지 못하겠다. 그렇다고 바이런의 詩시처럼 자신의 심정을 절실히 나타내지도 않았고, 괴테의 詩시처럼 신비롭지도 않다. 시라고 하면 으레 어려운 말로 가상해서 쓰는 것 같다. 한마디로 의미는 없으면서 어렵기만 해.

예숙의 시는 깊은 의미는 없으나 그런대로 깨끗한 시라고 생각하며, 느낌 이상으로 칭찬해 주었다. 나는 시를 좋아만 했지 어떤 시가 잘된 것인지 아직 모른다. 어느 한 귀절이 맘에 들면 좋아하곤 했으니까. 며칠 전에 사보에 응모한 원고 역시 두렵다. 셰익스피어의 희극 대표작 「베니스의 상인」에 대하여 내 나름대로의 느낌을 썼는데, 그 작품은 무엇을 상징하는 것일까? 나의 소견으로는 그 작품은 진실된 우정에 약간의 웃음을 첨가한 것이라고 생각하고 썼는데, 그것이 아니라면 망신살은 뻗쳐 있는 것이다. 유명한 작품일수록 전문적인 지식을 가지고 있는 사람들이 관심을 가질 테니, 그 앞에서 나의 초라한 문장력은 얼마나 창피할까?

문학에 조예 깊은 벗을 가지고 싶은데, 나의 주위에선 힘들어, 「한국문학」이라는 월간지를 읽어야겠다. 순애의 말. 「나도 문학에 관심 있다.」 그래서인지 그 애가 한없이 흥미로와. 예숙이도 약간은 나의 관심을 끌고 있다.

(223쪽)

─《대화》, 1976년 12월

송효순(1957~)

송효순은 1957년 전북 익산에서 태어나 충남 논산에서 자랐
다. 국민학교를 졸업하고 도매 상회에서 일하다가 동생들의 학비를
보태기 위해 상경하여 목욕탕 심부름꾼이 되었다. 이후 언니의 권
유로 공장에서 일하기로 결심하고 어린 나이 때문에 다른 사람의
이름을 빌려 1973년 대일화학에 취직했다. 꽃꽂이, 바느질 등을 배
울 수 있고 아주 적은 돈도 저금할 수 있다는 말에 산업 선교회 모임
에 나가기 시작했으며, 점차 공장에서 겪는 부당한 일을 의식하게
되면서 남성 관리자들의 성희롱과 폭행, 낮은 임금, 강제 잔업 및 철
야와 같은 문제를 해결하기 위해 나서게 되었다. 1978년 대일화학
노동자들은 어용 노조를 몰아내고 민주 노조를 설립하는데, 송효순
은 노조 대의원으로 활동하다 회사의 탄압으로 동료들과 오산공장
으로 쫓겨나게 되었으며 결국 1980년 12월 해고당했다.

가난한 유년 시절부터 상경 후 공장에 취직하고 해고되기까지
의 과정을 써 내려간 송효순의 수기 『서울로 가는 길』(1982)은 석정
남의 『공장의 불빛』(1984), 장남수의 『빼앗긴 일터』(1984)와 함께
대표적인 1970~1980년대 여성 노동자 수기로 꼽힌다. 『서울로 가
는 길』에는 저자의 생애만 아니라 동료들의 이야기가 삽입되어 있
다. 그녀들의 이야기는 가난한 농촌 가정에서 자라 생계유지와 동
생들의 학비를 위해 학업을 포기하고 도시로 이주해 '시다', 버스

안내양 등으로 일하다가 공장 노동자가 되는 산업화 시기 하층 노동계급 여성의 전형적인 삶의 양상을 보여 준다. 또한 이 수기에는 당대 여성 노동자들이 산업 선교회와 관계를 맺으며 야학, 소모임, 교육 프로그램을 통해 배움을 얻고 노동자로서 의식을 발전시켜 노동운동에 참여하는 과정이 자세히 드러난다. 한편 송효순은 오산공장으로 쫓겨나 겪은 일들을 상세하게 기록함으로써 권리를 찾기 위해 목소리를 낸 여성 노동자가 이후 겪게 되는 괴롭힘과 수모, 작업에서의 배제와 고립의 경험을 증언한다.

1970년대와 1980년대 여성 노동자 수기의 '상경 서사'는 급속한 산업화 과정에서 여성 노동자들이 '여성'이라는 이유로 저임금으로 착취당하고 가부장적이고 억압적인 규율로 통제되었음을 보여 준다. 그러나 여성 노동자들은 글쓰기를 통해 스스로를 대표하고 재현함으로써 착취의 대상에 머무르지 않고 운동의 주체, 글쓰기의 주체로 나아갔다. 이러한 여성 노동자의 글쓰기는 지식인 중심의 문학장에서 배제되어 왔던 노동자의 말과 글을 문학으로 수용하고자 하는 변화의 계기를 마련했다. 그런 점에서 『서울로 가는 길』은 열악한 노동조건을 변화시키고자 했던 분투의 결과물이며, 여성이자 노동자이자 인간으로서 권리에 눈을 뜨고 삶과 운동의 주체가 되어 가는 과정을 보여 주는 기록이라 할 수 있다.

정고은

서울로 가는 길

작품 소개

　『서울로 가는 길』은 대일화학 노동자였던 송효순이 산업 선교회 활동을 계기로 노동자 의식을 획득하고, 노동조합 결성과 해고, 복직 투쟁에 나서는 과정을 기술한 대표적인 여성 노동자 수기이다. 여기서는 '제2부 서울로 가는 길'과 '제3부 또 다른 고향', '제4부 거듭난 삶'의 일부를 골라 수록하였다. '제2부 서울로 가는 길'에서는 1970년대 여성 노동자 중심의 노동 현장을 사실적으로 재현한 장을 실었다. 열악한 작업장, 주말에도 개인의 일상을 반납하고 철야나 특근을 해야 하는 노동 현실, 식비마저 아껴야 하는 저임금 상황을 노동자 당사자의 글쓰기를 통해 보여 준다. 이런 형편에서도 가난한 농촌 출신 딸이 오빠나 남동생의 교육을 위해 희생하는 당시 남성 중심 가부장제 사회의 문제점도 작가의 편지를 통해 알 수 있다. '제3부 또 다른 고향'에서는 동료의 소개로 산업 선교회에 들어가서 여러 모임 활동을 하다가 회사의 부당한 대우와 노동자의 권리, 노동조합에 대해 알게 되는 과정을 기록한 부분을 실었다. '제4부 거듭난 삶'은 본격적인 노동조합 결성과 활동을 다루지만, 이 책에서는 수련회에 참여한 회원들이 자기 고향을 소개하고 자기 삶을 이야기하며 서로 공감하는 장면을 수록했다. 이들의 삶은 가난한 집안에서 성장하여 가족을 위해서, 혹은 돈을 벌기 위해서 공장에 들어가 노동조합 활동을 하기까지를 증언한 전형적인 여성 노동자의 서사로서 의미가 있다.

이선옥

제2부
서울로 가는 길

공장으로의 첫 출근

6월 4일 언니와 함께 첫 출근을 했다. 나는 그날부터 송효순이 아니고 송××[1]이었다. 우리들은 신입생이니 고참들이 시키는 대로 열심히 하라는 총무과장의 주의와 여러 가지 교육을 들었다. 그리고 생산부 사무실로 데려다 줄을 세워 놓았다. 어떤 여자가 와서 몇 사람을 골라냈다. 나도 그중에 끼어 그 여자를 따라서 3층으로 갔다. 그 여자는 3층의 반장이었는데 그곳은 생산5과 B포장반이었다. 반장 언니의 주의 사항과 과 내의 질서를 지키라는 이야기를 듣고 일을 시작했다.

내게 처음 주어진 일은 ○○파스 포장을 하는 고참들을 위해서 케이스를 집어서 건네주는 일이었다. 포장공들은 약 40명 정도였다. 나는 신기하기도 해서 시키는 대로 열심히 일했다. 그런대로 재미도 있었다. 열심히 일을 하다 보면 퇴근 시간인 6시가 금방 돌아오는 것만 같았다.

점심은 회사에서 주지 않기 때문에 각자 해결했다. 어떤 사람은 식당에서 한 그릇에 60원씩 하는 밥을 사 먹기도 하고 어떤 사람은 라면도 먹었는데 라면 1개에 35원이었다. 나는 같이 입사한 아가씨들과 함께 빵을 사 먹기로 했다. 나는 퇴근 시간이면 정문에서

---

1 저자의 요청으로 초판본에 표기한 가명을 ××로 수정하였다.

언니를 기다렸다가 언니하고 같이 돌아오곤 했다. 때로는 큰언니와 수영 오빠가 놀러 오기도 했다.

토요일이 돌아왔다. 이상하게 언니가 돌아오지 않았다. 언니는 보통 6시나 9시 반이면 돌아왔는데 그날은 밤이 깊어도 돌아오지 않았다. 나는 언니를 밤새 기다리다 이불도 덮지 않은 채 잠이 들었다. 눈앞이 환해져서 깜짝 놀라 일어나 보니 아침이었다. 역시 언니는 없었다. 아침 9시가 지나서야 언니는 핼쑥한 얼굴로 돌아왔다.

"언니 왜 지금 와?"

"철야했어." "철야가 뭔데?" "밤을 새워서 일하는 거야." "그런 일도 다 해?" 나는 깜짝 놀랐다.

어떻게 밤을 새워 일할 수 있는가. 언니는 더 이상 얘기하기도 힘이 드는지 그대로 쓰러져 잠이 들었다. 잠자는 언니의 얼굴이 유난히 가깝게 느껴졌다.

월요일 날 출근을 하여 작업을 막 시작하려는데 반장 언니가 불렀다. 반장 언니는 신입생인 우리들에게 우리 부서가 아닌 다른 부서로 파견을 가라고 하면서 우리 부서가 아니라도 아무 데나 바쁘면 신입생들이 파견을 가야 한다며 우리들을 데리고 다른 부서로 갔다. 그곳은 우리 언니가 일하는 생산2과에 있는 뽄찌라는 기계 부서로 기계에서 나오는 종이테이프에 구멍을 뚫는 부서였다. 그곳은 먼지도 많고 시끄러워 옆 사람이 하는 말도 들리지 않았다. 그곳에서 우리들이 할 일은 종이테이프를 포장하는 일이었다. 나는 옆 사람이 테이프를 비닐에 담아 주면 전기인두로 비닐을 붙이는 일을 맡았다.

철야 작업

정신없이 일하고 있는데 또 반장이 오더니 일이 바빠서 오늘은 철야를 하고 내일부터는 야간 일을 한다고 말했다.

"철야를 어떻게 하는건가요?" 하고 내가 물었다.

"밤에 일을 하고 아침에 퇴근하는 거야." 반장이 대답했다. 나는 시키는 대로 이름을 적었다. 그것을 보고 있던 언니가 우리 쪽으로 와서 반장에게 말했다.

"내 동생은 공장이 처음이라 철야를 못 하니까 빼 줘" 하면서 내게도 하지 말라고 했다. 반장은 해야 한다고 강경하게 말하면서 나를 쳐다보았다. 그래서 나도 철야를 하겠다고 말했다.

"내 말 들어! 철야는 다음에 하고 오늘은 제발 하지 마." 언니는 간절하게 말했다.

"남들도 다 하는데 나라고 못 할 것 같아? 나도 하겠어." 내가 고집을 부리자

"여기는 가정집이 아냐. 한 번 하면 끝까지 해야 한단 말야. 힘들다고 중간에 그만둘 수가 없단 말야" 하며 언니는 화를 내고 가 버렸다.

나는 옆에 있는 사람에게 철야하면 월급이 어떻게 되느냐고 물었다. 그 아가씨는 철야를 하면 야간 수당과 잔업수당이라는 게 나와서 월급이 더 많아진다고 대답해 주었다. 그럼 나도 야근을 하겠다고 마음을 굳게 먹었다. 나는 어차피 돈을 벌려고 공장에 들어왔으니까 무엇이든 해서 돈을 벌고 싶었다.

그날 밤에 처음으로 철야를 했다. 무척이나 힘이 들었다.

밤사이 야식 시간 1시간을 제외하고는 24시간 쉬는 시간이 없

었다. 야식을 먹고 나니 너무 졸려서 견딜 수가 없었다. 나는 잠깐 긴 의자에 누웠다가 잠이 들었다. 길고 딱딱한 나무의자였지만 너무나 편안했다. 잠이 막 들려는데 누가 부르는 소리가 들렸다. 깜짝 놀라서 눈을 떠 보니 숙직과장이었다. 그는 시간이 다 되었다며 나를 깨웠다. 나는 너무도 내 자신이 창피했다. 한숨도 자지 않고 밤을 꼬박 새운다는 것은 정말 지옥과 같은 고통이었다. 언니가 그렇게도 말리더니…… 다음 날은 언니를 보지 못한 채 저녁 7시에 출근을 했는데 언니는 잔업을 하고 있었다. 나는 언니를 찾아가서 야근을 하지 않겠다고 말했다. 그러자 언니는 "그것 봐, 내가 어제 하지 말라니까 기어코 하더니. 이젠 어쩔 수가 없어. 여기는 한 번 하면 1주일간은 꼭 해야 돼"라고 말했다. 나는 눈앞이 캄캄했다. 하는 수 없이 야근을 계속해야 했다.

공장 생활

회사에 입사한 지 약 20일이 지나자 청소 당번 차례가 되었다. 청소 당번은 이곳에 근무하는 사람이면 누구나 돌아가면서 1주일씩 하는 것으로 A조만 제외되었다. A조라 함은 간부들이 지정해 주는 작업량을 달성한 사람들을 말하는데 파스를 7천 2백 개 포장하여 A조 수당 천 원을 타는 사람들이었다. 당번은 주일 동안 매일 아침 7시 30분까지 나와서 실내 청소를 다 해 놓아야 하고 박스 포장도 해야 한다. 점심시간에도 청소를 하고 퇴근 시간에도 청소를 해 놓고 퇴근해야 했다. 신입생은 처음이라 할 줄 모르니까 고참 1~2명의 지시에 따라야 한다.

7월 5일 첫 월급날이었다. 나는 두근거리는 마음으로 퇴근 시간을 기다렸다. 퇴근 시간이 되자 공장에 있는 사람들은 모두 생산부와 총무과로 가서 줄을 섰다. 그 많은 사람들이 줄을 서니 줄은 자연 운동장까지 길게 늘어질 수밖에 없었다. 줄을 서서 1시간 너머 기다린 후에 겨우 월급을 탈 수 있었다. 집에 와서 언니하고 계산해 보니까 하루 일당이 188원이었다. 여기에 생산 수당 천 원과 잔업 수당, 야간 수당을 합해서 7,200원인데 그중에서 식대 1,200원을 제외하여 6,000원이 내 월급이었다. 공장 식당에서 밥을 사 먹으면 180원이 공제되기 때문에 나는 식비를 아끼기 위해 25원짜리 라면을 사 먹었다. 나는 월급봉투채로 언니에게 주었다.

여름이 되자 언니하고 나는 방이 좁고 더웁기도 해서 방을 옮기기로 하였다. 마침 큰언니네 옆에 방이 한 칸 나와서 그 무허가 집으로 이사를 하기로 했다. 방은 조금 컸으나 집은 퍽 허술했다. 이사를 하기로 한 일요일, 회사에서는 일요일인데도 특근을 하라고 했다. 그래서 언니하고 친구들이 이사짐을 나르고 나는 회사에 출근하였다. 이사를 하고 나니 전에 비해 방이 넓어 보였다. 비록 6만 원짜리 방이기는 했지만 큰언니네 옆이라서 더욱 마음이 놓였다. 우리는 큰언니네 집에도 자주 갈 수가 있었고 저녁이면 가끔 큰언니가 놀러 오기도 했다. 가끔은 수영 오빠가 놀러 오기도 했다.

회사는 일요일도 쉴 날이 없었다. 특근을 하지 않으면 당번을 시켰다. 나는 교회에 나가고 싶어서 언니를 졸라서 성경과 찬송가를 사서 저녁 예배에 몇 번 참석은 하였지만 낮에는 엄두도 못 내었다. 회사에서는 일요일 날 특근을 하지 않으면 이유서를 제출하라고 하고 1주일간 청소 당번을 시켰다. 교회에 열심히 다니는 어떤 친구는 교회를 다녀야 했기 때문에 당번이 끊어질 날이 없었다.

나는 아는 곳도 없고 다닐 데도 없었다. 집에 돌아오면 라디오가 가장 친한 친구가 되었다. 그래서 저녁마다 언니가 야근을 들어가면 나는 혼자 라디오를 친구 삼아서 지내곤 했다. 하는 일 없이 라디오를 듣다가 잠이 들고, 아침에 일어나 밥 해 먹고 공장에 가는 게 나의 일과였다. 월급은 봉투채 언니에게 주면 언니가 받아서 시골에 부치고 생활비로 썼기 때문에 내가 할 일은 없었다.

여름이 되니 회사는 더욱 바빠지기만 하였다. 그래서 토요일마다 철야 작업을 하거나 일요일에 특근 작업을 하면 일요일에 제대로 쉴 수 있는 날은 하루도 없었다. 평일에도 밤 9시 30분까지 잔업을 했기 때문에 어떤 때는 한 달 시간 외 근무가 130시간이 넘는 때도 있었다. 시간 외 일을 하지 않으려고 하면 회사 간부들은 야단을 치고 이유를 대라고 했다. 어쩌다 저녁에 다방에라도 갔다가 회사 간부를 만나면 다음 날은 야단을 맞아야 했다. 회사가 바쁜데 시간 일을 하지 않고 쓸데없이 다방 같은 곳이나 돌아다닌다고 개인 사정까지 간섭하였다.

공장에 들어가서 첫 겨울을 맞았다. 넓은 공장에서 석유난로 4개로 추운 겨울을 견뎌야 했다. 아침에 출근을 하면 불기 하나 없는 현장 안은 냉장고 같았다. 발이 시렵고 손이 시려 일을 제대로 할 수가 없었다. 때로는 일을 멈추고 두 손을 마주 비비다가 다시 일을 해야 했다.

점심시간이 되면 15원짜리 단팥빵과 샌드위치를 사다가 난로에다 구워서 먹고 그대로 점심을 때웠다. 대부분의 친구들은 한 푼이라도 아끼려는 마음으로 빵으로 점심을 때웠다. 속이 든든하지 못하니 더욱 춥기 마련이었다. 아침에 세수를 하면 코피가 나오곤 했다. 청소 당번들은 아래층 조제실에서 석유를 타다가 난로를 미리 피어 놓아야 했다. 석유를 타러 깡통을 들고 "아저씨 석유 좀 주세요" 하면 아저씨들은 "지금 바쁘니까 조금만 기다려" 한다. 그러면 당번들은 추운 마당에서 깡통을 들고 발을 동동 구르며 떨어야 했다. 그해 겨울은 석유 파동으로 석유도 적게 주었기 때문에 언제나 퇴근 시간이 되기 전에 난로는 꺼졌다. 석유를 타서 양손에 들고 3층까지 올라가려면 다리가 후들후들 떨리고 어지럽기까지 했다. 하루는 석유 깡통을 양손에 들고 계단을 올라가려고 하는데 내가 너무나 힘이 들어 보였던지 외부에서 온 듯한 양복 입은 신사 아저씨가 석유통을 3층까지 들어다 주었다. 그때 나는 "아저씨 고맙습니다" 하고 인사를 하고는 화장실로 달려가 울었다. "아가씨가 이런 석유통을 어떻게 나르나?" 하면서 혀를 끌끌 차던 아저씨의 모습이 지워지지 않았다. 석유를 들어 올리다 계단에 석유를 흘리기라도 하면 또 야단을 맞았다. 그리고 식당에 가서 연탄재를 얻어다 석유를 닦아 내야만 했다. 나는 공장은 다 이런 것이겠지 하면서 그렇게 해서 돈을 버는 게 당연하다고 생각했다.

오전에 만든 제품들을 점심시간에 창고까지 입고를 시키는 일도 우리가 해야 할 일이었는데 여간 힘든 일이 아니었다. 점심시간이 되어 반장이 하루 생산량 중에서 1인당 입고량을 지정해 주면 반 창고, 파스 등을 가득 채운 무거운 박스를 어깨에 메고 비행기에서 내려오기나 하는 듯 계단을 내려와서 창고에 입고시켰다. 3층에서 창고까지는 꽤 먼 거리였다. 뜨거운 여름이나 추운 겨울에는 물건 박스가 배나 더 무겁게 느껴졌다. 뜨거운 여름에는 햇볕에 몸이 늘어져 세 번만 나르면 다리가 떨리고 현기증이 났다. 그래서 걸음을 천천히 걷기라도 하면 반장이나 과장이 보고 "빨리 빨리 걸어라, 빨리 빨리 뛰어라" 하고 야단을 쳤다. 겨울에는 손이 터져 나가기 일쑤였다. 시간 일을 한 다음 날은 한결같이 물건이 조금만 나오기를 바랐다.

12월이 되자 언니는 착실하다는 이유로 공장에 들어간 지 6개월 만에 반장이 되었다. 언니는 공장 일을 내 일처럼 열심히 했기 때문에 과장의 눈에 들었던 것 같다. 하루는 언니하고 같이 반장 하는 언니가 우리 집에 서류를 한 뭉치 가지고 왔다. 그 서류는 공장에서 일 잘하는 사람과 못하는 사람들을 수우미로 점수를 주는 고과표라는 것이었다. 언니들은 반원들의 점수를 매기면서 이것은 비밀로 하는 것이니까 회사에 가서 절대 비밀로 해야 한다고 내게 몇 번이나 다짐을 주었다. 고과표는 반장이 1차로 점수를 매기고 계장, 과장, 공장장까지 차례로 점수를 매겨 일을 잘하고 말 잘 듣는 사람은 월급을 더 올려 주고 일을 적게 하는 사람은 월급을 적게 올려 주는 기준이 되었다. 나는 고과표를 집에서 매겼다는 것이 알려지면 큰일이 나 나는 줄 알고 회사에 가서도 아무에게도 이야기를 하지 않았다.

연말이 되자 공장 사람들은 보너스를 기다렸다. 올해 보너스는 몇 퍼센트나 나올까 하면서 각자 나름대로 계산을 해 보며 가볍게 흥분도 하였다. 누구는 반장에게 미움을 받으니까 적게 나올 것이라면서 은근히 자기가 더 많이 나오기를 기다리는 사람들도 있었다.

연말이란 서울에서는 무척이나 즐거운 것인 것 같았다. 모두들 어떻게 누구를 만나서 즐겁게 지낼까, 누구누구하고 망년회를 할까, 스케줄을 짜느라고 야단들이었다. 잠 안 자고 철야 작업을 해서 번 돈을 어떻게 함부로 쓸 수 있는가, 한 푼의 돈이라도 아까와 어쩔 줄을 모르는 내가 잘못된 것 같기도 했다. 월급을 타면 옷 사 입고 구두 사 신고 어쩌다 하루라도 쉬게 되면 돌아다니는 사람들이 나는 이상했다. 오히려 날씨가 추우면 추울수록 내 마음은 굳어지기만 했다. 어떻게 하면 내 동생들 수업료를 조금이라도 더 보내서 어머니 짐을 덜어 드리나 하는 생각밖에 없었다. 철야 작업이나 시간 일을 하는 것이 몸이 피곤하기는 하지만 내게는 다행이라는 생각이 들기도 했다. 너무 피곤해서 지칠 때면 동생들에게 편지를 쓰면서 나 자신을 위로했다.

재운아, 공부 열심히 해야 한다. 엄마가 너무나 고생을 하시지 않니. 우리들을 키우느라고 잠도 못 주무시고 잡수시고 싶은 것도 못 잡수시는 엄마에게 조금이라도 보답하기 위해서는 공부에 열중하는 길밖에는 없단다. 재운아, 모두들 고등학교에 들어간다고 좋아할 때 너는 슬프겠구나. 우리 형편이 어려우니 말이야. 재운아 실망하지 말아라. 서울에 올라오면 누나가 야간 고등학교라도 넣어 줄께. 우리 형편에 야간 고등학교라도 들어간다면 다행이지 않니. 그리고 교회에도 열심히 나가기 바란다. 누나는 이곳에서 교회에 나가고 싶어도 못 나간단다. 너무나 공장 일이 바쁘기 때문에, 매일 밤늦게 집에 오기 때문에 교회에 나갈 시간이 없단다. 그러니 동생들은 교회에도 열심히 나가고 공부에도 열중했으면 하는 것이 누나의 마음이란다. 성경에는 참 좋은 귀절이 많더라. 열심히 읽어라.
그럼 다음에 또 편지할께. 잘 자거라.

나는 동생들과 어머니의 주름진 얼굴을 생각하면서 두 손을 꼬옥 쥐기만 하였다. 그럴 때마다 아버지가 한없이 미워지기도 했다. 나는 빨리 돈을 벌어 오빠들이 보라는 듯이 잘살고 싶었다. 그러나 언니는 그렇게 마음먹으면 못쓴다고 야단을 쳤다. 그렇지만 돈을 벌기란 너무나 고생스러웠다. 그래서 나는 조금만 시간이 있으면 큰언니 집으로 갔다. 큰언니는 내게 어머니나 다름이 없었다. 엄마하고 똑같이 보살펴 주었기 때문이었다. 큰언니하고 이야기하며 보내는 시간이 내게는 가장 즐거운 시간이었다.

연말이 되자 공장에서는 보너스가 나왔는데 기본 금액에서 100퍼센트였다. 반장이나 과장에게 미움을 받은 사람은 100퍼센트가 되지 않았으며 반장이나 과장에게 잘 보인 사람은 5퍼센트가 더 나왔다. 같은 현장에서 함께 일을 했건만 마땅히 받을 돈을 다른 사람에게 주어서 서로 경쟁을 시키는 것이었다. 나는 입사한 지 6개월밖에 안 되었기 때문에 보너스는 50퍼센트였다.

(35~43쪽)

제3부
또 다른 고향

> "분명히 들으시오.
> 나는 당신들이 누구인지 모릅니다."
>
> (마태 25 : 12)

산업 선교회

영숙이는 어떤 교회에서 야학을 한다고 그곳에서 공부를 하기로 했다. 그해 가을이 되자 산업 선교회에 관한 이야기를 얼핏 들었다. 몇몇 사람들이 꽃을 만들었는데 완성을 했느냐고 서로 물어보고 대답을 하는 것을 나는 그저 보고 어디에서 그냥 가르쳐 주나 보다 생각하고 있는데 황순애라는 친구가 나한테 찾아와 산업 선교회라는 데가 있는데 그곳은 교회와 같다며 함께 가서 배우자고 나한테 권했다.

그 애가 처음에 산업 선교회를 안 것은 어떤 대학생들이 소개를 해서였는데 찾아가 보니 아주 친절하게 이야기도 해 주고 많은 것을 가르쳐 주어서 자기 친구들 몇몇이 그룹을 만들어 활동을 해 오다가 몇몇만 다니기는 너무나 아까운 곳이라 함께 가서 배우자는 것이었다. 대신에 회사에서 알면 싫어하니까 비밀리에 다닌다고 했다. 이 애들이 처음에 나를 찾아왔을 때 나는 거절했었다. 그랬더니 지금 가기 싫으면 다음에 가고 싶을 때 언제든지 이야기하면 데려다주겠다면서 산업 선교에 대한 자세한 이야기를 시간 있을 때마다 해 주었다.

산업 선교회에는 그룹별로 활동을 하는데 우리 회사에도 두 그룹이 있으며 하나는 '차돌이'라는 모임이고 하나는 '비비'라는 모임이라고 알려 줬다. 그곳에 가면 여성 생리 문제나 뜨개질, 노동조합법 등 여러 가지를 배우고 신용협동조합이라는 데가 있는데 그곳은 자기 성의껏 저금을 하고 필요한 만큼의 대부도 받을 수 있다는 것이었다. 몇 번을 찾아와서 이야기를 하였지만 마음이 내키지가 않았다. 교회에서 운영을 하면 예배나 드리면 됐지 왜 노동법은 가르쳐 주는지 이상하기도 하고 노동법이 무엇인지도 제대로 몰랐기 때문에 더욱 그랬다. 그래서 황순애가 찾아와서 이야기하면 성의가 미안해 다음에 간다고 하고는 가지 않았다.

그러던 터에 자꾸 회사가 우리에게 너무나 부당하게 대하는 것 같다는 생각이 들었다. 그리고 공부가 하고 싶었는데 돈은 없고 저금도 하고 싶기도 한데 은행에 갈 처지가 되지도 못하였던 때였다. 공부를 하려면 시골에 돈을 보내고 조금씩 아껴서 저금을 해 둬야 되는데 저금할 곳을 알지 못했다. 산업 선교회에서는 조금씩의 돈도 받아 준다고 하여 그곳의 그룹 활동엔 나가지 않고 저금만 해 본다는 얌체 같은 생각을 하였다. 이런저런 생각을 하다 보니 아무 데라도 나한테 도움이 된다면 쫓아다니고 싶은 심정이 들었다.

76년 초에 '비비' 그룹에 가입을 하여 활동을 하였다. 역시 회사 간부는 알지 못하도록 하기 위해 회사에서 모임에 대한 이야기를 할 때는 쉬는 시간에 간부가 없을 때만 하였다. 그러면서도 마음으로는 산업 선교에 대한 경계심을 계속 갖고 있었다. 그런데 활동을 하면서 보니 이곳 사람들은 너무나 좋은 말만 하였다.

조목사님이나 인○진 목사님의 말씀은 우리들로 하여금 자기 자신이 어디에 있는지를 가르쳐 주고 있었다. 모든 걸 운명으로만 받아들이고 살고 있던 우리를 깨우치는 데 많은 시간이 필요 없었다. 노동조합법이 얼마나 우리한테 지켜지고 있는지, 공장에서 장시간 노동으로 우리들의 육체가 얼마나 해롭게 되는지를 가르쳐 주시고 우리들도 보호받을 수 있는 이상할 만큼 좋은 법이 있다는 것을 알려 주셨다.

처음 황순애 언니와 아파트 지하실로 들어갈 때는 왠지 이상한 생각도 해 보고 우리들을 이용하지나 않을까 하는 생각도 해 보았다. 그러나 산선에서의 모임을 끝내고 집에 돌아오는 길은 발걸음도 가볍다는 느낌이 들었다.

처음에 그곳에 갈 때는 너무나 멀고 지루하고 피곤하였다. 퇴근 후에 밥도 먹지 않고 회관에 가야 했고 차 타기도 힘들었다. 문래

257

동에서 당산동 끝이라 차를 타려면 두 번은 타야 하고 그렇지 않으면 45분 내지 50분은 걸어야 그곳에 도착할 수 있었다. 활동을 마치고 집에 돌아오면 밤 10시쯤 된다. 처음에는 호기심에서 열심히 나갔으나 시간이 지나자 회사에서는 잔업을 시키고, 잔업을 하지 않으면 빨리 집에 가서 쉬고 싶은 생각만 들곤 하였다. 그러나 이런 것도 회관에 가서의 즐거움을 생각하면 다 잊혀지는 것 같았다. 목사님이 오셔서 인간이 가져야 할 최소한의 권리를 말씀하셨을 때 우리들은 그동안 공장에서 너무나 부당하게 대우를 받고 있다는 사실을 깨닫게 되었다. 그래서 집으로 돌아오면서 우리들끼리 그날 이야기 들은 것과 현재 우리들이 서 있는 위치를 파악하게 되어 피곤을 잊은 채로 우리들을 깨우쳐 주신 목사님들께 큰 고마움을 느꼈다.

나도 그랬지만 처음에는 모두가 열심으로 배우려고 하더니 나중에는 회사와 산업 선교회와의 거리가 너무 멀고 차도 없어서 걸어 다녀야 한다는 불편 때문에 퇴근하고 가기 싫어하는 친구들이 생겼다. 그리고 집에 가서 밥을 해야 하는 사람도 있고 친구와 약속이 있다고 빠지기도 하는 사람이 생기다 보니 처음보다는 의욕을 잃는 것 같았다. 한두 명 빠지게 되면 가려고 하던 사람도 가기 싫다고 빠진다. 더군다나 걸어서 가지 않으면 차를 두 번 타고 가야 하는데 가난한 우리들한테는 차비가 부담이 되었고, 차비를 들여서 거기까지 가느니 공장에서 잔업을 하면 돈을 번다는 얘기까지 나왔다.

(56~59쪽)

제4부
거듭난 삶

수련회

우리 회사의 그룹은 날로 늘어 갔다. 그룹이 2개였던 것이 3개가 되었다. 봄에 우리는 회관에서 주최하는 수련회를 가졌다. ○○화학의 회원 약 40명이 참석한 수련회였다. 먹을 것을 준비하고 분반토의와 여러 가지 인간관계를 계획하여 5시 30분 퇴근하기가 바쁘게 영보수녀원으로 달려갔다. 도착하자마자 방배정을 하고 프로그램대로 진행을 했다. 그동안에 쌓였던 털어 보지 못했고 마음속에만 있던 이야기들을 하고 자기 고향 소개, 자기 걸어온 길을 이야기하며 같이 눈물을 흘리고 서로 몸을 맞대는 인간관계를 가졌다. 그리고 회사 현장의 문제점을 토론하고 자기 반성을 하고 앞으로 회사에서나 어디에서나 모든 일에 앞장서서 일할 것을 다짐했다.

"내가 걸어온 길"

옥순이는 충남 천안에서 일곱 자매 중 막내로 태어났다. 아버지는 7살 때 돌아가시고 어머니가 일곱 딸들을 키우기 위하여 남의 농사를 짓다가 어머니 혼자 힘으로는 감당하기 어려워 농사를 그만두고 장사를 하셨다. 어머니는 과일 장사도 하시고 그릇 장사도 하셨는데 어머니 혼자 힘으로 생활하기가 어려워 언니들은 서울로 돈

벌러 올라왔단다. 언니들이 서울에서 공장 생활을 하자 발전이 없는 시골 살림을 청산하고 서울로 이사를 했다. 그때 옥순이는 국민학교 3학년이었는데 서울에 올라와 퇴거를 하지 않았다는 이유로 학교 전학을 하지 못하고 집에서 놀게 되었다. 언니들 4명이 공장 생활을 하여 월급을 타 오면 계를 부었는데 운이 없는 탓인지는 모르지만 계는 옥순이네가 탈 차례만 되면 깨졌단다. 그러기를 여러 번 하다가 옥순이는 고등공민학교에 들어가 공부를 하였단다. 중학교 3학년 때 집안 형편이 어려워 졸업을 하지 못하고 중퇴를 하고 언니를 따라 가발 공장에 들어가 시다로 일을 하였다. 그 공장은 시간 일을 많이 하는데 매일마다 밤 11시까지 하였다. 한 달 월급은 3천 원인데 모두 집에다 보태 주었다고 한다. 옥순이는 눈썰미가 있어 남들이 쉬는 틈을 이용하여 미싱을 연습하여 다른 사람보다 빨리 미싱에 앉았는데 73년도에는 2만 원이 넘는 월급을 탔다고 한다. 그후 가발 공장을 세 군데나 옮겨 다녔다. 옥순이는 객지 생활을 12년이나 하여 고생이 많은 사람을 보면 그냥 지나칠 수가 없다고 했다.

가발 공장을 이곳저곳 옮겨 다니다가 형부의 소개로 75년 초에 ○○화학에 입사하였다. 처음에는 포장반에서 반창고 포장을 하다가 일을 잘하여 제약계로 발탁되었다. 제약계에서 근무를 하니 몸이 약해지고 생리 불순까지 생겼다. 제약계는 파스약이 처음 조제되는 곳으로 약 냄새가 독하고 약을 건조시키기 위하여 용제와 신나를 많이 쓰는 곳이다. 그래서 몸은 점점 약해져만 갔다. 옥순이는 그곳에서 그룹 활동을 하고 제약계의 부조리와 작업 환경을 개선시키기도 하였다. 어떤 아저씨와 함께 일을 했는데 일요일에 같이 출근을 하지 않았는데도 옥순이보다는 아저씨를 더 야단치고 출근을 하지 않았다는 이유로 아저씨만 파견을 보내는 등의 탄압을 할 때는 직장의 부당한 처사가 참을 수 없이 미웠다 한다. 그래서 부당하다고 이야기하면 담당 과장은 전에는 착하고 일을 잘하더니 산업 선교회에 나가면서부터 사람 버렸다고 오히려 옥순이를 위하는 척 위로하려고 했단다. 옥순이의 생활환경을 아는 사람은 어머니를 모셔야 한다는 약점을 이용하여 설득하려고 노력도 하였지만 옥순이는 거기에 굴하지 않고 바른 일을 하려고 노력하였다. 그럴 때마다 아들이 없다는 것이 이렇게 불리할 줄은 몰랐다며 자기는 어머니를 위하여 결혼을 포기하겠다고 했다.

70이 가까운 홀어머니를 모시고 가정 살림을 꾸려 나가는 옥순이는 생활에 여유가 있을 리 없다. 설상가상으로 몸이 약한 옥순이는 약을 먹어야 했다. 그래서 제약계에 계속 있으면 그나마 건강도 지탱할 수 없어 포장반으로 옮겨 줄 것을 요구하였으나 기술자가 없으면 누가 일을 하느냐며 들어주지 않았다. 계속적으로 담당 직장과 과장에게 건의를 하고 사정을 하여 결국 생산부의 대폭적인 인사이동을 이용하여 포장반으로 옮겼다. 그때 옥순이는 감기가 걸렸는데 몸이 약한 탓인지 일을 하던 중에 갑자기 피를 토하기도 하였다. 그래서 놀란 우리들은 병원으로 데리고 가려고 법석을 떠는데도 희사에서 차도 빌려주지 않아 영등포까지 걸어가서 버스를 타고 병원에 갔다. 그렇듯 회사에서는 어느 개인의 아픔은 아랑곳하지 않고 작업과 생산량에만 온 신경을 쓰고 있다. 폐병이라도 걸렸을까 봐 걱정을 하던 옥순이는 다행히도 폐병은 아니라는 의사의 진찰 결과를 듣고 한숨을 쉬기도 하였다. 그후 계속 병원에 다니면서 약을 복용하여 건강은 조금씩 좋아지고 그룹 활동도 열심히 하여 뒤에서 말없이 노동자를 위하여 일을 하였다. 나는 항상 옥순이는 어쩌면 저렇게도 말없이 행동을 할까 부럽기도 하였다. 부모님을 위하여 결혼도 포기하는 옥순에게 회사의 높은 양반들은 한 치의 온정도 베풀지 않고 옥순이뿐만 아니라 어머니의 생존권까지 빼앗아 갔다. 그런데도 옥순이는 조금도 내색하지 않고 여유를 보이며 ○○화학에서 벌은 돈은 없지만 진실한 친구를 얻은 것이 가장 행복하다고 수련회를 통하여 이야기하였다.

재숙이는 충청남도 당진에서 7남매 중 여섯째로 태어났다. 그의 부모는 태어난 지 2달 만에 시골 살림을 청산하였다. 시골에서는 생활이 넉넉했으나 아버지의 놀음과 술로 세간 살림을 날리고 서울로 이사한 것이었다. 서울 사당동의 무허가 판자촌에 세를 얻고 아버지와 어머니는 막노동을 하여 생활을 이어 갔다. 노동일을 하면서도 아버지는 어느 여자하고 사귀게 되었고 그러다 보니 집안은 돌보지 않고 가정에 대해 무책임하는가 하면 어떤 때는 죄 없는 어머니만 혹사시키고 어머니를 때리기도 하고 술에 만취해 살림을 부수기도 하여 아버지의 공포 속에서 떨며 살아야 했다고 한다.

어머니는 남의 집 일도 하는 등 자식들 때문에 무슨 일이든지 닥치는 대로 하다가 불행하게도 폐결핵에 걸렸다. 그러나 어머니는 약값이 없어 약도 먹지 못했다. 큰오빠가 막노동판에 뛰어들어 일을 하여 가정에 보탬을 주었으나 아버지의 잘못된 생활로 돈은 흔적도 없었다. 봄이 되면 먹을 양식이 없어 밭에 나가 쑥과 풀을 뜯어다 밀가루에 섞어서 끼니를 때웠다. 그 후 어머니의 병환은 점점 악화되었고 거기에다 화병까지 겹쳐 아무것도 할 수가 없어 남의 집에서 밥을 얻어다가 끼니를 때우기도 하였단다.

큰오빠 작은오빠들이 배운 것이 없어 취직하기도 힘들고 막노동판에서 일을 하였으나 막노동판의 일은 재숙이네 식구를 먹여 살릴 만큼은 못 되었고 그나마 돈이 있는 눈치만 보이면 아버지가 빼앗아다 방탕한 생활에 써 버렸다.

그러다 재숙이는 국민학교에 입학하였다. 주위의 환경과 가정의 불화로 공부가 제대로 될 리가 없었다. 오직 오늘은 아버지의 주정이 없이 무사히 넘어갔으면 하고 바라는 마음이 더 컸다고 한다. 아버지는 계속 이 여자 저 여자를 사귀면서 자식들에게 살림을 차려 달라고 졸라 다른 곳에서 살림을 하니 오히려 아버지가 집에 계실 때보다 마음이 편했단다.

재숙이는 국민학교를 졸업하자마자 몸져누워 있는 어머니의 약값이라도 벌려고 봉제 공장에 취직을 하였다. 열네 살의 어린 나이로 공장에서 일을 하고 밤늦게 돌아와 집안 살림을 해야 했다. 큰오빠가 결혼을 했지만 집안 형편상 따로 살았기 때문에 재숙이는 오빠의 뒷바라지와 살림을 맡아야 하였다. 하루 12시간 일을 하고 집에 와서 일을 하자니 얼굴이 피는 날이 없더란다. 하루 일당 130원의 적은 봉급으로 어머니의 입에 맞는 음식이라도 해 드리고 싶었지만 그럴 만한 여유가 없었다. 그것이 재숙이는 지금도 한이 된다 한다. 먹을 것도 제대로 먹어 보지 못하고 입을 것 한 번 제대로 입어 보지 못하고 돌아가신 어머니가 너무나 불쌍하단다.

봉제 공장이 다른 곳으로 이사를 하자 집안 살림 때문에 그만두게 되었다. 그 후 봉천동에 있는 창영봉제공장에 들어갔다. 그 공장에 몇 달 다녔을 때 집안 살림이 너무 어렵고 어머니의 병환이 더욱 악화되어 큰오빠가 집으로 들어와 재숙이는 살림 걱정이 줄게 되어서 너무나 마음이 가벼웠단다.

영세 공장인 창영봉제는 운영하기가 힘이 들어 폐업을 하였다. 그 후 대방동에 있는 근신산업에 입사하였다. 근신산업은 종업원이 약 3백 명이 있었는데 하루 11시간 일을 하여 일당 1300원을 받았다. 큰 올케언니가 살림을 맡아 하기 때문에 월급은 봉투채로 올케언니에게 갖다드리고 용돈만 조금씩 타서 썼는데 용돈이 부족하여 하고 싶은 것도 해 보지 못하였다.

근신산업에 다니던 중 77년에 어머니는 돌아가셨다. 어머니를 잃어버리고 나니 모든 것이 허망하기만 하였다. 아버지는 그동안 집에서 살지도 않아 아버지에 대한 사랑은 없었지만 어머니에게 대한 정은 너무나 컸단다. 그런데 어머니는 다시 돌아을 수 없다는 생각을 하니 너무나 아찔하고 중학생인 어린 동생을 볼 때마다 눈물이 한없이 나왔단다. 그렇지만 어머니를 붙잡고 있을 수만도 없어 장례식을 치루었다. 회사에 출근하여 병으로 고생만 하시던 어머니를 생각하니 아버지가 미워지기도 하였다.

그 후 78년 올케언니 동생의 소개로 ○○화학에 입사하였다. 생산5과에 근무하면서 여러 사람들을 알게 되었고 다른 공장의 분위기보다는 ○○화학의 분위기가 좋더란다. 79년 초에 어느 친구의 소개로 산업 선교를 알게 되었고 산업 선교회에 나가 보니 너무도 친절하여 좋았단다. 그러면서도 회사에서 잔업을 하면 한 푼이라도 벌어서 동생의 용돈이라도 주려고 잔업을 하였다. 회관이 너무 멀어서 나가기 싫어 회관에 가는 날이면 몰래 집으로 도망을 가기도 했다며 지금 생각하면 조금이라도 열심히 다니며 배웠으면 더 보탬이 되었을 것이라며 아쉬워한다. 재숙이는 회관 활동도 별로 하지 않았는데도 회사에서 일을 조금 잘못한 것이 발각되어 오산 공장으로 파견을 열흘간 다니다가 본사로 출근하여 1주일도 채 근무하지 못하고 식당 대기조가 되었다. 우리들하고 식당 대기조 일을 할 때는 왠지 같은 식구라는 생각이 들었고 같이 어려움을 나눈다는 동

지애 같은 것을 느꼈다고 한다. 그 후 오산 공장으로 쫓겨났을 때에
도 여러 사람이 사표를 요구했지만 거절을 하고 오산으로 이사를
했을 때는 집안 식구의 어려움과 자기가 떠나면 동생이 더욱더 외
로울 것 같아 차마 동생을 혼자 놓고는 발길이 떨어지지 않아 하루
하루 미루다가 결국은 해고가 되었다. 해고된 후 올케언니의 동생
이 집안에 알리어 집안에서는 재숙이를 감금시키고 퇴직금도 소개
자가 타다가 재숙이는 알지도 못하게 써 버렸다. 회사에서는 해고
를 시키고도 또 사표를 강요하였다.

그리고 노동조합을 위하여 특히 더 열심히 하고 그룹을 늘리는
데도 게으름을 피우지 않고 열심히 하겠다고 모두들 눈물을 흘리며
마음의 다짐을 했다. 목사님이 수련회의 마지막 축도를 할 때는 엉
엉 통곡하는 소리가 들렸다. 그동안에 소외되어 천대만 받아 온 우
리들이 예수님을 만난 듯 여기가 천국인 것 같았다.

수련회를 마치고 돌아오는 길에 기념사진을 촬영하고 가벼운
발걸음으로 집으로 돌아왔다.

(101~107쪽)

— 송효순, 『서울로 가는 길』(형성사, 1982)

송효순

장남수(1958~)

장남수는 1958년 경남 밀양에서 태어나 국민학교를 졸업하고 1973년 15세에 상경해 낮에는 일을 하고 밤에는 야학에서 공부했다. 1977년 언니가 다니던 원풍모방에 입사해 노조 대의원과 탈춤반에서 활동했다. 1978년 '동일방직 사건'에 연대하여 동일방직, 삼원섬유, 방림방적 등 여러 공장의 노동자들과 함께 여의도에서 열리는 부활절 새벽예배 단상에 올라가 '동일방직 사건 해결', '노동3권 보장' 등을 외쳤는데, 이 시위로 구속되었다가 집행유예로 풀려났다. 그러나 1980년 12월 전두환 정권의 '노동계 정화 조치'에 의해 연행되어 강제로 사표를 쓰게 되었다. 이후 거제도에서 대우조선 등 민주 노조 투쟁의 현장을 취재하고 도왔으며, 한국노동자복지협의회 홍보부장, 지역 경실련 사무국장 등으로도 활동했다. 검정고시에 합격해 2007년 대학에 입학하여 공부했으며, 제주에서 글을 쓰며 지냈다.

석정남의 일기과 유동우의 수기, 잡지《대화》등 노동자가 직접 쓴 글을 읽으며 노동자로서 의식을 키웠던 장남수는 해고 이후 수기『빼앗긴 일터』(1984)를 출간했으며, 1988년 제1회 전태일문학상 생활글 부문에 동생에게 보내는 편지「대학을 휴학한 동생에게」가 추천작으로 선정되었다. 대표작이라 할 수 있는『빼앗긴 일터』는 빈농 가정에서의 유년 시절과 상경, 산업 선교회와 노조에서의 새로운 배움 등 당대 여성 노동자 수기와 테마를 공유하고 있으며, 일기와 편지, 탈춤 대본, 시 등 다양한 형식의 글을 적극적으로 삽입해 사건과 자신의 감정을 생생하게 전달한다. 특히 수기의 후반부는 해고 이후 원풍모방 조합원에 대한 폭행과 탄압, 경찰 연행, 간부 구속 등 이른바 '원풍모방 9·27' 사건의 급박했던 상황을 재판에서의 증언, 최후진술과 같은 노동자의 목소리로 보여 준다.

장남수는 노동운동가이자 기록자로서 꾸준히 노동문제와 관련한 글을 써 왔으며, 원풍모방에서의 잊지 못할 경험은 오랜 시간이 지난 뒤에도 노동운동사와 구술생애사의 형태로 이어 왔다. 장남수는 원풍모방 조합원 생애사 『못다 이룬 꿈도 아름답다』(2010)를 공저하는 한편, 원풍모방 노동자 126명의 구술을 담은 『풀은 밟혀도 다시 일어선다』(2019)의 구술 및 정리자로 참여하였다. 또한 『빼앗긴 일터, 그 후』(2020)에서는 원풍모방에서의 경험뿐 아니라 1987년 노동자 대투쟁 이후 거제도에서의 삶, '오십 대 여대생'의 고군분투, '등단'과 관련한 씁쓸한 경험 등 일터를 빼앗긴 이후에 살아온 궤적을 담아 냈다. 그녀는 "원풍은 우리에게 무엇이었을까?"라는 질문에 꿈, 배움, 동료애, 청춘, 존엄, 정의라고 적은 바 있다. 이처럼 2000년대에 들어서도 명예를 회복하기 위한 '원풍동지회'의 노력, 그리고 그 현장에 함께하며 기록하는 장남수의 글은 1970년대 여성 노동자들이 일하고 싸우며 쌓아 온 시간에 대한 자부심이 40여 년이 지난 후에도 이어지고 있음을 보여 준다.

정고은

빼앗긴 일터

작품 소개

    1970~1980년대 다른 노동자 수기와 마찬가지로 이 수기는 빈농의 딸로 태어난 작가가 서울로 올라와 노동자가 된 후 열악한 노동 현실에 맞서 싸우다 해고당하고 복직 투쟁을 벌이는 과정을 기술한다. 앞부분에서는 작가가 고향에 다녀오는 길 기차 안에서 대학생과 우연히 옆 좌석에 앉아 나눈 대화와 그 후의 짧은 만남을 발췌했다. 문학 취향은 비슷하지만 야근이 일상화된 노동 현실이나 가난을 이해하지 못하는 대학생 현우의 모습을 보고 '공순이'인 자기 처지에 대해 소외감을 느끼는 작가의 모습은 계층 간 격차의 문제가 일상 곳곳에 숨어 있음을 잘 보여 준다.

    두 번째 인용은 '1978년 9월 11일 일기'로 YH 똥물 투척 사건 이후 원풍 노조에도 탄압이 시작되고 조합원들이 서로를 격려하며 의지를 다지는 장면이다. 세 번째 인용은 원풍모방 노조를 향한 탄압에 저항하는 내용을 담았다. 남성 노동자들을 동원해서 폭력적으로 노조를 해체하는 장면은 당시 경공업 여성 노동자들의 현실을 잘 보여 준다. 당시 노조 활동으로 해고 노동자였던 장남수는 산업 선교회와 함께 동료들의 싸움을 지원하고 이 사건을 증언한다.

이선옥

그는 대학생인데

내일 아침이 되어야 서울에 도착할 완행열차는 비교적 한산했다. 옆자리에 앉은 남자가 말을 걸어왔다.

"아가씨 어디까지 가요?"

"저는 영등포까지 가는데 거긴 어디까지 가세요?"

"잘됐네요. 저는 용산까지 갑니다. 우리 얘기나 하죠."

나는 웃으며 고개를 끄덕였다. K대학교 2학년, 이름은 현우라 했다. 나는 직장에 다니며 공부하고 싶어 현재는 학원에 다닌다고 말해 주었다.

"우리 친구하자, 말도 놓기로 하고."

그의 제의에 응하긴 했지만 몇 번이나 또, 또, 하는 지적을 받은 후에야 겨우 말을 놓을 수 있었다. 나는 그와 생각이 잘 통한다고 느끼며 쉬지 않고 재잘댔다. 똘스또이의 『부활』을 얘기하고 헤르만 헷세의 『데미안』을 얘기했다.

"남수야 데미안이 멋있었어?"

"응, 너무 멋있더라."

"그래? 그럼 내가 데미안이 되어 줄 수 없을까?"

"피——현우 씬 안 돼."

"왜? 왜 안 돼?"

나는 웃음을 터뜨렸다.

그도 덩달아 웃었다. 나는 『월간 대화』도 보여 주었다. 그 속에 나오는 「인간시장」을 읽어 보라고 하자,

"무슨 내용인데? 남수가 얘기해 봐."

그래서 또 열심히 얘기해 주었다. 어느새 차는 안양을 지나고 있었다.

"어, 저기 회사 같은데 왜 밤에 불이 켜져 있지?"

"일하니까 그렇지."

퉁명스레 대꾸하는 내게

"정말 밤에도 일해? 진짜 밤에도 일하니?"

어이가 없고 기가 막혔다. 도대체 어떻게 된 친구일까. 이 친구는? 밤에도 일하느냐고? 가슴에 확 밀어닥치는 괴리감이 나를 우울하게 했다. 아, 저 사람은 어쩜 저다지도 세상 모르고 편할까? 대학생들은 다 그런 걸까?

그는 내 표정을 보며,

"난 정말 몰랐어. 밤에도 일한다는 것, 너무 세상을 모르고 살아왔나 봐. 그러나 가난한 건 행복 아니니? 부자보다 가난한 사람이 더 행복하다고 나는 생각해."

"흥 그래서 현우 씨 그 가난을 맛보고 싶어서 완행열차를 탔구나. 참 사치스럽다. 진짜 가난을 알기나 하고 그래?"

271

내 반문에 그는 고개를 숙였다. 용산역까지 가지 않고 영등포 역에서 같이 내린 그는

"그냥 가기는 참 아쉽다. 식사나 할까?"

"싫어 난 그냥 갈 거야."

"그럼 주소 가르쳐 줘. 편지할께."

"싫어. 현우 씨 잘 가요."

돌아서자 그는 소년처럼 팔을 벌려 앞을 막으며 비켜 주지 않는다.

"그럼 현우 씨 주소 적어 줘. 내가 편지할께. 그렇게 하면 되잖아?"

그는 어쩔 수 없다는 듯 메모지를 꺼내어 주소를 적었다.

"어휴 뭐 이렇게 글씨를 못 써."

그러나 내 말엔 대꾸도 않고 적더니 "꼭 편지해야 된다"며 다짐을 했다. 뻐스를 타고 손을 흔들었으나 그는 바라보고 서 있기만 했다. 텅텅 빈 새벽 뻐스 속에서 '그래 편지하자. 그래서 그에게 더 세상 얘기를 해 주자'라는 생각을 했고 나는 곧 그에게 편지를 썼다. 금방 답장이 왔다.

"집에 오니 편지가 와 있구나. 남수 정말 고집이 센 아가씨 야…… 기차 안에서와 같이 또 논쟁하고 싶다. 『월간 대화』도 보여 줄 거지? 남수는 사회적 연령이 참 높은 것 같아. 앞으로 많이 배워 야 되겠어. 남수가 편한 날로 정해 약속을 하자."

나는 정말 내가 편한 날짜, 편한 장소로 정해 답을 보냈다. 약속한 날, 시간도 정확히 그 장소로 나갔으나 그는 나타나지 않았다. 한참 동안 기다리던 나는 잔뜩 구겨진 자존심을 학대하며 뻐스를 타고 종점에서 내리니 수유리였다. 4·19탑이 가까이 있었다. 그는

4·19탑 얘기를 했었는데…… 흰 기둥들이 눈에 들어왔다. 묘소를 한 바퀴 돌아보고 잔디 위에 앉아 몇 시간을 생각했다. 바람맞았다는 것이, 그것도 처음 약속에서 바람맞았다는 것이 견딜 수가 없었다.

내가 그를 이성으로 생각했던 것인가 하는 의아심이 들기도 했다. 내가 어리석지. 그는 대학생이다. 나 같은 공순이 만나 세상 얘기 할 만큼 한가한 사람이 아니다. 혼자 뇌까리며 터덜터덜 돌아왔다. 이틀 후에 편지가 왔다.

"일요일의 약속 못 지켰음을 진심으로 사과한다. 병역 관계로 어쩔 수 없었어. 연락할 여유도 없었고……"

따져 본즉 그럴 수밖에 없었겠구나 수긍이 간다. 그러나 아무 것도 아니다. 이제는…… 그는 토요일 6~7시 사이에 전화를 해 달라고 했지만 그만두었다. 밤중에도 일하느냐고 물어보던 음성이 머릿속에 뱅뱅 돈다. 나는 섬유 공장 노동자고 그는 대학생이다…… 마음이 차분해졌다. 며칠 사이에 난 무척 많은 걸 배운 것 같다.

그가 대학생만 아니었던들 그렇게 자존심이 상하지 않았을 테고 약속 어겼대도 이해하고 또 계속 만나고 그랬을지 모른다. 전화를 하라던 토요일 저녁 많은 생각을 하며 보낸 후 문득 야학 친구가 보고 싶어 송자에게 연락을 했다.

우리는 일요일 오전에 만나 오류동에 있는 조그마한 과수원으로 놀러 갔다. 과수원에서 복숭아를 먹고 다시 오솔길을 걸어 산길을 벗어 나왔다. 갈 때와는 반대 방향인 쪽으로 쭈욱 걸어오니 인가가 멀리 보이는 넓은 터가 나왔다. 그때 어디선가 개 짖는 소리가 들리는 것 같았다. 송자가 갑자기 먹고 있던 죠리퐁을 뱉어 버린다.

"왜 그러니?"

내가 의아해서 물었다.

"응 못먹겠어, 도저히."

"왜? 너 갑자기 표정도 이상하다."

"저 개 짖는 소리 잘 들어 봐. 이상하지 않아?"

"글쎄? 목이 쉰 것 같다."

"목이 쉰 게 아니라 주사 맞은 거야."

"주사? 그럼 병든 개?"

"아니, 그게 아니고 우리 동네에도 개 키우는 곳이 있는데 개가 사람만 지나가도 짖어 대니까 동네 사람들이 '시끄러워서 살 수가 없다'고 항의를 했대. 그래서 소리 지르지 못하는 주사를 놨다지 뭐야. 저 개들도 그 주사를 맞은 거야."

"뭐라구? 그래서 저렇게 억지로 짖는 것 같은 쉰 소리를 내는 구나."

가까이 가 보니 정말 개들은 모두 컹컹거리기만 하지 제 소리를 못 내고 있었다. 짖는 것이 생명인 동물을 짖지 못하게 해 놓았으니 모두 안타깝게 바둥대며 짖으려고 애쓰고 있었다. 목엔 쇠사슬을 걸고서…… 나도 목이 답답해지며 가슴이 콱 막히는 것 같았다. 한결같이 눈알만 디룩거리며 컹컹거리는 생명들, 놀라왔다. 생명이 없는 겉껍질뿐인 몸뚱아리들이라니…… 어차피 보신탕 감이니까.

생명을 죽인 채 키워서 그것을 음식으로 먹다니. 구역질이 날 것 같았다. 짖지 못하는 생명이 되어 버린 개의 모습을 보며 인간의 가장 중요한 생명은 무엇인가를 생각해 보았다. 그리고 우린 정말 우리의 생명을 잘 지키고 있는가를 생각해 본다. 혹시 우리들도 저 개들처럼 짖지도 못하고 눈알만 디룩거리며 심장을 앓고 있지는 않은지……

(35~38쪽)

김경숙 동지여

9월 11일.

오전 9시부터 산업선교 앞에 기동 경찰과 사복형사들이 쫙 깔려 개미 새끼 한 마리 못 들어가게 경계망이 펴졌다는 소식을 듣고 오후 2시가 되어서 달려갔다.

고 김경숙 동지를 위한 추도식은 오후 7시부터인데 아침부터 막느라고 이렇게 삼엄하다. 어이가 없었다. 골목 어귀마다 망차를 세워 놓고 버티고 서 있는 경찰의 몽둥이를 보며 가슴에 솟구치는 커다란 덩어리를 느끼면서도 그 몽둥이가 무서워 가까이 갈 수가 없었다.

회관에서 두 정류장까지 차도 못 가게 하고 신부, 학생들이 길거리에 서 있는 것이 보였다.

"언니 무서워."

점순이가 내 손을 꼬옥 쥔다.

"괜찮아."

나도 속으론 겁이 났지만 태연하려 애쓰면서 먼발치에서 빙빙 돌면서도 그냥 돌아갈 수가 없는 마음으로 집회에 온 사람이 아닌 척하며 오락가락했다. 결국 추도식은 못 하게 되고 경찰에 밀린 채 사람들은 무리가 되어 「우리가 승리하리라」「오 자유」「정의가」 등을 부르며 영등포시장 앞까지 밀려왔다 밀려갔다 하는 시위행진이 되어 버렸다.

야근 출근을 하니 해자, 봉순 언니 등이 경찰서로 연행되고 누구는 어떻고, 누구는 신발을 잃고…… 등 온통 그 얘기뿐이다.

"머리채를 막 쥐고 질질 끌어가더라. 어두워서 누군지 잘 볼 수가 없었어."

순임이가 질린 표정으로 말했다. 알아보니 우리 조합원만도 30여 명이 영등포경찰서에 연행된 것이다. 노조에는 간부들이 대기해 있었고 결국 밤 12시가 가까와서야 모두 풀려났다.

며칠 후 노조 간부교육 명상 시간에 사용할 수 있게 김경숙 동지에 대한 추도사를 좀 써 보라는 부지부장 언니의 말씀을 듣고 나는 추도사를 썼다.

김경숙 동지여!

동지를 그리며 아픈 가슴을 부둥켜안고 동지가 눈 감지 못하고 바라보고 있을 것만 같은 하늘을 바라봅니다.

가장 기본적인 생존권 문제를 놓고, 지극히 정당한 것을 요구하는 동지의 외침을 세상은 야멸차게 뿌리쳐 거절하고, 동지의 가슴에 구멍을 뚫어 멍들고 피맺혀 죽게 만든 현실을 보며 우리는 자꾸자꾸 당신을 불러만 봅니다.

동지여!

YH 옥상 위에 노총 깃발 꽂아 놓고, 사랑하는 동지들과 한백 년 살기를 원하던, 그렇게도 소박하고 기본적인 소망이 누구 때문에 말살되어야만 합니까. 이렇게 서럽고 고통스런 현실 앞에서 우리들은 어떤 자세로 동지의 죽음을 살려야 하겠읍니까.

동지여!

7백만 노동자의 젊음을 가슴에 품고 한 맺히게 죽어 간 동지여! 우리는 알고 있읍니다. 동지가 무엇 때문에, 시골에서 행상하는 어머니께 한마디 인사도 못 드리고 사랑하는 동생의 학비도 보내 주지 못한 채 먼 객지에서 외롭게 죽어 가야 했던가를…… 동지의 소리를, YH 동지들의 절규를, 그리고 소리 없이 죽어 간 수많은 노동자들의 아픔을 우리는 알고 있습니다.

동지여!

동지가 가 버린 하늘 아래에서 우리는 지극히 모순되고 서러운 세상의 모습을 봅니다.

동지는 알고 있읍니까.

YH 지부장이, 부지부장이, 사무장이 성북구치소 마룻장 위에서 죽어 간 동지를 생각하며 뿔뿔이 흩어져 버린 동료들을 그리며 이 시간도 묶여 있다는 사실을…… 그렇게 몸부림치며 죽음으로 맞서 지키려 했던 현장을 잃어버리고, 기숙사도 정문도 굳게 잠겨져 버린 면목동 공장을 알고 있읍니까.

저임금을 쪼개어 가정을 도우며 세상 모든 사람이 외면하고 소외시켜도 우리끼리는 따뜻하게 어울려 살고파 했던 동지의 뜻이 죽음으로 나타난 현실 앞에서 눈감지 못하고 있을 당신을 그리며 우리는 울음을 거두렵니다. 찢어진 상처를 싸매고, 아픔을 누르고, 당신의 뜻을 이어받기 위해 일어서렵니다.

고통스런 노동자의 현실을 벗어나기 위해 손 맞잡는 우리들 앞에 노동 현장의 이슬로 가신 당신은 상징이 될 것입니다. 동지를 그리는 우리들 마음은 슬퍼하기 이전에 동지의 뜻을 깨달아 이어서 살고 싶은 다짐입니다.

입술을 깨물며 자리를 떨치고 일어나는 우리들의 가슴을 동지여 지켜봐 주소서. 이제 기계 앞에서 땀 흘리며 당신의 뜻을 지키렵니다.

동지여, 우리들에게 맡기고 고이 잠드소서.

장남수

어수선하고 마음 아픈 상태 속에서 일주일이 후딱 흘러갔는데 17일 오후 노조 사무실 앞에 조합원들이 몰려 있었다.

"왜 그러니?"

"모르겠어. 무슨 조사단이 나왔대."

명희가 불안한 표정으로 대꾸했다.

"조사단?"

"응, 또 뭔가 옭아매려는 것 아닐까?"

불안했다. 무슨 일일까. 우리는 노조 사무실 옆에 모여 상집 간부가 나와서 얘기해 주길 기다렸다. 부지부장 언니가 나오셨다. 무척 분한 표정이 얼굴에 서려 있다.

"언니, 왜 온 사람이에요?"

"어디서 온 거예요?"

제각기 한마디씩 물었다.

"너무 걱정들 하지 말아요. 별것 아니에요. 외부 세력 침투실태 파악 특별조사단이래요. 노동청, 수원 지방검찰청 등에서 일곱 명이 사전 예고도 없이 몰려와 우리 지부에서 발송된 진정서, 호소문, 도서 등을 양해도 구하지 않고 기록하고 뒤지며 서류 제출을 요구하는 거예요."

이유인즉 정부는 YH 사건을 외부 세력의 작용이라고 규정지으면서 대통령의 특별지시로 산업체에 대한 외부 세력 침투 실태 파악 조사단을 구성하였다는 것이다.

"여러 형태의 노사분규에 일부 종교를 빙자한 외부 불순단체가 산업계와 노조에 침투하여 선동하고 사회불안을 조성하는 사례가 있다. 실태를 조사, 조치를 취한다"라고 발표한 직후에 원풍 노조에 들이닥친 것이다. 그들은 강압적인 언사로 서류 제출을 요구하고 노조에서 거부하자 불쾌한 듯한 행동을 노골적으로 드러내는 등 은근한 협박을 가했다. 우리는 계속 노조 사무실 앞에서 서성댔고 조사단은 의도가 뻔한 내용으로 2, 3일간 들락거리며 트집을 잡곤 하다가 떨떠름한 표정으로 철수했다.

노동자 만세!

커다란 우리 회사 운동장엔 만국기가 펄럭이고 청백 팀이 각각 푸른색과 초록색의 체육복을 입고 줄을 서 있는 걸 보니 기분이 참 좋았다. 국민학교 시절마냥 마음이 부풀었다. 화진이, 현숙이, 목사님, 명 선생님 모두 와 주셨다. 퇴직 조합원들도 아기를 업고, 안고들 하며 와 주었고 내빈석이 가득 찼다. 경기장 주변에는 큰 드럼통에 막걸리를 가득가득 채워 놓고 돼지고기에 김치가 푸짐하게 준비되어 있었다.

가공과의 익살스런 아저씨가 짧은 스커트에다 스타킹을 신고 부라쟈를 했는지 가슴도 나와 있고 머리에 길게 가발을 쓴 모습으로 앞에서 열심히 응원을 하고 있다. 햇볕도 화사하게 내리쬐어 오늘 하루 운동장에서 보내고 나면 알맞게 살이 익을 것 같다.

물건 잡고 달리기, 엿 물고 달리기, 다리 묶고 달리기, 줄다리기, 노사축구, 배구, 가장행렬, 맨 마지막 순서에서 농악을 했다. 의상을 준비하고 깃대를 만들고, 다리가 아프도록 연습을 했었던 우리 농악팀, 나는 잡색 역을 맡았다. 문둥이 탈을 쓰고, 거지 옷을 입고 깡통을 들고, 손과 발엔 시커멓게 검정 칠을 한 채 춤을 추며 본부석으로 어정거리며 걸어가서 깡통을 흔들어 대자 사람들이 웃음을 터뜨린다. "저게 누구야?"라는 소리도 들리고 "어유 저 거지 불쌍하네. 어이 거지, 어쩌다 그렇게 됐어?"라고 농지거리를 하기도 한다. 꼬마들이 소리를 지르며 와르르 몰려다니는 것도 조그만 탈바가지의 눈 속에 들어온다. 다시 깡통을 본부석에 들이대고 흔들었더니 부지부장님과 사원들이 돈을 넣어 준다.

그러나 몇몇 사원들의 억지로 짓는 이지러진 웃음과 싸늘한 냉기를 순간적으로 의식했다.

한바탕 운동장을 돌며 꽹과리를 치고 장구, 북, 징을 치며 뛴 후 모두 운동장에 같이 몰려나와 청군도 백군도 없이 어울려 춤을 추며 노래를 부른다. 흙먼지가 운동장에 가득하다.

"노동자로 태어나서……"

"아침에 솟는 해는 우리의 동맥."

우리들의 노랫소리가 하늘에 메아리친다. 그러자 사원들이 폐회식을 하겠다, 회사 간부의 모이라는 소리가 들려온다. 운동장으로 나오려는 조합원들이 사원들의 제지 때문에 제대로 못 나오는 모습을 보며 화가 났지만 그래도 거의 전체가 한 덩어리로 될 수 있었다. 마이크에선 폐회식을 하겠다고 난리다. 그러나 폐회식이 문젠가 뭐 우리가.

연숙이가 내게로 달려오더니 "남수야 어쩌면" 하며 거지 차림의 내 모습을 끌어안았다. 문둥이 탈, 찢어진 옷, 깡통, 이런 것이 나를 드러낸 본모습인 것 같은, 그리고 무언가 서러워져 같이 끌어안았다. 한 덩어리가 되어 부르는 우리들 노래의 내용대로 "민족의 사는 길로 노총이 ─ " 진정한 노총이 갈 수 있는 날이 언제 올까.

폐회된 후에도 한참 동안 1,800여 조합원의 뒤풀이는 계속되었다. 군데군데 막걸리 통이 놓여 있고 돼지고기가 큼직큼직하게 들어 있는 김치찌개가 풍성했고 식당의 국그릇이 막걸리 잔이 되어 주거니 받거니 흥겹다. 창고과 아저씨 한 분이 "어이, 거지도 한잔 하지!" 하며 텁텁한 막걸리를 철철 넘치게 따라 주신다.

"고맙습니다."

인사를 한 후 다시 빙빙 돌며 춤을 추었다. 할아버지들께서도 막걸리를 드시고 기분이 좋으신지 덩실덩실 춤을 추고 노동조합 간부들을 무등 태우는 등 온통 축제가 된 운동회는 늦게까지 고조되어 갔다.

어두워진 후에야 우리는 둥글게 원을 만들어 손을 잡고 「우리 승리하리라」를 부른 후 지부장님이 "자 이제 노동자 만세 삼창으로 폐회합시다"라고 하신 후 우리는 손을 번쩍 들어 함성을 질렀다.

노동자 만세!
노동자 만세!
노동자 만세!

(129~134쪽)

마지막 통화

"우리 조합원들이 폭행을 당하고 있어요."

"네? 뭐라구요?"

"조합원들이 남자들에게 폭행을……"

전화는 뚝 끊어져 버렸다.

"여보세요. 여보세요?"

나는 미친 듯이 다시 다이얼을 돌렸지만 통화는 이어지지 않왔다.

1982년 9월 27일 오후 1시경, 원풍 노조 소식이 궁금하여 다이얼을 돌렸다. 832-6328…… 한참 신호가 울린 후에야 "여보세요?" 소리가 들려왔다.

"노동조합이죠?"

"네, 누구십니까?"

정선순 조합장의 목소리가 흘러나왔다.

"소식이 궁금해서 전화했는데요."

내 목소리를 알아들은 것 같았다. 순간 수화기를 통해 다급한 음성이 흘러나왔다.

"우리 조합원들이 폭행을 당하고 있어요. 남자들이 몰려와서……"

그 한마디로 말끝을 맺지 못한 채 원풍 노조 사무실 전화선은 끊어져 버렸다. 기어코 일이 터졌구나…… 온몸이 떨려왔다.

사건이 나기 며칠 전, 순애 언니의 전화를 받았었다.

"남수야, 남자들의 태도가 이상해. 대림동에 좀 와 볼래?"

퇴근 후 원풍모방 앞 대림다방에서 순애 언니를 만났다. 다방에는 순애 언니 외에 조합원들 여러 명이 함께 있었다.

"무슨 일이야, 언니? 분위기가 이상한데……"

걱정이 가득 서린 사람들을 보며 물어보았다.

"남자들이 반조직을 하고 있는 것 같아. 회사 간부들이 몇 명씩 나누어 맥주집이나 식당으로 조합원들을 데리고 다니고 있어. 요 옆 삼우치킨에도 지금 들어가 있어. 너 좀 가 볼래?"

나는 벌떡 일어나 삼우치킨 집으로 달려갔다. 그러나 아무도 없었다. 주인아주머니께 물어보니 금방 한 무리가 나갔다고 한다.

회사 앞 차도로 달려갔다. 성심병원 앞 신호등에 파란불이 켜져 있고 한 무더기 사람들이 회사 쪽으로 걸어가는 것이 보였다. 어두워서 모습을 뚜렷이 볼 수 없는 것이 안타까왔다. 그러는 사이 남자들은 이미 회사로 들어가 버렸다.

다시 다방으로 달려오자 순애 언니가 경위를 설명했다. 정방 담임, 방적과 계장, 직포과 과장 등이 음식점으로 술집으로 몰려다니며 뭔가 수근대는 것을 조합원들이 발견했다는 것이다.

그 후 며칠 뒤인 27일, 풀무원으로 출근을 했으나 계속 염려가 되고 궁금하여 점심 식사 후 노조에 전화를 해 본 것인데 폭행을 당하고 있다는 절박한 소리를 끝으로 통화는 이어지지 않았다. 어떻게 된 것일까? 끊어져 버린 수화기를 놓고서 이곳저곳 아는 대로 전화를 했다.

"여보세요 목사님, 대림동 소식 못 들으셨어요? 조합원들이 폭행을 당하고 있대요. 어디 연락 좀 해 주세요."

나는 정신없이 뛰어다녔다. 수화기를 빼앗기고 폭행을 당하는 조합원들이 상상되고 온통 수라장이 된 노조 사무실이 상상되어 견딜 수가 없었다. 마침 명자로부터 전화가 왔다.

"남수니? 나야."

"응, 명자!"

나는 울음을 터뜨렸다.

"왜 그러니? 무슨 일 있었어?"

"우리 조합원들이 폭행을 당한대. 조합장이랑 통화하다 끊어져 버렸어. 내가 했던 통화가 마지막이었나 봐, 전화가 안 돼. 명자야, 대림동 좀 가 봐. 나도 글루 갈게."

"남수야 침착해. 나중에 보자."

명자는 나중에 보자며 전화를 끊었다. 그래 침착하자. 애를 쓰며 하던 일을 대충 끝내고 대림동에서 내린 내 눈에 가장 먼저 들어온 것은 국방색 기동대 뻐스였다. 주변엔 사복형사들이 얼쩡거리는 등 원풍모방 앞은 삼엄한 경비망이 쳐져 있었다.

나는 다시 부랴부랴 영등포 산업선교로 달려갔다. 사람들 모두 침통한 표정이다.

"어떻게 된 거예요?"

사무실 문을 열자 신 선생님이 "이쪽 안에 들어가 봐. 얘기하고 있으니까." 총무실을 가리킨다.

문을 열자 방 지부장님, 박순희 부지부장님, 이우정 교수님 등 원풍모방 노동조합 대책위원들이 심각한 표정으로 앉아 있고 순애 언니가 팔에 붕대를 감은 채 있다.

눈물이 쏟아질 것 같았지만 이를 악물었다. 울 때가 아니다.

"언니, 어떻게 된 거야, 팔은?"

"유리창이 깨지는 바람에 다쳤다. 병원에 실려 갔다가 도저히 누워 있을 수가 없어서 도망 나왔어."

이유인즉, 조합장만을 감금한 채 모두 끌어내자 기를 쓰고 노조로 들어가려고 억센 남자들과 대항하던 와중에서 유리창이 깨지면서 팔을 다쳤다는 것이다. 순애 언니는 그때 상황을 상세히 설명했다.

일요일인 어제 박순애 부조합장과 이옥순 총무, 가공과 박혜숙, 김영희 조합원 등 네 명에 대해 '사칙 위반'이란 이유로 해고 조치하여 노동조합이나 본인들에겐 통고도 없이 게시판에 붙여 놓았다.

다음 날인 27일, 상집 간부들이 모여 대책을 협의하고 있는데 오후 1시경 느닷없이 박찬배 부공장장의 지휘하에 담임급 남자들,

정체불명의 사내들이 노조 사무실로 몰려들어 잠겨진 노조 문을 부수고 조합원들을 모두 끌어낸 후 정선순 조합장을 감금하고 있다는 것이다. 이옥순 총무는 책상 위에서 콘크리트 바닥에 내동댕이쳐져 머리가 깨지고 박혜숙 조합원도 짓밟혀 쓰러진 채 병원으로 실려 갔다는 것이다. 그들은 노조 사무실을 점거한 채 조합원들이 접근하지 못하도록 식탁으로 바리케이트를 친 후 갖은 욕설과 협박을 하며 난동을 부렸고 어느새인지 KBS, MBC 방송국 기자들이 들이닥쳐 울부짖는 조합원들을 촬영하더니 사라졌다고 한다.

"이럴 수가, 이 짐승 같은 놈들!"

분노로 심장이 터질 것만 같다.

"그래서 조합원들은 어떻게 하고 있어요?"

"노조 사무실 옆에서 조합장 내놓으라고 농성하다가 지금은 검사과로 옮겨서 농성하고 있어."

(206~209쪽)

— 장남수, 『빼앗긴 일터』(창작과비평사, 1984)

장남수

엮은이 소개

여성문학사연구모임

남성 중심의 문학사 서술에 의문을 품고 한국 근현대 여성문학의 유산을 여성의 시각으로 정리하기 위해 2012년 결성된 모임이다. 국문학 연구자 김양선, 김은하, 이선옥, 영문학 연구자 이명호, 이희원으로 구성되었고, 시 연구자 이경수가 객원 에디터로 참여했다.

김양선

서강대학교 영어영문학과를 졸업하고 동 대학원 국어국문학과에서 박사 학위를 받았다. 현재 한림대학교 일송자유교양대학 교수이며, 한국여성문학학회 회장과 《여성문학연구》 편집장을 역임했다. 저서로 『한국 근·현대 여성문학 장의 형성』, 『1930년대 소설과 근대성의 지형학』, 『근대문학의 탈식민성과 젠더정치학』, 『경계에 선 여성문학』 등이 있다.

김은하

중앙대학교 문예창작학과를 졸업하고 동 대학원에서 문학박사 학위를 받았다. 현재 경희대학교 후마니타스칼리지 교수, 한국여성문학학회 회장이며, 《여성문학연구》 편집장을 역임했다. 저서로 『개발의 문화사와 남성 주체의 행로』 등이 있다.

이선옥

숙명여자대학교 국어국문학과를 졸업하고 동 대학원에서 박사 학위를 받았다. 현재 숙명여자대학교 기초교양대학 교수이며, 《실천문학》 편집위원, 한국여성문학학회 회장을 역임했다. 저서로 『태권V와 명랑소녀 국민 만들기』, 『한국 소설과 페미니즘』 등이 있다.

이명호

경희대학교 영어영문학과를 졸업하고 뉴욕주립대학교에서 박사 학위를 받았다. 현재 경희대학교 글로벌커뮤니케이션학부 영미문화 전공 교수이며, 경희대 글로벌인문학술원 원장, 한국비평이론학회 회장을 역임했다. 저서로 『누가 안티고네를 두려워하는가』, 『트라우마와 문학』 등이 있다.

이희원

이화여자대학교 영어영문학과를 졸업하고 미국 아이오와대학교에서 석사, 텍사스 A&M대학교에서 박사 학위를 받았다. 현재 서울과학기술대학교 영어영문학과 명예교수이며, 한국영미문학페미니즘학회 회장을 역임했다. 저서로 『영미 드라마 속 보통 여자들』 등이 있다.

이경수

고려대학교 국어국문학과를 졸업하고 동 대학원에서 문학박사 학위를 받았다. 현재 중앙대학교 국어국문학과 교수이며, 한국시학회, 한국여성문학학회 편집위원장을 역임했다. 대표 저서로 『한국 현대시와 반복의 미학』, 『불온한 상상의 축제』, 『춤추는 그림자』, 『이후의 시』, 『백석 시를 읽는 시간』 등이 있다.

집필에 참여한 연구자들

강지윤

연세대학교 국학연구원 비교사회문화
연구소 연구원

공현진

중앙대학교 교양대학 강사

남은혜

서울대학교 기초교육원 강의 교수

박지영

성균관대학교 동아시아학술원 연구원.
저서로 『'불온'을 넘어, '반시론'의 반어』,
『번역의 시대, 번역의 문화정치』 등이
있다.

배하은

대구경북과학기술원 기초학부 교수. 저
서로 『문학의 혁명, 혁명의 문학』이 있다.

백선율

가천대학교 리버럴아츠칼리지 강사

성현아

중앙대학교 교양대학 강사. 문학평론가.

손유경

서울대학교 국어국문학과 교수. 저서로
『고통과 동정』, 『프로이트의 감성 구조』,
『슬픈 사회주의자』, 『삼투하는 문장들』
등이 있다.

안미영

건국대학교 글로컬캠퍼스 교양대학 교
수. 저서로 『서구문학 수용사』, 『문화콘
텐츠 비평』, 『소설로 읽는 한국근현대문
화사』 등이 있다.

오자은

덕성여자대학교 차미리사교양대학 교수

이미정

중부대학교 학생성장교양학부 교수

이소영

카이스트 디지털인문사회과학부 강사

이승희

성균관대학교 동아시아학술원 연구교수. 저서로 『한국 사실주의 희곡, 그 욕망이 식민성』, 『숨겨진 극장』 등이 있다.

이혜령

성균관대학교 동아시아 학술원 교수. 저서로 『한국 근대소설과 섹슈얼리티의 서사학』 등이 있다.

정고은

성균관대학교 문과대학 강사

한경희

한국학중앙연구원 신집현전 태학사 과정생

황선희

중앙대학교 인문콘텐츠연구소 HK+사업단 연구교수

집필에 참여한 연구자들

1970년대
개발 레짐과
여성주의적 각성

한국 여성문학 선집 5

1판 1쇄 찍음 2024년 6월 21일
1판 1쇄 펴냄 2024년 7월 5일

지은이   여성문학사연구모임
발행인   박근섭·박상준
펴낸곳   (주)민음사

출판등록 1966. 5. 19. 제16-490호
주소   서울특별시 강남구 도산대로1길 62(신사동)
          강남출판문화센터 5층(우편번호 06027)

대표전화 02-515-2000
팩시밀리 02-515-2007
홈페이지 www.minumsa.com

* 잘못 만들어진 책은 구입처에서 교환해 드립니다.
* 이 책의 작품 수록은 저작권자의 확인 및 이용 허락
  절차에 따라 진행되었으며, 저작권자를 찾을 수 없는
  일부 작품의 경우 저작권자가 확인되는 대로 필요한
  절차를 밟고자 합니다.